^{37}

LE TERRORISTE

Coulommiers. — Typographie de A. MOUSSIN.

LE
TERRORISTE

PAR

A. DEVOILLE

PARIS

J. VERMOT ET Cⁱᵉ, LIBRAIRES-ÉDITEURS

33, QUAI DES AUGUSTINS, 33

—

1866

LE TERRORISTE

I

MARIETTE

Insondable abîme que le cœur humain ! Mélange
étonnant de grandeur et de bassesse, de vertus et de
vices ! Perpétuelle balance entre le bien et le mal, os-
cillant sans cesse d'un côté à l'autre, rarement en repos, plus rarement en équilibre ! Qui nous dévoilera
jamais le profond mystère de la liberté humaine,
choisissant entre des impulsions diverses ou contraires, se déterminant par un mouvement souvent im-
perceptible pour elle-même, faisant parfois ce qu'elle
voulait le moins tout-à-l'heure, s'étonnant souvent
de sa propre décision comme si elle y eût été étrangère, se rencontrant à un extrême opposé à celui
qu'elle se proposait d'atteindre, consciente d'actes
dont elle ne saurait se rendre compte, et portant l'a-

1

mère responsabilité de mille et mille démarches à peine aperçues, à peine comprises! Qui nous tracera surtout cette gradation mystérieuse par laquelle l'âme descend dans le vice, cet affaissement insensible de la bonne volonté, cet empire croissant du mal, ce dépérissement progressif de la vertu! Secrets étonnants dont Dieu se garde la clef, mais dont il est aussi impossible à la conscience humaine d'expliquer le nœud que de rejeter les conséquences.

C'est surtout à l'époque des grandes perturbations sociales que ce travail intérieur s'opère dans le cœur humain. Là tout se trouve en jeu, tout est mis en mouvement. Les ressorts les plus secrets se remuent, les sentiments les plus étrangers prennent naissance, et des instincts jusque-là inaperçus se révèlent avec une force inattendue. C'est notre foi : au jour du jugement, Dieu tiendra grand compte des circonstances extérieures, de l'influence qu'elles auront exercée sur la volonté ; il aura égard aux époques, aux lieux, aux événements, à tout cet ensemble de faits indépendants de notre volonté, et où pourtant notre volonté prend une si large part.

Heureux, mon Dieu! cent fois heureux, mille fois heureux, ceux qui naissent aux jours de paix, dans ces temps tranquilles où la voie reste tracée, où le devoir reste visible, où l'homme n'est pas obligé d'hésiter entre son intérêt et sa conscience, de compromettre l'existence de l'éternité pour sauver celle du temps!

Et pourtant les grands caractères aiment la lutte, comme les hardis navigateurs aiment l'orage. Mais l'héroïsme est le lot du petit nombre; là où le fort combat et triomphe, le faible cède et succombe. Et le faible, c'est la multitude, c'est la masse, c'est l'immense majorité du genre humain.

Heureux donc encore une fois ceux que le ciel a fait naître dans des jours de paix! C'est sans doute ce que Jésus-Christ lui-même a voulu nous insinuer, en nous obligeant à dire : *Ne nous induisez point en tentation.*

Nous sommes dans une petite maison du quai Saint-Clair, à Lyon. La révolution se prépare. Vainement chercherait-on aujourd'hui l'humble logis où nous introduisons le lecteur. La métamorphose que notre siècle de progrès impose à tout ce qu'il touche, n a nulle part été plus complète (Paris excepté) que dans cette noble et catholique cité de Lyon, si grande par sa foi, si respectable par ses souvenirs. Les vieillards qui l'ont vue avec ses rues étroites, ses maisons de six ou sept étages, ses magasins obscurs mais remplis, son mouvement incessant, son commerce solide quoique sans bruit ; les vieillards qui ont connu ses vieux costumes, ses mœurs antiques, ses traditions populaires, tout ce qui lui faisait une physionomie à part dans la religion comme dans l'industrie : ces vieillards, dis-je, croient encore rêver, le croiront jusqu'au bout, et s'endormiront peut-être avec des regrets, en voyant ce qu'ils voient. Mais glissons sur ce point. Il ne faut pas disputer avec son siècle. Le caillou a beau protester contre le courant qui l'entraîne : chaque flot le pousse en avant, et il n'y peut mais.

Deux femmes sont assises devant le foyer. Leur costume indique une condition aisée. L'une est âgée de soixante-quinze ans, l'autre en a vingt à peine ; celle-là grand-mère, celle-ci petite-fille. Leur conversation est peu animée en apparence, car elles ne parlent que par intervalles, et cependant elles attachent toutes les deux une grande importance au sujet qui les occupe. Il s'agit en effet d'une de ces décisions majeures qui doivent influer sur toute la vie ; la jeune fille a à choisir entre deux prétendants, également dignes, ce semble, de son affection, mais fort différents de condition : car l'un appartient à la noblesse et l'autre à la classe ouvrière.

— La question est trop grave, disait la grand-mère, pour ne pas vous faire réfléchir. Je comprends donc que vous hésitiez, que vous pesiez les raisons de part et d'autre. Mais encore faut-il que vous preniez un parti. Souvent, à force de délibérer, on s'embarrasse soi-même ; plus l'esprit s'agite, plus il s'embrouille, à peu près comme le poisson qui s'empêtre d'autant mieux dans le filet qu'il fait plus d'efforts pour en sortir.

— Mais, bonne-maman, répondait la jeune fille, suis-je donc obligée de prendre tout de suite un parti ? Rien ne me presse ; j'ai tout le temps d'attendre. Mon Dieu ! à vingt ans, il n'y a pas encore, comme disent les gens de loi, péril en la demeure.

— Non, Mariette, il n'y en a pas. Vous n'aurez vingt ans que le mois prochain. Certes, ce n'est pas à cet âge qu'on peut désespérer de trouver un parti convenable. Cependant la sagesse veut que l'on saisisse le bien quand il se présente, plutôt que d'attendre le mieux qui souvent n'arrive pas. Quand vous étiez petite, on vous faisait apprendre à l'école de bien jolies fables, et une entre autres, intitulée, je crois, *le Héron*, dont vous n'avez pas dû perdre le souvenir. Si j'ai bonne mémoire, ce délicat, après avoir négligé de prendre le brochet et la carpe, puis dédaigné le goujon et la tanche, se trouva, dit le fabuliste :

.... tout heureux et tout aise
De rencontrer un limaçon.

Auriez-vous, par hasard, envie de l'imiter ?

Ces admonestations maternelles faisaient réfléchir la jeune fille ; car ce qui se disait ce soir était le thème de tous les jours. Il tardait à la bonne grand-mère que sa petite-fille prît enfin un parti. Elle le souhaitait d'autant plus vivement qu'ayant éprouvé récemment une attaque d'apoplexie, elle y avait vu l'avertissement d'une fin prochaine ; et elle eût été bien affligée de sortir de ce monde avant d'avoir vu sa chère Mariette établie enfin, et en possession d'une existence sortable. Ce qui augmentait aussi sa sollicitude , c'était la situation des choses, le malaise qui commençait à se manifester dans le peuple , et les pronostics trop certains d'une grande perturbation sociale. Ce dernier motif avait peu de valeur pour Mariette ; la jeunesse n'a pas coutume de pénétrer bien avant dans ce genre de questions ; le changement même ne lui déplaît point, et, autant que notre héroïne en pouvait juger jusque-là, les événements qui se dessinaient offraient une perspective capable d'exciter la curiosité plutôt que la terreur. Un prochain avenir se chargea de la détromper.

— Je le sens, Mariette, reprenait la dame, ceci est une affaire qui vous regarde personnellement, et, au fond, personne ne devrait s'en mêler que vous. Il est clair que vous vous mariez pour vous, et que les conséquences de votre mariage ne concernent que vous ; que personne ne portera votre fardeau, et que ceux qui vous auront donné des conseils n'en supporteront nullement les suites. Cependant c'est un devoir pour ceux qui sont chargés de veiller sur vous de chercher à vous éclairer, à vous guider dans la bonne voie. Tout être humain est exposé à prendre son cœur pour sa raison, à plus forte raison une jeune fille. Or, souvent le sentiment nous égare et nous fait commettre des sottises qu'il est bien difficile de réparer. Voilà pourquoi il est à propos qu'il y ait à côté de nous quelque conseiller bienveillant et éclairé, qui veuille bien voir pour nous, et qui verra souvent d'autant mieux qu'il ne sera point aveuglé par la passion. Dites-moi, Mariette, que répondrez-vous aux propositions que l'on doit vous faire ces jours-ci ?

— J'ai encore le temps d'y penser, mère. Oh ! laissez-moi jouir de mon reste de liberté. Avant de mettre ma tête sous le joug, je suis bien aise d'être un peu maîtresse de moi-même.

— Comme tu voudras, ma fille. Mais les événements se pressent et vont plus vite que nous. Ne remue pas tant la tête, et ne fais pas ta petite moue d'incrédule. Je souhaite que mes prévisions me trompent, et que tu ne sois pas un jour réduite à dire : « Bonne-maman avait raison. » Les jeunes matelots, encore inexpérimentés, rient souvent, dit-on, des sombres présages des vétérans du navire ; mais cela n'empêche pas les tempêtes d'arriver.

— Non, sans doute ; mais, mère, ce n'est pas à dire pour cela que toutes les prédictions des vieux matelots s'accomplissent. Ne vous êtes-vous donc jamais trompée dans votre vie ?

— Cent fois, mille fois, chère enfant, surtout quand j'étais, comme toi, jeune et pleine de confiance. Mais le temps, ce grand maître, ce grand instructeur, est venu redresser ma folle présomption, et me donner des signes à l'aide desquels il m'est bien plus difficile de me faire illusion sur les hommes et sur les choses. Petite, tu ne te méprends sûrement pas sur mes intentions. Ce n'est point par un vain esprit de contradiction, ni en vertu de ce besoin de morigéner propre à la vieillesse, que je reviens si souvent sur ce sujet ; tu le sais, un avertissement sérieux m'a été donné d'en haut, et je serais souverainement aveugle de n'en pas comprendre la portée. La mort a frappé à ma porte...

— Oh ! non, non, mère, dit vivement la jeune fille, en se jetant au cou de sa grand-mère et en l'embrassant avec tendresse ; la chose n'a pas été aussi sérieuse que vous le dites ; vous ne mourrez pas de sitôt ; vous vivrez longtemps encore, sinon pour vous, au moins pour votre petite Mariette qui a si besoin de votre appui.

— Chère enfant, je ne suis pas fâchée de vivre, même pour moi. En toute franchise, ma philosophie ne va pas jusqu'à un complet détachement de la vie.

Cette heureuse disposition, je l'admire, je l'envie,
mais je ne la possède point. Je ne saurais donc me
vanter de ne tenir à l'existence que pour les autres,
que pour toi. Cependant, il m'en coûterait, je l'avoue,
de sortir de ce monde avant d'avoir accompli ce que
je regarde comme un devoir imposé par la Providence.
Mariette, prends donc mes paroles au sérieux : je
compte peu sur la vie et je voudrais te voir mariée,
ou au moins fixée dans ton choix, avant de mourir.

Or, là était la difficulté. Mariette, née dans une
condition commune, avait d'abord été simple ouvrière
en soie et ne pouvait attendre qu'une de ces existences vulgaires, mêlées de soucis et de peines, où l'on
est obligé de lutter sans cesse avec les difficultés et
les besoins de la vie. Mais un frère de sa mère étant
venu à mourir, lui laissa en héritage des propriétés
pour la valeur de cinquante mille *livres* environ, et lui
créa par là même l'aisance. C'était une fortune, alors,
que cinquante mille livres. Dès ce moment les courtisans abondèrent. On n'avait plus que la peine de les écarter, comme on écarte des mouches importunes. Cependant il en fallait choisir un. La bonne grand'mère eût volontiers attendu, puisque Mariette était son seul point
d'appui, et qu'une fois cette chère enfant mariée, elle
devrait se résigner à baisser un peu dans ses soins et
dans sa tendresse. Mais cette malheureuse attaque d'a-
poplexie vint lui faire sentir qu'il était temps de s'oublier
elle-même, pour songer à l'avenir de son orpheline; de là
l'insistance qu'elle mettait à la voir mariée. Or, parmi
ceux qui avaient sollicité la main de la jeune fille, il
en était deux qui se balançaient sérieusement dans ses

affections, et entre lesquels elle avait jusque-là hésité. A ne considérer que la condition et l'état de fortune, le choix eût été bientôt fait. Mais il restait ces
raisons délicates, ces impressions personnelles, ces
mille et un motifs fondés à moitié sur la raison, à moitié sur le caprice, tels qu'en recèle le cœur d'une
femme. Or c'était là que Mariette s'arrêtait, là qu'elle
se fût embarrassée dans ses propres pensées, si elle
s'en était sérieusement occupée. Mais elle jouait, pour
ainsi dire, avec la question, comme l'oiseau avec sa
queue ; elle flottait dans son indécision, elle s'y berçait, comme la plume se berce dans l'air et l'alcyon
sur les flots ; elle goûtait un certain plaisir à s'avancer et à se retirer tour à tour vis-à-vis de l'un et de
l'autre de ses deux prétendants, comme un enfant,
placé entre deux bonbons qu'il peut croquer à son
gré, a l'air d'hésiter dans son choix. Sans y mettre de
malice, elle se plaisait à entretenir chez eux le tourment de l'attente, le supplice de l'incertitude, de la
jalousie peut-être. De la jalousie ! oh ! non, Mariette
n'est pas assez cruelle pour enfoncer ce glaive dans
l'un ou l'autre de ces deux cœurs ; certainement elle
s'en voudrait de leur infliger un tel martyre. Et pourtant, est-ce possible autrement ? Deux âmes éprises,
séduites par l'espérance, pourront-elles rester paisibles et amies en face d'un bien qu'elles voudraient posséder, quand elles savent qu'on cherche à le leur ra-
vir ? Verront-elles un rival de l'œil dont elles voient
tout le monde ?

— Oui, reprit la grand'mère, après un moment de
silence, je sais de ces personnes qui s'imaginent ne

tenir à la vie que pour d'autres. Vous en avez déjà vu,
Mariette, vous en verrez encore, de ces femmes dé-
vouées, généreuses, qui prétendent n'être plus accro-
chées que par un fil à ce monde de douleurs, et le
quitteraient, disent-elles, bien volontiers, si un père,
si une mère, un époux, des enfants n'y rendaient leur
pré ;ence nécessaire. Que Dieu me pardonne si je me
trompe! mais je crois que le fil, le vrai fil qui les attache à l'existence, ce sont elles. Par-dessus toutes
nos affections, quelque vives, quelque tendres que
vous les supposiez, vit un autre affection bien plus
vive, bien plus tendre encore, et c'est celle que l'on
se porte à soi-même. Je croirais donc mentir, chère
enfant, si je te disais que je t'aime plus que moi-même,
autant que moi-même; mais néanmoins j'affirme que
mon amour pour toi est bien grand, puisque sur toi, et
sur toi seule, se sont concentrés tous les liens qui m'ont
autrefois unie aux membres de ma famille. Et puis enfin, laisse-moi te le redire jusqu'à satiété : je voudrais
partir de ce monde libre de soucis, dégagée de la promesse que j'ai faite à ta mère dé mettre tout le soin
possible à assurer ton existence. Voyons! tu as eu tout
le temps de réfléchir, tu as pu étudier à loisir les deux
jeunes gens entre lesquels tu me parais balancer ; un
plus long retard, un plus long examen ne sauraient
aboutir à rien. Explique-toi donc : qu'en penses-tu?

— Que voulez-vous que je pense, bonne-maman ?
Je pense tout et je ne pense rien. J'ai beau tourner et
retourner le sujet, je ne saurais me décider à y trouver des raisons suffisantes pour prendre un parti dé-
finitif. La veille, je veux l'un ; le lendemain, je veux

l'autre ; et en vérité il n'y a pas de raison pour que ce
soit l'un plutôt que l'autre. Mais comment est-il possible, ma mère, que vous puisiez dans l'état de l'opinion publique un motif de hâter mon mariage ?

— C'est là une manière de voir qui peut vous paraître étrange, mais qui n'en est pas moins fondée. Il
se prépare, ma chère Mariette, de bien graves événements. N'avez-vous pas entendu dernièrement
M. Imbert-Colomès (1) ? Vous savez ce qu'il craint,
ce qu'il pense d'un prochain avenir. Rien ne l'éton-
nera, assure-t-il, en fait d'agitation et de bouleversement. On ne peut prévoir jusqu'où les esprits seront
entraînés.

— C'est vrai, ma mère : M. Imbert semble avoir
grand'peur. Mais nous, laissons aller les événements. Si ce qu'il prévoit arrive, nous n'avons qu'à
nous tenir tranquilles, jusqu'à ce que l'orage soit passé.

— Soit passé ! Eh ! vous figurez-vous donc qu'il
s'agit simplement d'un de ces nuages d'été qui assom-
brissent un moment le ciel, lâchent un coup de
tonnerre ou deux, puis vont se perdre dans les profondeurs de l'espace ? Non, mon enfant ; mais il s'agit
d'un de ces tremblements de terre qui renversent,
qui ébranlent tout, et entassent une quantité de ruines.
Et, en vérité, je ne sais s'il est personne qui puisse se
flatter d'y tenir bon.

— Bah ! ma mère, répliqua la jeune fille en riant,
quand la terre s'avise de se secouer sur sa base, elle
ne renverse guère que les grands monuments et les

(1) Alors premier échevin de la ville.

hautes maisons ; elle respecte l'arbrisseau des champs et le roseau des rivières. S'il arrivait que les sombres prévisions de M. Imbert se réalisassent, nul doute que les riches aristocrates de cette ville n'en souffrissent, que les marchands enrichis, les capitalistes et les banquiers n'en éprouvassent de graves dommages. Mais nous, qu'aurions-nous à craindre ? Nous sommes trop obscures pour n'être pas oubliées. Il pourrait même se faire que le mouvement nous fût plus utile que nuisible, s'il est vrai que le propre des révolutions soit de mettre le dessus dessous et le dessous dessus. J'entends que nous serions peut-être déchargées de bien des impôts.

— Voilà bien la jeunesse, espérant toujours, voyant tout en beau, et ne pouvant se décider à croire à mal. Mariette, je ne vous recommencerai certainement pas mes raisonnements, par la raison que vous ne les trouveriez pas plus concluants aujourd'hui qu'hier. Je suis d'ailleurs presque aussi lasse de les répéter que vous de les entendre. Qu'il me suffise alors d'avoir tenu ma parole et déchargé ma conscience. J'abandonne le reste à votre propre arbitre et à la Providence.

— Mon propre arbitre, j'y compte peu ; il fait ma joie et il m'embarrasse. Quant à la Providence, j'ai toute confiance en elle. Oui, oui, bonne mère, la Providence veillera sur nous. Les cœurs purs lui plaisent, et nous tâcherons que les nôtres le soient. Le vénérable doyen du chapitre de Saint-Jean ne cesse de répéter que le juste n'est jamais abandonné de Dieu. Est-ce que vous seriez d'un avis contraire ?

— J'ai foi en la Providence, Mariette ; toute ma

vie en est la preuve. Mais quoi que vous en disiez, et
M. de Castellas aussi (1), il faut s'aider soi-même si
l'on veut être aidé. Le juste à qui le ciel tend la main
n'est pas l'oisif, l'indolent, qui se repose entièrement
sur le secours d'en haut, en disant que Dieu est assez puissant pour tout faire ; mais bien le cœur résolu, actif, énergique qui se dit à lui-même : Faisons
tout ce que nous pourrons, et Dieu se chargera du
reste. Voilà comme je voudrais vous voir et comme
j'entends que vous devez être. Mais... on frappe, je
crois. Mariette, allez voir qui vient nous visiter à
cette heure avancée.

— Oh ! ma mère ! répondit la jeune fille émue et
à voix basse, c'est M. Imbert-Colomès...

II

AVIS D'UN ÉCHEVIN

La situation de Lyon était alors des plus critiques.
Si l'on excepte Paris, aucune ville de France n'était
plus agitée par l'élément révolutionnaire, plus dispo-
sée à admettre les principes nouveaux. Nous parlons,
bien entendu, de la classe ouvrière, toujours si nombreuse, toujours si turbulente dans cette industrieuse
cité. Dans les cent cinquante mille habitants qui la
composaient alors, plus des trois quarts appartenaient

(1) Doyen du chapitre de Saint-Jean.

à cette population remuante, inquiète, avide de changement ; et le malaise, dont les ouvriers étaient alors affectés, les prédisposait à accueillir avec faveur un ordre de choses qui semblait leur promettre un meilleur avenir. La noblesse, au contraire, le clergé, les riches commerçants, tout ce que l'on est convenu d'appeler les hautes classes, repoussaient unanimement des innovations qui ne pouvaient que troubler leur repos, compromettre leur situation et, en tout cas, diminuer leur fortune et leurs droits. Or, on ne saurait dire quelle richesse et quel luxe de longues années de paix et de commerce florissant avaient procurés à cette ville. Sa situation au confluent du Rhône et de la Saône, ses communications avec le midi et le centre de la France, ses relations commerciales avec toutes les parties de l'Europe, lui avaient donné un degré d'importance et de célébrité qu'aucune autre ville ne pouvait lui disputer. La division s'établit donc immédiatement dans son sein : d'une part, une classe nombreuse, riche et puissante, qui avait tout intérêt à repousser des changements nuisibles à ses droits, à ses jouissances, à sa fortune et à son commerce ; de l'autre, une classe beaucoup plus nombreuse, vivant de son travail quotidien, indisciplinée, trouvant son salaire insuffisant, exposée à toutes les vicissitudes du chômage, de la baisse des prix, de la cherté des denrées, etc..., et ne pouvant que gagner à une répartition plus égale des charges, et à une distribution plus large des aises de la vie.

On conçoit donc quel accueil les nouvelles doctrines durent rencontrer dans cette masse d'ouvriers.

On comprend également l'opposition que ces mêmes
doctrines soulevaient naturellement dans le clergé,
dans la noblesse et dans la bourgeoisie ; dans la bourgeoisie surtout : car c'était bien elle qui composait à
peu près la totalité de la classe élevée. L'histoire atteste qu'il y avait à peine alors, dans tout le Lyonnais, six gentilhommes de race. L'immense majorité
de ce qu'on appelait la noblesse n'était autre chose
que des familles anoblies par des acquisitions d'office,
ou des descendants de quelques échevins (1). Un
prévôt des marchands, quatre échevins et douze consuls formaient l'administration municipale. Les bour-
geois de Lyon jouissaient de priviléges nombreux,
accordés par des papes, des archevêques, des rois et
des princes. Lyonnais de naissance ou d'adoption, il
leur suffisait, pour être exempts de la plupart des impôts, de se faire inscrire sur les registres, de donner
la liste de leurs biens et de prouver dix ans de rési-
dence. Fière de ses droits, animée de l'esprit d'in-
dépendance, cette bourgeoisie avait de fréquents dé-
mêlés avec les intendants et les gouverneurs militaires.
Elle tolérait à peine la présence des soldats du roi ;
depuis six siècles elle se gardait elle-même ; chacun
des trente-cinq quartiers ou *pennonages*, commandé
par un officier pennon , fournissait chaque jour cinquante hommes, répartis, de neuf heures du soir à
deux heures du matin, dans les deux corps-de-garde
de Lyon. Pendant le jour, la milice bourgeoise se

(1) Une concession de Charles VIII (en 1495), conférait la noblesse
à la charge d'échevin, avec la faculté de continuer le commerce en
gros sans déroger.

faisait remplacer par une compagnie franche de soixante soldats du régiment de Lyonnais (1).

A peine les lettres-patentes du 24 janvier 1789
avaient-elles convoqué les Etats-Généraux, que tous
les partisans des idées nouvelles, protestants, jansé-
nistes, francs-maçons, se coalisèrent pour vaincre la
résistance des classes privilégiées. Déjà, dès 1778,
l'illuminé S. Martin avait fondé la loge-mère de *la
Bienfaisance*, à laquelle se ralliaient d'autres loges
secondaires. Ces sociétés devinrent autant de clubs
où se préparèrent les élections. Bientôt la noblesse et
la bourgeoisie comprirent qu'elles ne pourraient maî-
triser le mouvement, et se résignèrent à la générosité.
Le clergé fut aussi obligé d'entrer dans cette voie et
de consentir à l'abolition de beaucoup de ses priviléges. Mais ces concessions, arrachées à la nécessité, ne
satisfirent pas longtemps l'opinion publique ; les prétentions croissaient à mesure que les événements
marchaient. Déjà, le 22 février, une parodie sacrilége
des cérémonies religieuses avait eu lieu devant le séminaire de Saint-Irénée, et avait donné la mesure de
l'esprit d'impiété qui se mêlait aux aspirations vers
la liberté. A la nouvelle de la réunion des trois ordres, à Versailles, une joie très-vive éclata dans la
population de Lyon ; des fêtes célébrèrent cet événement les 2 et 3 juillet; et une foule tumultueuse, lâ-
chant la bride aux plus mauvaises passions, fit entendre pour la première fois les cris de : *A bas les
calotins ! à bas les aristocrates !* préludes des désor-

(1) Balleydier, *Hist. polit. et militaire du peuple de Lyon pendant
la Révol. Franç.*, t. I, ch. I.

dres qui ne devaient pas tarder à se produire. Quand
on passait devant les maisons qui n'étaient pas illu-
minées, la foule redoublait ses clameurs et brisait les
vitres à coups de pierres. On désarma un corps-de-
garde ; la barrière Saint-Clair et le bureau des fermes
furent attaqués, et déjà on commençait à y mettre le
feu, quand un régiment de dragons fut requis par l'autorité municipale pour rétablir l'ordre. Une lutte s'engagea et il y eut des tués et des blessés de part et
d'autre (1).

Pour prévenir le retour des troubles, des jeunes
gens de Lyon, fils de famille, banquiers, commis-
marchands, clers du palais, au nombre d'environ
huit cents, s'organisèrent en corps de volontaires,
adoptèrent un uniforme particulier, se nommèrent
des officiers et concoururent au maintien de l'ordre,
sans se confondre avec la milice bourgeoise. Le premier échevin, M. Imbert-Colomès (2), les appelait sa
garde d'honneur ; le peuple leur donna le nom de
muscadins. Toutefois, la création de cette force militaire suffit à maintenir un peu d'ordre à la surface,
mais n'empêcha point la fermentation des esprits.

M. Imbert-Colomès était un homme grave, un magistrat dévoué et animé des intentions les plus
droites. Il voyait d'un œil inquiet l'effervescence
croître de jour en jour, et ne se dissimulait nullement les périls de la situation. Par conviction comme
par le devoir de sa charge, il tenait à l'ordre établi.

---

(1) *Ibid.*
(2) Il gouvernait alors la ville à la place de M. de Tolozan, prévôt
des marchands, absent.

2

Si la générosité de son cœur et les nécessités du moment l'avaient déterminé, comme tant d'autres, à
des concessions, il n'en sentait pas moins que ce n'é-
tait là qu'un palliatif, et que l'appétit révolutionnaire,
loin de s'en contenter, ne ferait que s'en accroître.
Parmi tous les soucis qui le préoccupaient en ce
moment, un des plus graves était la mésintelligence
de plus en plus grande entre la milice bourgeoise et
sa *garde d'honneur*. Outre la jalousie si naturelle
entre des forces militaires destinées au même but,
il se trouvait encore une différence d'opinion politique qui creusait chaque jour la séparation entre ces
deux soutiens de l'ordre public. En effet, tandis que
la milice bourgeoise, appartenant plutôt aux classes
intermédiaires qu'aux rangs élevés de la société, se
pénétrait peu à peu de l'esprit moderne, les muscadins, plus rapprochés de l'aristocratie, si même ils ne
lui appartenaient, représentaient l'esprit, les droits
et les préjugés de la noblesse. De là de fréquentes
discussions, qui parfois donnaient lieu à des duels ;
et les querelles des particuliers devenant facilement
des questions de corps, il s'ensuivait que l'aigreur
et le mécontentement envahissaient peu à peu les
prétendus défenseurs de la tranquillité publique, et
créaient un nouveau danger chez ceux mêmes qui
avaient pour mission d'écarter le danger.

La grand'mère et la fille se levèrent respectueuse-
ment devant le premier échevin de la ville, et Mariette s'empressa de lui offrir un siége. Cependant ni
l'une ni l'autre ne parurent intimidées de cette marque d'attention de la part d'un homme aussi consi-

dérable que M. Imbert, surtout depuis que les derniers événements l'avaient mis en relief. C'est qu'en
effet ce n'était pas la première fois qu'il leur rendait
visite. Pierre Deslauriers, le grand-père de Mariette,
avait été fermier de la maison Imbert. Un de ses fils
étant venu se fixer à Lyon pour s'y livrer au travail
de la soierie, avait été protégé par cette honorable
famille, et en avait reçu plus d'un service.

M. Imbert s'étant donc assis resta silencieux,
comme s'il ne fût entré que pour se livrer plus tranquillement à ses méditations. Madame Deslauriers
s'aperçut bien vite que quelque grave souci le préoc-
cupait.

— Que dit-on de Paris, monsieur ? demanda-t-elle.
Et quelles nouvelles les journaux de la capitale vous
apportent-ils des travaux de l'Assemblée ? Je suppose
qu'il n'y a rien de bien rassurant dans la tournure
des événements.

— Rien, mère Deslauriers, rien qui ne doive effrayer l'homme qui réfléchit. Les esprits sont saisis
de vertige. Je vois une foule de mains pousser le
char ; je n'en vois point qui puissent le retenir. La
queue déborde la tête ; les ordres viennent d'en
bas ; nous sommes à une époque de trouble où le
vrai se mêle avec le faux, le bien avec le mal. Et les
lignes se confondent tellement, qu'avec la meilleure
volonté du monde on ne sait plus que vouloir, que
faire, ni même que désirer.

— Je ne sais si je me trompe, dit ici Mariette, à
qui la présence d'un si grand magistrat n'ôtait pas sa
présence d'esprit ni la liberté de parler ; mais il me

semble qu'il résultera un bien de tout ce mouvement.
Le peuple en sortira débarrassé de ses charges, l'aisance sera plus grande et les plaintes cesseront enfin.

— Dieu le veuille! répondit l'échevin. Mais j'ai de
la peine à croire qu'il en sera ainsi ; des concessions
arrachées par la violence ne satisfont pas, elles ne
sont qu'un appât à de nouvelles exigences. Il est
assez facile de débrider le lion populaire, il l'est
moins de lui remettre le frein. Les démagogues ne
mesurent pas la portée de leurs discours incendiaires, ou plutôt il la mesurent trop bien. C'est un em-
brasement qu'ils veulent et ils l'auront. Mais qu'ils
prennent garde à eux! J'avertis Chalier, Champagneux, Vitet, Bret, Laussel (1) et leurs consorts que
le mouvement qu'ils excitent pourra bien se retourner contre eux. Que l'exemple de Sauvage (2) leur
soit profitable! Mais c'est le désordre qu'ils veulent ;
c'est de sang qu'ils ont soif. On dirait des tigres ac-
croupis derrière des haies, et attendant le moment de
s'élancer sur leurs victimes. Le langage qu'ils tiennent est affreux et je ne doute pas qu'ils ne l'appli-
quent un jour, si Dieu leur en laisse le temps. Nous
verrons plus d'horreurs que Sauvage et ses complices
n'eussent osé en rêver. Des têtes! des têtes! ils en
demandent, ils en veulent par milliers. Et cela se dit!
et cela s'imprime! et cela est lu et goûté! On ne sait
pas assez quel écho les vœux les plus criminels éveil-
lent dans les masses. J'ai entendu hier un ouvrier

(1) Principaux chefs du mouvement révolutionnaire, à Lyon.
(2) Pendu en 1787, pour avoir excité une insurrection parmi les
ouvriers.

dire qu'il voudrait être chargé de couper trente têtes
dans la cité, qu'il saurait bien les choisir.

— O ciel! s'écria ici la grand'mère, serait-il possible que de telles horreurs se commissent dans notre
bonne ville de Lyon ?

— Et puisse, répliqua l'échevin, puisse cette bonne
ville de Lyon n'en pas voir davantage ! Mais laissons
là ces tristes sujets, et passons à des choses moins
pénibles. Petite, on dit que tu te maries?

A ces mots, Mariette rougit et baissa modestement
les yeux. Ce fut sa seule réponse.

— Oui, monsieur l'échevin, répondit pour elle la
grand'mère. Nous sommes allées l'autre jour vous en
donner avis. La bonté que vous avez toujours témoi-
gnée à notre famille nous en faisait un devoir. Je
n'oublierai jamais que nous avons été attachés à votre
service, et que vous avez eu la bonté de tenir un de
nos enfants sur les fonts du baptême. Aussi êtes-vous
le premier à qui nous nous soyons empressées d'apprendre cette nouvelle que j'appelle heureuse, bien
que je ne sache encore comment cela tournera. Mariette est enfin décidée... paraît-il. Elle l'était du
moins ce jour-là.

— C'est là le grand point. Cependant ce n'est pas
tout. Le choix a bien aussi son importance. Sur lequel enfin de tes deux prétendants as-tu fixé tes vues ?

— Sur aucun, monsieur, jusqu'ici du moins, répondit la jeune fille. Je n'ai pas voulu le faire avant
de vous avoir consulté.

— Eh! ma chère amie, c'est ton cœur qu'il faut
consulter, ton goût, tes préférences personnelles. Par

St-Just! c'est toi qui te maries ; et il serait bien drôle
que tu attendisses d'un autre une décision à ce sujet.
Si j'ai bonne mémoire, tu hésitais entre deux : la
foule des autres ayant été écartée.

— Oui, monsieur l'échevin, répartit la dame,
c'est comme vous le dites. Dès que Mariette eut hérité de son oncle, les prétendants affluèrent. Il ne
fallait pas beaucoup de bon sens pour voir que c'é-
tait sa fortune, plutôt que sa personne, que l'on
courtisait. Aussi ne prêta-t-elle aucune attention à la
plupart d'entre eux. Tous ont été éconduits, moins
deux, qui nous ont paru dignes et capables d'assurer
le bonheur de notre petite-fille. Mais je ne sais comment le cœur de cette enfant est bâti : la voilà qui hésite, qui balance son choix, ou plutôt qui semble indifférente, comme si la chose ne la regardait pas.
Cependant je suppose qu'elle ne reviendra pas sur sa
décision ; elle se mariera, mais avec qui ? voilà la
question.

— Je le répète, reprit M. Imbert, c'est à elle à peser les conditions de part et d'autre, et à consulter
ses goûts. Voyons, fillette, ne penches-tu pas pour
l'un plutôt que pour l'autre ? Il est impossible que
tu ne voies aucune différence entre tes deux prétendants. Que cette différence soit vraie ou fausse, ima-
ginaire ou réelle, il doit y en avoir une ; oui, il y en
a une, si tu veux descendre jusqu'au fond de ton
cœur.

— C'est précisément de cela que j'ai peur, répondit
Mariette : je crains de descendre trop avant, de voir
trop clair dans les défauts de ces jeunes gens, et sur-

tout dans les miens. S'il est beaucoup de personnes que l'amour aveugle, moi je sens qu'il m'éclaircit la vue. Voilà pourquoi j'aurais aimé à attendre encore...

— Quoi attendre? dit vivement la mère Deslauriers.

— Oui, quoi attendre? dit l'échevin à son tour. Je ne vois pas bien ce que tu y gagnerais. Tout d'abord, il est un des deux galants auquel tu devrais probablement renoncer dans ce cas-là.

— Lequel? dit Mariette en pâlissant : preuve qu'elle était moins indifférente qu'elle ne semblait l'être.

— René Deluze. Son père m'a dit l'autre jour qu'il a l'intention de le marier prochainement, avec toi, si tu y consens enfin, ou avec une autre. Il se propose de lui remettre son étude et de se retirer.

— Ha! dit Mariette émue et presque déconcertée, c'est pourtant celui-là que... j'estime le plus.

— Et sans doute c'est l'autre que tu aimes davantage? Il te resterait alors à opter entre l'amour et l'estime. Mais vraiment ce sont deux conditions bien nécessaires l'une et l'autre, dans une si grave affaire. Qu'est-ce qu'un époux qu'on estime sans l'aimer? Qu'est-ce qu'un époux qu'on aime sans l'estimer? Tu dois le comprendre : ces deux sentiments se confondent, ou ne se distinguent que par des nuances bien délicates. Même dans la simple amitié, nous avons besoin d'estimer ceux vers lesquels notre instinct nous porte. S'il nous arrive de découvrir en eux quelqu'un de ces vices qui dégradent l'homme, ou s'ils viennent à com-

mettre quelque action déshonorante, il s'établit alors
en nous un combat entre le sentiment de l'honneur et
notre propre penchant, où celui-ci est ordinairement
vaincu. A plus forte raison en est-il ainsi dans l'a-
mour. Je pourrais te citer des exemples d'unions con-
tractées dans ces conditions, et où certes le bonheur
n'a brillé que par son absence. Et en quoi donc consiste pour toi la différence, s'il n'y a pas d'indiscrétion à te le demander?

—Il n'y en a point du tout, M. Imbert : car il n'est
rien que je ne puisse vous dire, comme je le dirais à
un confesseur. Eh bien! il me semble que M. Deluze
est plus digne dans ses manières, plus élevé dans ses
goûts, mais moins affectueux, moins empressé pour
moi que Noël Blangy. L'un semble faire du mariage
une affaire de devoir, et l'autre une question d'attachement et d'amour. Le premier se marierait parce qu'il
faut se marier, et le second parce qu'il m'aime. Telle
est la différence que je crois saisir entre ces deux
jeunes gens.

— Ce que tu dis là peut avoir quelque fondement. Deluze a en effet de la dignité, de la contenance, peut-être même un peu de hauteur; mais il
doit cela à sa position. Sa famille est honorable, il
appartient à la bonne bourgeoisie; son grand-père
était avocat, son père est notaire; il y a bien là
quelque raison de se croire un peu plus qu'un autre.
En l'épousant, tu te trouverais dans une condition
plus relevée, tu monterais d'un cran ou deux; et
vraiment ce n'est pas chose à dédaigner, même
pour une femme.

— Je suis bien de votre avis, M. Imbert, dit ici la grand'mère. Sans flatter Mariette, elle est dans le cas de tenir un rang plus élevé que celui où elle est née. Son grand-père fut fermier d'abord, puis canut; son père monta jusqu'à la position de contremaître; mais ce n'était qu'un ouvrier, après tout. Elle a été ouvrière elle-même. Eh bien! ne serait-elle pas très-heureuse d'entrer dans une famille de notaire, et d'y tenir convenablement sa place? Mais voyez-là secouer la tête avec un petit air de dédain, comme si elle tenait peu à sortir de la classe où elle est née.

— Mère, vous savez bien que ce n'est pas le dédain qui m'inspire. Je serais aussi fière qu'une autre de monter à un rang plus élevé. Mais sommes-nous dans des circonstances qui rendent ce sort bien digne d'envie? M. Imbert lui-même n'est pas très-rassuré sur l'état des choses; il nous disait l'autre jour que nous marchons vers une révolution, et que révolution signifie simplement renversement de ce qui existe, en sorte que ce qui est dessus descende dessous, et que ce qui est dessous monte dessus. S'il en est ainsi, ce n'est pas la peine de monter aujourd'hui pour redescendre demain. Il pourrait fort bien se faire que Noël Blangy fût avant peu l'égal de M. René Deluze.

— Vraiment! Mariette, tu ne raisonnes déjà pas si mal. Quand on pendait ce misérable émeutier, Sauvage, je l'ai entendu moi-même crier à la foule : — On pendra demain ceux qui me font pendre aujourd'hui. — La prédiction de ce coquin est bien près de se vérifier. Oui, nous allons vers un bouleversement complet, vers un changement radical. Où s'arrêtera-t-on ? Dieu seul le sait. Mais pour en revenir à ce qui te concerne, je crois que ces considérations-là doivent être mises de côté. Agis, ma chère petite, comme si rien n'était, comme s'il n'y avait au monde que toi et ton époux, ou du moins comme s'il ne devait survenir aucun changement dans l'état des choses. C'est ainsi, ce me semble, que le vrai chrétien doit se conduire : il agit comme s'il pouvait tout, et se résigne comme s'il ne pouvait rien. Maintenant, je crois deviner que ton cœur penche vers ce jeune contre-maître. Eh bien ! suis ton inclination ; mais fixe-toi, décide-toi. Ne laisse pas la difficulté s'aggraver par d'inutiles délais. Tu finirais par t'embarrasser dans tes propres réflexions, comme dans un labyrinthe dont tu ne pourrais plus sortir.

— Voilà de sages observations, Mariette, dit la mère Deslauriers. C'est bien là ce que je te dis tous les jours, quoique en moins bons termes et avec moins d'autorité. Ne regarde pas ce qui se passe au dehors : songe à toi, à ton avenir ; fais comme les oiseaux qui arrangent leur nid, sans s'inquiéter d'où le vent souffle ni d'où le tonnerre gronde. Écoute ce que te dit M. Imbert ; car la sagesse même parle par sa bouche.

— La vraie sagesse, mère Deslauriers, consiste ici à consulter sa conscience d'abord, et ensuite ses goûts. Au point de vue de la conscience (le plus important et, en général, le plus négligé) je crois qu'il n'y a pas trop à choisir. L'un et l'autre sont, dit-on, religieux et moraux. Reste donc le penchant,

l'affection qui est juge en dernier ressort. Cependant...

— Vous hésitez, monsieur Imbert, reprit la jeune
fille. Y a-t-il quelque chose que vous n'osiez me
dire ? Je serais heureuse d'avoir toute votre pensée,
dût-elle même contrarier la mienne.

— Tu es généreuse. C'est là, en tout honneur, une
disposition rare dans une fille à marier. Eh bien ! donc,
ceci n'est qu'une nuance, qu'un accessoire peu impor-
portant peut-être ; je te le dirai pourtant. L'un de ces
jeunes hommes fait partie de ma garde d'honneur, et
l'autre appartient à la milice de la ville. Ce point établit à mes yeux une différence notable et telle que je
n'hésiterais pas dans le choix.

— Cela se peut-il ? Est-ce bien vrai ? demanda
Mariette étonnée, et peut-être troublée jusqu'au fond
de l'âme d'une décision qui la contrariait. Une opinion politique est chose bien indifférente, ce me
semble.

— Oui, ma fille, très-indifférente en elle-même, au
moins en temps ordinaire. Mais comment se fait-il
qu'à cette heure c'est quelque chose de caractéristi-
que et de significatif ? Tu me diras que, puisqu'il s'a-
git d'ordre public, autant vaut servir dans la milice
de la ville que dans les volontaires, sous Dervieux de
Villars (1) que sous de Coinde (2). Moi je te répon-
drai que non. Le but peut être le même, le drapeau
ne l'est pas. Dervieux de Villars penche vers la dé-

(1) Chef de la milice bourgeoise, à Lyon.
(2) Un des capitaines de volontaires, le plus distingué par son talent
et son énergie.

mocratie, et je n'aime pas cette tendance. De Coinde
et ses jeunes gens soutiennent l'ancien ordre de choses : comprends-tu la différence ?

— Ah ! que je la comprends bien ! moi, dit ici la
grand'mère. Monsieur Imbert, si jamais se pré-
sentent les circonstances critiques que vous prédi-
sez avec tant d'insistance, eh bien ! on verra aussitôt la milice bourgeoise se dédoubler, tandis que
les volontaires resteront, j'en suis sûre, fidèles à la
bonne cause.

Le bruit de la rue vint suspendre ici la conversation. Le but des démagogues étant d'entretenir sans
cesse l'agitation dans les masses, ils avaient soin de
susciter de temps en temps des émeutes dans les divers quartiers de la ville. Tout leur servait de prétextes : des nouvelles vraies ou fausses, venues de
Paris ; des bruits de contre-révolution inventés par
eux-mêmes ; des calomnies répandues sur le compte
des meilleurs citoyens ; les exigences des employés
de la ferme ou des octrois ; la réclamation des droits
électoraux pour le bas peuple : tout enfin, disons-le,
devenait un moyen d'échauffer les têtes et de mettre
en mouvement la foule aigrie des ouvriers lyonnais.
Ce soir, c'était aux volontaires que s'adressait la multitude. — *A bas les muscadins ! à bas la garde Imbert ! Vive la milice bourgeoise !* telles étaient les
vociférations qui remplissaient les airs. Le quartier
des Brotteaux, renforcé de ceux de la Guillotière et
de la Croix-Rousse, avait fourni une masse de six ou
huit mille hommes qui parcourait maintenant les quais
du Rhône, et allait bientôt se répandre dans la ville. Le

corps-de-garde du quai Saint-Clair, loin de chercher à repousser le torrent, joignit ses clameurs à celles des émeutiers. Nul doute que si l'on eût connu la présence de M. Imbert dans la maison où il se trouvait, cette maison n'eût été envahie, ou tout au moins assaillie à coups de pierres.

L'échevin se tint en silence pendant que les émeutiers passaient. Il portait en quelque sorte le poids de cette manifestation populaire, et baissait la tête sous l'orage. Les sensations qu'un honorable magistrat éprouve dans de telles occurrences ne s'analysent pas. Deux ou trois fois il se leva pour aller s'offrir à cette foule ameutée, et chercher à la faire rentrer dans le devoir. Les deux femmes l'en empêchèrent. Elles lui représentèrent que cette démarche ne serait d'aucun profit, et pouvait lui coûter la vie. Plus d'une fois, sans doute, il avait pu commander à l'émeute, calmer l'irritation des esprits ; mais il n'était pas sûr qu'il pût le faire toujours. Les mouvements populaires ressemblent aux torrents qui se fortifient à mesure qu'ils avancent. Tous les jours l'audace de la multitude croissait ; l'impunité même était un stimulant à des tentatives plus hardies, et la vigueur des vociférations semblait donner à l'émeute de ce soir un ton plus marqué. M. Imbert céda à ces sages observations. Mais, dès lors, il comprit que son heure était passée. La puissance du flot révolutionnaire grandissait et ne lui présentait plus que la perspective d'un immense déluge où tout serait submergé : lois, religion, trône, aristocratie, traditions, institutions politiques et sociales. Il prit alors la résolution de se démettre de sa charge, et ce fut sous l'impression

de ces sentiments pénibles qu'il quitta Mariette et sa
mère, les laissant l'une et l'autre en proie à la crainte
et au souci.

III

INCIDENT DÉCISIF

L'avis de M. Imbert avait pour Mariette le poids
que l'âge, l'autorité, une grande réputation de sagesse ne manquent jamais de donner à une opinion.
La distinction qu'il avait établie entre les tendances
des deux corps de la milice citoyenne prenait tout-à-
coup, aux yeux de la jeune fille, une importance à laquelle elle n eût jamais songé. Quand elle était
simple ouvrière et fille d'ouvrier, elle eût certainement penché vers le parti qui se rapprochait le plus
des intérêts du peuple. Son père, d'ailleurs, était
de droit acquis à cette fraction de l'opinion, puisque,
membre de la classe des travailleurs, il en avait connu
la gêne et épousé les plaintes. Mais depuis qu'une
succession inattendue est venue transporter notre héroïne de la détresse de l'ouvrier à l'aisance du bour-
geois, ses pensées ont dû changer avec sa fortune ;
son opinion s'est relevée avec sa condition. En réalité,
c'était Noël Blangy qu'elle aimait le mieux. D'abord
il avait pour lui les avantages physiques : une très-
belle figure, des traits mâles et doux, un regard vif,

des moustaches noires, un sourire gracieux. Bien pris dans sa taille, il présentait dans tous ses membres les plus heureuses proportions et l'apparence de la force et de la souplesse. De plus, il était le premier qui eût adressé ses vœux à notre jeune fille ; voisin et ami de sa famille, il avait eu avec elle des relations qui prirent de bonne heure une tournure plus sérieuse et une perspective d'établissement. Depuis six ou huit ans on avait commencé à parler de mariage, et il ne paraissait pas que rien ou personne dût s'y opposer. L'égalité de condition favorisait singulièrement ces vues. Il est fort à croire qu'elles se seraient réalisées, si la succession de l'oncle Jacques ne fût venue déranger les combinaisons. L'oncle Jacques, frère de la mère de Mariette, habitait Grenoble ; on n'avait avec lui que des rapports assez rares, et bien certainement on n'espérait rien de lui, quand tout à coup on apprit qu'ayant perdu en fort peu de temps sa femme et ses deux enfants, il venait lui-même de les suivre dans la tombe.

Cet événement apportait, disions-nous, un grave changement dans la situation de Mariette, et lui donnait droit à de plus hautes prétentions. Ce fut sans doute cette circonstance qui attira sur elle l'attention de René Deluze, fils d'un notaire de la ville. Jusqu'à quel point l'attrait exercé par la fortune se détachait ici de l'affection inspirée par la personne, c'est ce qu'il nous serait difficile de déterminer, et qui l'eût été peut-être pour le jeune homme lui-même. Quoi qu'il en soit, il courtisa sérieusement Mariette Deslauriers. Son physique, pris en détail, était moins

avantageux que celui de son concurrent ; mais il avait
en revanche un certain cachet de distinction dû à
une éducation plus soignée, à une instruction plus
développée, et surtout au moule de la famille. Mariette le savait parfaitement, à tel point qu'elle éprouvait en sa présence cette sorte de respect que l'on
éprouve ordinairement devant des personnes d'un
rang supérieur. René était d'ailleurs aimable, gracieux, poli ; son langage était plus pur, son ton plus
grave, le cercle de sa conversation plus varié. Mais
il avait moins d'entrain, moins de gaîté et d'abandon, moins de vivacité dans l'expansion de son amour,
que Noël Blangy le contre-maître. Encore une fois
le cœur de Mariette s'en allait naturellement vers
celui-ci, mais sa raison la ramenait vers celui-là.

Tels étaient les éléments du combat qui se livrait
dans l'âme de la jeune fille : combat jusqu'alors paisible, de pure spéculation, en quelque sorte, puisqu'elle ne voulait point considérer l'affaire de son
mariage comme une question actuelle, mais comme
un de ces doux rêves, de ces gracieux problèmes que
l'imagination agite, où elle se joue, d'où elle tire
tour à tour des soucis qui plaisent et des incertitudes
qui charment. Elle jouissait de cette rivalité honorable pour elle, anxieuse pour d'autres ; les plis qui
passaient sur les fronts de ses deux amants avaient la
vertu de dérider le sien ; elle riait de leurs sollicitudes, de leurs attentions, de leurs apparentes boude-
ries, de leurs froideurs d'un moment, de leur attachement de tous les jours, de ces mille et une petites
ruses dans lesquelles sa coquetterie aimait à les en-

velopper. Mais l'heure venait enfin où il fallait se décider, faire un heureux et un malheureux. Mariette
sentait, ou du moins croyait sentir, que René devait
être, des deux, le moins flatté de son choix, comme
aussi il serait le moins à plaindre de son refus, puisque sa situation sociale lui permettrait de trouver facilement ailleurs une union assortie. C'était là sans
doute la raison pour laquelle il mettait un empressement moins apparent, moins vif, à la courtiser,
et la raison aussi pour laquelle elle employait elle-
même plus d'art à le retenir dans ses filets : l'activité d'une femme à se faire rechercher étant généralement en raison directe de l'insouciance qu'on lui
témoigne. Cette conviction, jointe à l'espèce de respect que René Deluze lui inspirait, imprimait à Mariette une façon si différente dans l'accueil qu'elle lui
faisait, que la bonne-maman avait coutume de dire
qu'elle s'endimanchait toujours pour recevoir M. De
luze.

Eh bien! il fallait enfin terminer la lutte. La jeune
fille commença alors à éprouver des déchirements
douloureux, des perplexités étranges. Adieu, paisible
insouciance! adieu, charmante indécision, rêves de
l'imagination, fluctuations délicieuses d'une volonté
maîtresse d'elle-même! Voilà qu'on ne s'appartient
plus. Un je ne sais quoi d'impérieux commande,
exige, trouble, remue l'âme de fond en comble. Un
long plaidoyer s'établit entre ces deux causes, naguè-
res traitées sur le même pied, avec autant d'indifférence que deux procès dont les pièces dorment dans
la poussière d'un greffe. Quand Mariette se figure

qu'elle a éliminé Blangy, elle croit avoir perdu la
gaîté, la sérénité joyeuse et confiante qu'il porte avec
lui et qu'il n'aurait certainement pas manqué d'intro-
duire dans le ménage. D'autre part, quand elle se représente René Deluze repoussé, elle sent qu'elle a fait
le sacrifice d'une position honorable, du bon ton, des
manières distinguées que l'alliance de ce jeune
homme, de cette famille, allait greffer sur sa modeste
existence. Puis, quand elle voulait faire la somme des
pertes et des profits, sa tête se brouillait; elle ne
pouvait établir une balance exacte, son cœur s'en al-
lant d'un côté et sa raison de l'autre; après de longs
et stériles débats, elle se retrouvait, comme au début,
en face de deux prétendants, dont l'un semblait avoir
plus de droits à son amour, et l'autre plus de titres à
son estime.

En ce temps (et aujourd'hui peut-être encore) aucun
lyonnais, aucune lyonnaise ne tranchait une question
de quelque gravité sans avoir conseillé celle que l'É-
criture appelle la Mère du bon conseil (1). Étoile du
matin, toujours levée sur sa cité fidèle, Marie ne
laisse guère sans le trait de lumière nécessaire l'enfant de Lyon qui recourt à elle avec un cœur pur.
Mariette avait trop bien puisé dans son éducation la
dévotion à Notre-Dame-de-Fourvières, pour ne pas
aller déposer à ses pieds ses anxiétés et ses doutes.
Elle monta donc au sanctuaire béni. Elle pria, elle
pleura même; elle montra son cœur inquiet, déchiré,
elle demanda conseil. Le rayon d'en haut ne vint

---

(1) Meum est consilium, mea est prudentia. (Prov. viii, 14.)

pas ; un certain trouble se fit en elle, par des vues
providentielles qui s'expliquèrent plus tard ; de
grandes ténèbres envahirent l'âme de la jeune suppliante. Elle en conclut que, conformément aux vues
de son divin Fils, Marie voulait pour elle une
épreuve, tout au moins que l'heure de la décision
n'était pas encore venue, et qu'il fallait se résigner à
attendre. Cette dernière interprétation s'accommodait
assez à ses dispositions présentes. Oui, elle aurait
voulu attendre. Qu'est-ce qui la pressait ? qu'est-ce
qui l'obligeait à prendre une résolution immédiate ?
Quelques mois de délai ne pouvaient lui nuire dans
l'affection de ces jeunes gens. Et si l'un d'eux se las-
sait de l'attente, ce devait être une preuve qu'il ne
l'aimait guères. L'amour est patient, c'est saint Paul
qui le dit. Un amant sincère souffre sans doute de ne
point posséder celle qu'il aime ; mais il ne se rebute
point, il ne se décourage point ; sa flamme, au contraire, ne fait que s'accroître et puiser un nouvel aliment dans le tourment qu'il éprouve. Ce sera une
pierre de touche qui servira à vérifier si l'attachement dont ces jeunes hommes font profession pour
elle est sincère, et surtout solide.

Ce fut dans ces dispositions qu'elle descendit de la
montagne. Un événement fortuit (si tant est qu'il y
ait rien d'absolument fortuit dans les choses de ce
monde) lui donna précisément le trait de lumière
qu'elle demandait. Une grande agitation régnait en
ce moment dans la ville ; les rues, les places étaient
jonchées de monde ; des cris dans les sens les plus
opposés se croisaient de toutes parts ; bref, Lyon of-

frait le spectacle qu'il ne présenta que trop souvent
dans ces jours de triste mémoire. Or, voici quelle en
était l'occasion :

Le serment de fidélité à la nation, à la loi, au roi,
prêté par les trois ordres ; les concessions faites par le
clergé et la noblesse, n'avaient point désarmé l'esprit
de rébellion ni satisfait l'appétit populaire. L'impunité du premier désordre avait enhardi les fauteurs de
révolution. Par l'effet de leurs intrigues, le mouvement se répandait dans les campagnes. Des émissaires
parcouraient la province, surtout les alentours de
Lyon, et y semaient les nouvelles les plus alarmantes.
— Les seigneurs, disaient-ils, n'avaient fait que des
concessions apparentes ; au fond, ils détestaient le
nouvel ordre de choses et ne cherchaient que l'occasion de retirer leurs promesses et d'accabler le peuple
d'un joug plus dur. En attendant, ils faisaient des
provisions d'armes ; chaque château devenait comme
un arsenal où s'entassaient sabres, fusils, piques, munitions de toute sorte ; à un jour fixé, à une heure donnée, les châtelains paraîtraient à la tête de leurs gens
et de brigands soudoyés, et mettraient le feu aux chau-
mières. — Ces bruits trouvaient crédit chez le peuple
ignorant et crédule. Les têtes s'échauffaient, les démarches des seigneurs et de leurs serviteurs étaient
épiées, les moindres indices devenaient des preuves ;
partout enfin régnaient la défiance et la terreur. Les
émissaires avaient soin d'ajouter que le plus sûr était
de prendre l'avance, de détruire ces repaires d'oppression, ces citadelles armées contre le peuple. Ils
poussaient même l'audace jusqu'à dire que tel était

le vœu de l'Assemblée Nationale et l'ordre formel du roi. En sorte que des paysans ignares croyaient, pour la plupart, se conformer aux intentions de leur souverain en portant le feu dans les demeures féodales, en y détruisant les archives et les titres de propriété. C'est ainsi que de magnifiques habitations furent détruites, entre autres celles de MM. de Loras, de Combe, de Saint-Priest, etc... De tous les points du Lyonnais et du Dauphiné, on pouvait découvrir la lueur d'un incendie. Naturellement, la canaille des villes applaudissait à ces actes de brutalité sauvage. Un certain nombre d'hommes sans aveu allaient se joindre aux campagnards, et n'étaient pas les moins ardents à piller et à démolir. Les faubourgs de Lyon, en particulier, envoyèrent un contingent notable à ces hordes dévastatrices. En rentrant, les pillards rapportaient, outre leur butin, une immense soif de désordre et réagissaient sur les classes inférieures. Les choses en vinrent au point que le comité des électeurs-unis de la ville et de la sénéchaussée de Lyon, redoutant une insurrection dans les faubourgs, demanda au gouvernement des secours suffisants pour maintenir l'ordre. En conséquence, un escadron de chasseurs et le régiment suisse de Sonnenberg vinrent de Bourg en Bresse et de Grenoble, pour renforcer la garnison de la ville. Ainsi rassuré contre les troubles du dedans, le comité songea à réprimer ceux du dehors. On venait d'apprendre qu'une troupe révolutionnaire avait pénétré dans un couvent de chartreuses, à Salette, en Dauphiné, et avait extorqué des religieuses une somme d'argent. On fit appel au ba-

taillon des volontaires. Cent cinquante, et parmi eux
Deluze, répondirent à l'appel et partirent avec quinze
dragons, sous un de leurs plus dévoués capitaines,
M. de Coinde ; lorsqu'ils arrivèrent à Salette, les
paysans, amorcés par les résultats de leur première
visite, en recommençaient une seconde. Les volontaires les chargèrent, en tuèrent quatre-vingts, dis-
persèrent le reste, moins une soixantaine qu'ils firent
prisonniers et ramenèrent garrottés à Lyon. Aussitôt
une immense rumeur s'élève au faubourg de la Guillotière ; les révolutionnaires accourent ; tous considè-
rent les prisonniers comme leurs frères, les volontaires comme des ennemis ; un cri part, répété par
toutes les poitrines : *A bas les muscadins ! Vivent les
paysans ! A mort les assassins du peuple !* Une grêle
de pierres tombe en même temps du haut des maisons sur la troupe de M. de Coinde ; celui-ci fait tirer
deux coups de fusil sur les insurgés ; deux d'entre eux
roulent du haut d'un toit ; cet incident irrite la foule,
en même temps qu'elle l'épouvante. C'est à travers
ces huées et ces coups de pierres que le détachement
s'avance ; les plus ardents des émeutiers cherchaient
déjà des armes ; de leur côté, les volontaires s'apprê-
taient à faire usage des leurs ; six cents hommes de
la milice bourgeoise et deux cents dragons s'avan-
çaient à leur aide : tout laissait prévoir une sanglante
mêlée, quand les consuls et les syndics de la ville
firent publier que si les toits ne se dégarnissaient pas,
le faubourg serait mis à feu et à sang. Cette menace
obtint son effet ; les insurgés n'osèrent plus continuer
leurs insolentes attaques.

Mariette descendait de Fourvières au moment où les volontaires entraient à la Guillotière. Effrayée de ce tumulte, elle se hâtait de gagner le quai de la Charité, pour remonter chez elle, quand elle fut arrêtée par un rassemblement populaire qui accompagnait, en vociférant, la petite troupe des volontaires. Pour ne pas être étouffée dans la foule, elle se glissa dans une porte entr'ouverte, prit un escalier, se trouva ainsi chez une de ses connaissances, à un premier étage, et se mit à la fenêtre pour voir ce qui se passait dans la rue qui était littéralement engorgée de monde, de curieux peut-être autant que de malveillants. M. de Coinde, officier aussi prudent que brave, avait prescrit à ses volontaires de s'abstenir de toute violence, de rester insensibles aux provocations et de n'user de leurs armes que sur l'ordre formel qu'il leur en donnerait. Ces héroïques jeunes gens se conformèrent à sa recommandation ; mais il était facile de voir, à la contraction de leurs traits, combien il leur en coûtait de ne pas repousser la vile canaille qui les entourait et les harcelait de toutes manières. Un certain mouvement attira soudain l'attention de Mariette ; cinq ou six soldats s'approchaient d'un des leurs qu'une pierre venait d'atteindre à la tête, et dont le sang coulait sur sa figure. La jeune fille reconnut en lui René Deluze ; son cœur battit d'une façon inaccoutumée. Le noble défenseur de l'ordre public avait reçu cette lâche injure sans en paraître ému. Il se contenta de porter son mouchoir à sa tempe, pour dissimuler ou peut-être étancher sa blessure. L'aggresseur, porte-faix au regard audacieux et d'une taille herculéenne, n'avait point pris

la peine de s'effacer ; il paraissait, au contraire, tenir
à ce qu'on sût de quelle main le coup était parti. Ses
cris furieux : *A bas le muscadin ! A l'eau les ennemis
du peuple !* en provoquaient de semblables de la part
des émeutiers ; soit que la colère l'enflammât, soit
qu'il fût en état d'ivresse, il faisait effort pour se produire et attirer sur lui l'attaque des volontaires. Irrité en effet de cet excès d'impudence, les jeunes
gens qui entouraient Deluze voulurent se précipiter
sur lui et tiraient déjà leurs sabres. Mais le blessé
leur fit signe qu'il le leur défendait. Sa qualité
de lieutenant l'autorisait à donner des ordres. —
A vos rangs, soldats, s'écria-t-il d'une voix assez
haute pour qu'on pût l'entendre à une grande distance. Nous sommes ici pour défendre l'ordre, et
non pour le troubler. A vos rangs, vous dis-je. —
On obéit. Mais l'aggresseur n'en devint que plus
audacieux. Il continua à vociférer, à poursuivre de ses
injures le généreux volontaire et prit à tâche de le
suivre tant qu'il put.

Les larmes étaient venues aux yeux de Mariette, et
ces larmes c'était l'admiration qui les faisait naître.
Oui, ce vaillant jeune homme lui paraissait beau sous
ses vêtements poudreux, avec son air fatigué, ses
formes martiales, et surtout ce courage héroïque,
cette patience sublime qui lui faisait sacrifier au devoir
la pointe de l'honneur et la susceptibilité du soldat.
René ayant levé les yeux par hasard découvrit celle
qu'il aimait, et lui adressa un gracieux sourire
et un salut de tête. Mariette y répondit en agitant
son mouchoir en signe de satisfaction et pour lui faire

comprendre qu'elle savait apprécier l'acte dont elle venait d'être témoin. Il parut sensible à cette démonstration, et la paya encore d'un aimable sourire. Puis le bataillon continua sa marche, à travers les huées révolutionnaires et les rares applaudissements de quelques gens de bien. Mariette le suivit du regard tant qu'elle put, ses yeux toujours pleins de larmes. Mais ces larmes, pareilles aux pluies d'un moment qui suffisent à dissiper un orage, avaient calmé la tempête de son âme et éclairé ses brouillards : le trait de lumière qu'elle avait demandé rayonnait soudain : son choix était fait, elle était vaincue. Un sentiment irrésistible lui disait que c'était là son époux, qu'elle ne pouvait rencontrer une âme plus noble que celle qui venait de se révéler à elle dans ce simple incident. Aussi le soir, quand René revint au logis de la rue Saint-Clair, raconter l'expédition dans ses détails et exprimer en termes énergiques l'horreur que lui inspirait la marche de plus en plus accusée du principe révolutionnaire, eut-il la satisfaction d'entendre enfin le mot si vivement désiré, si impatiemment attendu. — Je suis à vous, M. Deluze, lui dit Mariette enthousiasmée. Puissé-je me montrer digne d'un cœur aussi généreux, d'une âme aussi élevée que celle du lieutenant de volontaires ! Mon unique ambition sera de m'élever à la hauteur où je vous vois. — Et la mienne, répondit Deluze, sera de ne point vous faire repentir de votre décision et de contribuer de tout mon pouvoir à vous rendre heureuse. Puissé-je y réussir !

Sur quoi madame Deslauriers ravie de joie, s'écria :

— Que l'apoplexie viennent maintenant quand elle voudra ; elle trouvera ma tête tranquille et mon cœur satisfait.

IV

EXPLICATIONS

Nous ne saurions dire que la décision de Mariette ne fût pas accompagnée de quelque regret. Le lien qu'elle formait d'un côté, elle le brisait de l'autre. Elle sentait l'effet qu'allait produire cette nouvelle sur Noël Blangy. René, elle se le répétait encore, aurait eu plus de facilité à supporter un refus ; le jeune contre-maître le ressentira vivement. Pour l'un, ce n'eût été qu'un mince accident dont chaque jour aurait effacé la trace ; pour l'autre, ce sera un grave événement qui renversera toute une existence, tout un avenir. Ce n'était donc pas sans émotion qu'elle attendait le moment où Noël, fidèle à son habitude, viendrait se délasser près d'elle des travaux de la semaine, et chercher dans de doux rêves une compensation aux difficultés de sa situation. Car l'état des choses empirait ; les affaires étaient suspendues ; la plupart des métiers chômaient ; plusieurs maisons importantes avaient suspendu leurs paiements ; d'autres étaient sur le point d'en faire autant ; l'argent se resserrait, pendant que le prix des denrées augmentait ; c'était comme un étranglement dans les relations commerciales, et cette détresse, tout en devenant la cause ou le prétexte de l'agitation populaire, contribuait à l'augmenter. Dans leur dernière entrevue, Noël Blangy n'avait point dissimulé ce que l'avenir, un avenir prochain, renfermait pour lui de soucis et d'inquiétudes. Le tableau qu'il en avait tracé à son amie avait produit sur celle-ci une vive impression. C'était la faim, rien moins que la faim, qui le menaçait. Et tout prouvait à Mariette que le tableau n'avait rien de chargé ; elle voyait trop bien elle-même que le souffle révolutionnaire, pareil au vent brûlant du désert, desséchait jusques dans leurs sources les éléments du bien-être social.

Tel était, à vrai dire, le côté triste de la décision qu'elle venait de prendre : l'existence de Noël s'en trouverait flétrie. Au lieu de l'aisance qu'il avait lieu d'espérer, il ne lui restait plus en perspective qu'une vie de détresse, la solitude et le malaise. Et elle porterait tout le long de sa vie le poids de cette pensée : — Je pouvais rendre ce jeune homme heureux, et je l'ai livré au malheur. — Bien plus, elle paraîtra avoir cédé à un vil motif d'intérêt et n'avoir nourri les espérances de ce jeune homme tant qu'il pouvait gagner de l'argent, que pour l'abandonner ensuite à l'heure où l'avenir se fermait devant lui. Dieu savait combien un tel calcul avait été loin de sa pensée ; mais à qui le persuaderait-elle ? L'intérêt n'est-il pas la mesure générale sur laquelle chacun règle ses jugements comme ses actions ? Qui pourra s'imaginer qu'elle n'a pas accepté un de ses prétendants parce qu'il appartient à une condition aisée, et repoussé l'autre parce qu'il est prolétaire ? Et

Blangy lui-même, que pensera-t-il? que dira-t-il?
Elle ne se posait pas cette question sans un frémis-
sement involontaire.

Il vint enfin, et même plutôt qu'elle ne s'y attendait : le travail avait été suspendu dans les ateliers
dont il avait la surveillance, et il se trouvait libre dès
le matin du samedi. En le voyant attristé de cette
circonstance, en lisant sur son front les inquiétudes
qui troublaient son cœur, Mariette n'eut pas la force
de lui faire son aveu ; elle sentit seulement naître ses
larmes. Naturellement Blangy les attribua à la sympathie que sa position lui inspirait ; mais qu'il était
loin d'en soupçonner la véritable cause ! Cependant
il aurait dû deviner quelque chose de nouveau à l'air
d'embarras qu'avait Mariette, à ses phrases plus vagues, à ses réponses évasives. Et jamais elle n'avait été
plus ouverte, plus expansive que dans leur dernière entrevue ; jamais elle n'avait mieux fait luire l'espérance
à ses yeux ; c'était la gaîté, l'entrain des jours de
leur enfance. Sauf une promesse formelle, elle n'aurait pu exprimer plus clairement (il le pensait du
moins) l'intention de le choisir pour époux. Nous
croyons qu'il s'était fort exagéré la portée de quelques
paroles aimables, de quelques allusions indirectes ou
voilées ; mais on se persuade si vite ce que l'on désire ! Et l'amour est si ingénieux à se tromper lui-
même ! Il fallut donc que la dame Deslauriers, touchée de le voir exprimer si ouvertement ses espérances,
affirmer que ce qui le consolait du présent c'était la
pespective de l'avenir, saluer dans son amie d'enfance la main bienfaisante qui reparerait les injus-

tices de la destinée ; il fallut, dis-je, que la pauvre
femme, inquiète de le voir s'engager si avant dans
ce gracieux labyrinthe, fît enfin tomber le voile de ses
yeux. Aussi bien Mariette, interdite, troublée, déso-
rientée, ne savait que dire, ni même que penser.

— N'y songez plus, Noël, dit la bonne grand'mère,
non, n'y songez plus. Ce que vous appelez votre rêve
s'est évanoui. Mariette a enfin pris une décision, et...
j'ai regret de vous le dire : son choix ne s'est pas arrêté
sur vous.

Un coup de foudre n'eut pas produit un pareil effet
sur l'infortuné contre-maître. Il eut d'abord quelque
peine à comprendre ce qu'il entendait, c'est-à-dire que
son cœur, percé de part en outre par ce trait soudain,
ne se rendait pas compte de sa propre blessure. Il
avait penché la tête, fermé les yeux, joint les mains
dans une attitude passive; puis peu à peu ses membres
tremblèrent, son visage pâlit, puis redevint rouge ; et
ses paupières s'étant relevées, son regard alla s'attacher à un angle du mur et y resta fixé dans une immobilité glacée. Son être était véritablement bouleversé, ses sens frappés de stupeur ; un poids immense
l'écrasait ; car il perdait tout, tout dans le présent et
dans l'avenir, les moyens de vivre, le plaisir de vivre,
la volonté de vivre ; espérances, fortune, affection,
rêves longtemps nourris, doucement caressés : tout s'en
allait à la fois, d'un seul trait et pour toujours. Près
de dix minutes s'écoulèrent ainsi sans qu'il prononçât
un mot, sans que Mariette osât ouvrir la bouche,
sans que la grand'mère essayât de prononcer une parole de plus. Il serait difficile de dire lequel était le

plus ému ; mais tous les trois se surprirent les larmes aux yeux. Toutefois, le jeune homme se retrouva bientôt maître de lui-même ; dominant sa sensibilité, et comme honteux d'avoir donné des marques de faiblesse, il commença à sentir le besoin de demander compte d'une décision à laquelle il n'avait jamais moins eu lieu de s'attendre.

— Est-ce bien sérieusement, Mariette, que vous me rejetez? Et qu'avez-vous trouvé en moi qui vous ait si subitement déplu?

— Rien, Noël. Je vous vois aujourd'hui, comme je vous ai toujours vu ; vous êtes à mes yeux ce que vous étiez naguère; toujours...

— J'ai peine à le croire. Jusqu'ici je vous ai crue franche, sincère dans votre parole ; malgré moi, je suis forcé de changer d'avis. Non, Mariette, le pauvre Noël Blangy n'est plus ce qu'il était : votre ami d'enfance, votre compagnon de jeu, le premier objet de votre naïve affection. Un grand changement est survenu dans notre situation respective : la fortune vous a souri et elle me dédaigne; voilà le mot de l'énigme.

— Je proteste contre cette parole, répliqua vivement Mariette. Votre cœur dément votre bouche ; vous ne croyez point à ce que vous dites. Non, Blangy, ce n'est point là la raison de ma décision ; je n'ai pas puisé mes motifs à une source aussi basse. Vous devez me connaître assez pour être convaincu du contraire. Cette différence imprévue dans notre situation est précisément la raison qui me fait regretter d'avoir été obligée de vous quitter, sans cependant cesser de vous aimer.

— Obligée ? répartit le jeune homme avec un sourire triste.

— Oui, Noël, autant qu'on peut l'être dans une matière pareille ; ce n'est point, je crois, vous faire injure en donnant ma main à quelqu'un vers qui une nuance de sentiment me porte...

— Une nuance ! dit-il avec le même sourire, mais devenu ironique.

— Une nuance ! j'insiste sur le mot, que je crois juste. Car au fond mon affection pour vous ne différait point de celle que j'éprouve pour M. Deluze. Mais enfin, puisqu'il fallait choisir, j'ai dû me déterminer par quelque petite différence qu'il vous est permis de ne pas deviner, de ne pas apprécier, mais qui a dû avoir à mes yeux une importance suffisante pour déterminer mon choix. Je ne crois pas qu'il y ait rien là de coupable pour moi ni d'injurieux pour vous.

— Qui a dû ! Il faut bien que j'accepte tout sur parole. Mais je serais curieux de savoir en quoi consiste cette nuance et si, à travers tous les détours que vous pourriez prendre pour l'expliquer, elle ne se réduirait pas à ce simple point : Je suis devenue riche et Noël Blangy reste pauvre.

La rougeur monta à la figure de Mariette. Ce soupçon la blessait. Si avant qu'elle creusât dans son âme, elle était bien sûre qu'elle n'y trouverait pas le motif qu'on lui reprochait. Volontiers se fût-elle fâchée, si elle n'eût été touchée de la situation pénible de son amant désappointé.

— Je vous pardonne, reprit-elle après un moment de silence et en faisant effort pour se contenir, je vous

excuse, Noël, en faveur de la peine que ma décision
paraît vous causer. Si quelque chose pouvait me consoler de vous avoir quitté, ce serait la pensée que
vous ne m'avez jamais vraiment connue, et que cette
méprise aurait pu devenir la source de bien des cha-
grins dans le cours de notre existence. J'abandonne
à Dieu le soin de juger ma cause. Sans être encore
bien avancée dans la vie, j'ai cependant assez d'expérience pour savoir qu'il y a peu de fond à faire sur
les jugements des hommes.

— Et surtout, répliqua vivement Blangy, sur l'affection d'une femme. Depuis longtemps j'entendais
dire que l'inconstance est le caractère de votre sexe;
et pourtant je croyais voir un démenti à ce proverbe
dans la solidité de votre attachement pour moi. Quelle
était mon erreur! Je devais précisément être victime
de la facilité avec laquelle un amour pur, constant,
persévérant, est dédaigné par une femme.

— Pur! constant! persévérant! reprit Mariette à
son tour. Je puis aussi relever ces expressions, et il
ne me sera pas difficile d'y apporter un correctif. Vous
oubliez, Noël, que votre affection pour moi eut
aussi son éclipse. Mariette Deslauriers n'était alors
qu'une simple et pauvre ouvrière, et vous veniez d'arriver au poste que vous occupez. La fortune semblait
donc vous sourire, et moi, elle me délaissait dans mon
obscurité. Alors... alors... laissez-moi, Noël, vous
rappeler ceci sans amertune, alors vous détournâtes
les yeux de votre amie d'enfance ; et si plus tard elle
vous donna un rival dans son affection, vous aviez
commencé par lui donner une rivale dans la vôtre. En-

core une fois, gardez-vous de voir ici l'ombre d'un reproche; je constate un fait sans le blâmer, sans m'en
plaindre, car même alors je sentais que vous étiez
dans vos droits; et s'il m'arriva d'en souffrir, d'en
pleurer peut-être, jamais du moins je ne fus assez injuste pour vous accuser d'injustice. Vous étiez libre,
Noël, comme je le suis moi-même. Vous eussiez
épousé Hélène Cossin que je ne vous en aurais point
voulu ; je crois même pouvoir ajouter que j'aurais con-
tinué à voir en vous un ami, le premier compagnon
de mes jeux, que j'aurais même eu la force (que le
ciel me pardonne si je suis présomptueuse) de me
lier d'amitié avec la femme qu'il vous aurait plu de
choisir. Voilà la vérité, telle que ma conscience me la
dicte. J'espère que vous me croirez sur parole. J'ai
confiance aussi que vous me rendrez la pareille, en me
conservant votre affection, ainsi qu'à l'époux que j'ai
choisi...

— Jamais! répartit le jeune homme d'un ton emporté, et en se levant subitement comme si un ressort
l'eût fait mouvoir. Jamais ! jamais je ne verrai d'un
bon œil le *muscadin* qui m'a ravi la femme sur laquelle je comptais. Entre lui et moi un abîme se
creuse... Et... et... Passons là-dessus. On se repent
toujours d'avoir écouté le langage de la passion. Cependant, j'en conviens : vous étiez libre, Mariette,
vous ne m'aviez donné que de vives espérances, une
sorte de certitude morale sur laquelle je croyais pouvoir bâtir mon avenir. Vous n'étiez liee par aucun en-
gagement formel, vous avez usé de votre liberté, je
n'ai rien à dire. Seulement, puisque votre projet était

4

mûri depuis longtemps, pourquoi m'avez-vous
trompé, nourri d'illusions, bercé de vains rêves?
Pourquoi, il y a huit jours, par exemple, dans notre
dernière entrevue, vous êtes-vous montrée tellement
gaie, tellement prévenante, avez-vous fait tant d'allusions tellement claires que je dus nécessairement m'y
laisser prendre? Il y a là-dedans une teinte de
malice, de cruauté même, dont vous ne sauriez
vous laver. Vous aiguisiez la pointe pour mieux me
l'enfoncer; vous empoisonniez la flèche pour que
la blessure fût mortelle. C'est là un trait de méchanceté que je ne saurais oublier. En convenez-
vous?

— Je ne pourrais en convenir sans mensonge, répondit la jeune fille avec calme. Or, c'est assez de vos
soupçons injustes sans que je me calomnie moi-même.
Non, non, mille fois non, je ne suis point coupable
de la noirceur que vous me reprochez. Il y a huit
jours (puisque vous me reportez à ce point précis), je
n'avais jamais eu et n'avais point encore de parti
pris; j'hésitais entre M. Deluze et vous; le dirai-je
même? c'était vers vous que je penchais, vers vous,
Noël... ne faites point ces signes négatifs... vers vous,
vous dis-je, quand un incident est venu changer mes
dispositions et fixer enfin mes incertitudes. C'était
donc bien sincèrement que j'agissais; il n'y avait en
moi ni ruse, ni tromperie, à plus forte raison ni malice, ni cruauté. Je vous vois toujours secouer la tête
comme si je n'étais plus digne d'être crue; comme si
la jeune fille que vous vous plaisiez à nommer la
naïve, l'ingénue, était tout-à-coup devenue un mons-

tre de perfidie et de trahison!... Alors, il ne me reste
plus qu'à me taire.

— Et pourtant ce qu'elle dit-là est bien vrai,
ajouta ici la dame Deslauriers. Voilà ce que c'est :
quand une femme accueille les vœux d'un amant, il
croit d'elle tout le bien possible, et souvent beaucoup
plus qu'il n'y en a. Mais si elle vient à changer d'idée,
elle n'est plus bonne qu'à jeter aux chiens. Blangy,
je vous atteste que Mariette ne ment pas ; tout ce
qu'elle vous raconte est l'exacte vérité.

— Et, s'il n'y a pas d'indiscrétion, répartit le contre-maître sans prêter aucune attention aux paroles
de la grand'mère, serait-il possible de savoir de quelle
nature est l'incident dont vous parlez? quel est le
grand, l'important événement qui a opéré un changement si subit ? Car enfin vous n'êtes pas femme à
obéir à un simple caprice. Vous avez dû avoir de bonnes raisons pour prendre une résolution si grave et si
subite.

— Ici, Noël, vous remuez une corde délicate, répondit Mariette. C'est le secret de mon cœur et je ne
reconnais à aucun être humain le droit de le pénétrer. Qu'il vous suffise de savoir que je n'ai point
agi à la légère ; surtout n'allez pas vous persuader
que la préférence accordée à l'un suppose le mépris
pour l'autre. Non : le mieux, ou ce qu'on croit le
mieux, n'exclut pas le bien ; tout au contraire, il le
suppose. Le long délai que j'ai mis à me décider
prouve que je voyais des avantages des deux côtés.
Mais, vous le savez, il faut peu de chose pour faire
pencher l'un des plateaux d'une balance en équilibre.

Quand nous voulons acheter un vêtement, nous hé-
sitons quelquefois longtemps (nous autres femmes
surtout), entre deux couleurs qui nous attirent également. Puis comme il faut cependant choisir, nous
finissons par nous décider, mais sur quelle base?
pour quelle raison? nous ne saurions trop le dire.
C'est une nuance, inaperçue tout à l'heure, c'est un
reflet, un chatoiement, un jet de lumière ou d'ombre,
le plus mince accident, quelquefois un instinct, une
impulsion non raisonnée. Et en combien d'autres choses ce phénomène ne se remarque-t-il pas? Vous êtes
bien novice dans la connaissance du cœur humain,
Blangy, si vous ignorez qu'il renferme une multitude
de fibres aussi respectables que délicates, aussi sensi-
bles que difficiles à analyser, qui ont leur genre de
pudeur, leur légitime susceptibilité, en sorte qu'une
main étrangère, que dis-je une main? un regard, un
souffle étranger ne saurait les atteindre sans les pro-
faner. La noblesse de sentiment qui vous caractérise
et à laquelle je me plais à rendre hommage, ne me
permet pas de croire que vous vouliez forcer ce sanctuaire. En deux mots, Noël, mon secret est à moi, et
je vous demande de me le laisser.

— Discrétion inutile! mystère hors de saison! répliqua Blangy avec aigreur. Avant de recommander
la réserve vis-à-vis de vous, il conviendrait que vous
la gardassiez avec vous-même. Il est des âmes qui ne
savent pas se contenir, et quelque air de mystère que
vous cherchiez à prendre ici, votre secret a percé. Qui
ne vous a vue, l'autre jour, accueillir avec enthou-
siasme l'arrivée du muscadin? Qui ne vous a pas re-

marquée agitant votre mouchoir en signe de triomphe? Qui n'a pas observé ces échanges de politesse
entre vous et votre futur? Sans doute le sang de quelques patriotes cruellement versé ornait à vos yeux le
bien-aimé de votre cœur. Vous l'avez trouvé beau
sous ces palmes de nouveau genre; il avait plongé son
épée dans le sein d'un pauvre père de famille, fait des
veuves et des orphelins, et c'est pour vous un titre de
gloire. Vous voyez que votre secret n'est pas un secret ; vous avez eu soin de mettre vous-même à nu le
fond de votre pensée. Oh ! je vous l'assure, ce fait
m'a étonné; ce ne sont pas là les sentiments que l'on
vous a inspirés dans l'éducation. Si votre père vivait
encore, il ne reconnaîtrait point ici sa fille. Patriote,
simple ouvrier, opprimé comme nous le sommes tous,
il n'eût point pris parti pour le riche contre le pauvre, quand bien même la fortune eût daigné lui sourire. La fortune aurait pu changer ses habitudes; elle
n'aurait point changé son cœur; jamais il ne se fût
décidé à applaudir aux ennemis du peuple. Que son
ombre se lève et vienne me rendre justice !

— Ce langage ne m'émeut point, Noël, répliqua
Mariette à cette tirade débitée avec l'emphase décla-
matoire que le contre-maître avait puisée dans les
journaux et les écrits du temps. Des mots pompeux,
des phrases sonores n'ont pas la vertu de changer les
idées ou la nature des choses. Dépouillons un peu le
fait de son habit d'emprunt. Des paysans ameutés
font irruption sur un couvent de pauvres religieuses
uniquement occupées à prier Dieu, et y portent le
ravage et la profanation. Quelle excuse voyez-vous

à ce crime ? Qu'avait le peuple à craindre de la part
de quelques femmes vouées à la solitude, au silence,
au travail, à la prière ? Quel si terrible complot pou-
vaient-elles former contre le bonheur public ? Et
cependant on se rue sur elles, on force leur clôture,
on parcourt leurs pauvres cellules, on pille leur mobilier, on enlève leurs modestes épargnes, on vide leur
cellier ; bien plus, on outrage leurs personnes de la manière la plus odieuse. Et vous oseriez justifier de pareils
excès ? Et quand de généreux citoyens iront prendre
la défense de ces malheureuses femmes, vous crierez
à l'oppression ? vous ferez sonner les mots d'assassins, d'oppresseurs du peuple, si quelques-uns des
auteurs de ces lâches attentats tombent sous les
coups de la justice ? Peut-on mieux abuser du langage ? Je croyais que votre simple bon sens vous mettrait à l'abri de ces sottes déclamations. Vous parlez
de mon père... Oui, mon père aimait le peuple, mais
d'un amour sage et éclairé. S'il eût été témoin de ce
que nous voyons, ce n'est pas dans la vile canaille
qui s'en va hurlant dans les rues, qu'il eût voulu
voir le peuple, mais dans cette masse de citoyens paisibles qui souffrent maintenant de la suspension du
travail et croient que les abus (si abus il y a) se cor-
rigent par des lois sages, par d'utiles règlements, et
non par des vociférations et des émeutes. C'est aux
défenseurs, et non aux perturbateurs du repos public,
qu'il eût applaudi ; à ceux qui défendent l'innocence
opprimée et non à ceux qui la persécutent, qu'il eût
accordé son suffrage. Ainsi eût-il pensé, ainsi pense
sa fille ; et son ombre (pour parler votre langue plus

païenne que chrétienne) apparût-elle en ce moment,
je crois que je pourrais la regarder en face et qu'elle
n'aurait point à rougir de moi.

— Voila qui est bien pensé et bien exprimé, dit
ici madame Deslauriers. Non, ma fille, ton père ne
rougirait point de toi, ou ses sentiments auraient bien
changé. Je sais qu'il se tint toujours en dehors des
conciliabules d'ouvriers, où Sauvage et ses amis
cherchaient à semer leurs idées incendiaires. Il voulait certainement le bien du peuple, car il avait
connu la misère; mais il voulait aussi l'ordre et la
justice; il ne croyait pas qu'on remédiât à rien par
des conspirations et des révoltes.

— La fortune change les mœurs, reprit Blangy,
qui semblait dédaigner les interruptions de la grand'
mère. Ce vieux proverbe se réalise aujourd'hui. Un
héritage de cinquante mille livres est une opinion
toute faite. Pauvre, on se contentait d'un ouvrier ;
riche, on aspire à un muscadin : c'est dans les règles.
Peut-être, ajouta-t-il avec un sourire plein d'une
ironie amère, peut-être en ferai-je un jour autant.
Qui sait? Si quelque oncle inconnu me constituait
son héritier, je serais dans le cas de quitter mon
métier et de passer dans le rang des muscadins, où
je ferais peut-être aussi belle figure que tel et tel...
Adieu, Mariette ! Je me résigne à mon sort ; résignez-
vous au vôtre. Résignez-vous !... Ce mot vous paraît
étrange ; votre surprise ne durera pas longtemps.
L'heure n'est pas loin où votre situation sera plus
difficile à supporter que la mienne. Avant peu vous
saurez ce que c'est que de sortir de sa condition,

d'aspirer à un rang plus élevé que celui auquel on était destiné par la nature. Je vous prédis des malheurs... Peut-être un jour regretterez-vous de n'avoir pas préféré à une main blanche et soyeuse, la main rude et calleuse d'un ouvrier. Adieu!...

Une colère concentrée avait donné à ces dernières paroles un ton effrayant. Un feu inaccoutumé brillait dans les yeux de Blangy. Son regard fixé sur son ancienne amante semblait lui lancer des éclairs, tellement qu'elle n'en put soutenir le fiévreux éclat. Et tout en disant, en répétant le mot *adieu*, il restait là, fixe, les veines gonflées, la figure enflammée, les lèvres tremblantes. Mariette, les yeux baissés, s'efforçait de porter avec calme cette sorte de malédiction lancée sur elle.

A la fin elle reprit :

— Je me résigne en effet, Noël, puisque vous me le conseillez. J'attendrai, avec une humble soumission aux desseins de la Providence, les malheurs dont vous me menacez. Seulement, je sens le besoin de protester encore une fois contre les vues ignobles qu'il vous plaît de m'attribuer. Non, je n'ai point changé de caractère en changeant de fortune; non, ce n'est pas l'ambition qui a dicté mon choix. Dieu, je le répète, m'est témoin de la pureté de mes intentions. Et si j'osais... mais non : vous êtes mal disposé, Noël, et tout s'aigrit dans une âme aigrie.

— Dites! dites! répondit Blangy avec une vivacité colérique : ne m'épargnez aucune goutte du calice amer ; ouvrez-vous encore pour la dernière fois... Nous ne devons plus nous rejoindre ici-bas, si ce n'est comme ennemis, pour nous haïr, pour nous combattre, pour...

— Oh! jamais! jamais! répartit la jeune fille à son tour. J'ignore quel sens vous attachez à ces mots. Pour moi je ne les admets point, je les répudie de toute l'énergie de mon âme. Je ne sais ni haïr, ni combattre ; j'entends vivre en paix avec tout le monde, même avec ceux (s'il en est jamais) qui auraient le triste courage de me regarder comme une ennemie. Je voulais dire, oh! pardonnez-moi, Blangy, si je vons offense! je voulais dire que je suis encore maîtresse de ma fortune, que j'en puis par conséquent disposer, et que s'il vous plaisait d'en accepter une partie, volontiers...

— Rien! rien! répliqua Noël avec l'accent de la fureur. Bien loin de me plaire, votre proposition me blesse. Gardez ce qui est à vous; vous n'en aurez pas trop pour nourrir le luxe de votre nouvel état et embellir votre cher muscadin. Gardez-le... jusqu'à nouvel ordre : car peut-être n'en jouirez-vous pas longtemps. Rira bien qui rira le dernier... Adieu, cette fois!

Il sortit la colère dans l'âme et le feu dans les yeux. Jamais Mariette ne l'avait vu dans un tel état; elle ne l'eût même jamais cru capable de se livrer à de pareils excès. Mais elle s'expliquait ce langage aigri, menaçant, par le chagrin qu'il éprouvait à se voir déçu dans ses plus chères espérances. Aussi pensa-t-elle que ce n'était là qu'une explosion passagère, un tribut payé à une douleur amère, profonde ; que bientôt Noël, revenu à des sentiments plus cal-

mes, comprendrait son tort et reprendrait les habitudes de son caractère, ordinairement si paisible.
Combien elle se trompait!

V

L'AVIS D'UN PRÉLAT ET D'UN OFFICIER

Mais il s'était passé ici ce que nous déplorions au
commencement de cet ouvrage : un de ces mystères
enfouis dans les profondeurs de l'âme, et qui décon-
certent toutes les données de la sagesse humaine. Né
bon, élevé chrétiennement, doué d'intelligence et
d'un sens droit, Noël Blangy avait dévié de sa ligne
par des mouvements imperceptibles, par une sorte
de gradation insensible et lente, dont il s'était à peine
rendu compte. Combien d'actes coupables, intérieurs
ou extérieurs, sa volonté avait commis, combien
de résistances elle avait opposées à l'impulsion de la
grâce ou aux remords de la conscience, nous ne pour-
rions le dire, et nul ne le sait, hormis Dieu. Mais la
pente, à ce qu'il paraît, avait été glissante, la chute
rapide : car le malheureux se trouvait déjà loin de son
point de départ, nous voulons dire loin des principes
honnêtes de son éducation, de cette fermeté de conviction chrétienne, qui sera à jamais l'ancre de l'âme
dans toutes les circonstances et dans toutes les conditions. L'époque, nous en convenons, était triste ; les
occasions du mal se multipliaient chaque jour ; l'atmosphère devenait de plus en plus malsaine, à rai-

son des funestes doctrines qui se répandaient partout.
Blangy n'avait point échappé à cette influence délé-
tère; depuis que l'agitation s'était manifestée au sein
du peuple, il avait prêté l'oreille, il avait écouté, réfléchi; la cause le touchait de trop près pour ne pas
exciter en lui de vives sympathies. Tout d'abord, cependant, il n'approuva ni ne désapprouva : il y avait,
selon lui, à prendre et à laisser dans les réclamations,
dans les prétendues aspirations populaires; son bon
sens lui disait que tout se lie dans les sociétés, qu'il
n'est pas facile d'ébranler une partie de l'édifice sans
que l'autre en souffre. Son esprit religieux lui décou-
vrait aussi le côté impie du mouvement qui se préparait : car la plupart des démagogues ne dissimulaient
point leur haine contre le clergé, mal cachée sous le
prétexte qu'il était trop riche, et qu'il était temps de
faire rendre au peuple des biens qu'on lui avait volés. Pour comprendre la répugnance, tout au moins
la défiance que ces déclamations devaient inspirer à
une âme honnête, il faudrait se reporter au temps
même dont nous parlons, se figurer l'éducation qu'on
y recevait, tout l'ensemble des idées et des faits dont
se composait jadis l'opinion publique; chose à peu
près impossible aujourd'hui.

Mais la faim, dit le proverbe, est une mauvaise con-
seillère. L'état de détresse où se trouvait alors l'industrie lyonnaise prédisposait singulièrement aux mauvaises suggestions. Des ouvriers en soie, déjà habitués à
une vie plus aisée, trouvaient leur salaire insuffisant(1);

(1) La moyenne était alors de 26 sous pour les hommes et de
15 sous pour les femmes.

ce salaire même s'affaiblissait à raison de la diminution du travail. Tant que Blangy fut soutenu par l'espoir d'épouser Mariette, il ne prit point la question si au vif que la plupart de ses frères. Néanmoins il avait embrassé la cause populaire, il voulait des réformes, il penchait vers la démocratie. Séduit par les apparences philanthropiques dont on y faisait étalage, il s'était affilié à une loge franc-maçonnique et y avait rencontré un personnage alors inconnu, mais plus tard devenu tristement fameux, Chalier. Peu à peu son oreille s'était habituée au langage de la secte. Le principe chrétien s'effaçait donc chaque jour devant le principe révolutionnaire. Cependant, répétons-le, l'espoir d'être riche bientôt l'empêchait de descendre trop vite sur cette pente. D'instinct, il se rattachait à l'esprit conservateur, devant avoir lui-même un jour à conserver. Mais la décision de Mariette changeait tout d'un coup la perspective : au lieu du bonheur et de l'aisance, Blangy n'avait plus devant lui que le délaissement et la pauvreté. Nous n'avons pas besoin de dire quel mouvement dut s'opérer dans ses idées.

Cependant il pouvait encore se rattacher à une planche de salut. Une jeune ouvrière, honnête, laborieuse, économe et pieuse, avait aussi fixé son attention. Souvent il s'était dit : — Si Mariette venait à me jouer le tour, je retomberais sur Rosalie Lasalle. — C'était une pensée raisonnable. Il aurait trouvé là une compagne digne de lui, et capable d'apporter le bonheur au sein de son ménage. Mais quand il parlait ainsi, il était encore dans le calme ; la raison avait conservé sur lui son empire. Maintenant tout est bouleversé, la passion a fait taire le bon sens ; l'orgueil blessé mortellement réclame satisfaction, et cette satisfaction ce ne peut être que la vengeance, une vengeance persévérante, opiniâtre, qui ne s'arrêtera que quand elle aura humilié sa victime, et peut-être... Tirons le voile sur des projets sinistres, qui ne sont sans doute que le jeu d'une imagination malade.

D'autre part, la scène que nous racontions dans le chapitre précédent avait péniblement affecté Mariette. Elle aussi sentait qu'un lien s'était déchiré dans son cœur, et, de plus, qu'elle avait fait un malheureux. Elle resta longtemps soucieuse et pensive, quand elle eut vu Noël s'éloigner transporté de colère. Elle attachait peu d'importance à ses menaces, il est vrai; elle le croyait trop juste et trop honnête pour supposer qu'il y donnât suite. Ce n'était donc qu'un peu d'écume jeté par un métal en fusion. Mais aussi c'était une existence fauchée par la racine, un long espoir flétri, une âme livrée au désespoir. Oh ! que cette pensée faisait mal à la jeune fille ! A quel prix elle eût racheté la paix pour cet infortuné ! Inutilement cherchait-elle à se rejeter de l'autre côté, à penser au bonheur qui allait devenir son partage, à la belle et honorable alliance qu'elle devait contracter : toujours une ombre s'attachait au tableau et en ternissait la couleur ; elle avait peine à se persuader qu'elle pût jamais être heureuse.

M. de Marbeuf gouvernait alors l'église de Lyon. C'était un prélat zélé, en qui les habitudes de grand

seigneur n'étouffaient point les vertus sacerdotales.
Comme tous ses frères dans l'épiscopat, il pressen-
tait la catastrophe qui se préparait pour l'État et
pour l'Église. L'agitation croissante de la ville de
Lyon, et, par suite, de tout son diocèse, le préoccu-
pait vivement ; son attention semblait toute concentrée sur ce point. Personne n'ignore quel rang occupait l'archevêque de Lyon, au moyen âge. Primat
des Gaules, souverain du Lyonnais, du Forez, du
Beaujolais ; propriétaire de nombreux châteaux, d'im-
menses revenus, il pouvait lutter de splendeur et de
puissance avec les souverains eux-mêmes. Cette grandeur était bien déchue, il est vrai. Néanmoins avec
ses quarante-cinq mille livres de rente, avec l'importance même de son siége et le souvenir de son anti-
que pouvoir, le prélat lyonnais tenait encore la tête
de l'église de France. Et l'heure approchait où le ti-
tulaire actuel allait tomber de son siége pour faire place
à un intrus ; où le chapitre des trente-deux chanoines-
comtes de St-Jean, avec ses grasses prébendes, allait
disparaître ; où la plus noble et une des plus anciennes métropoles de France verrait son temple fermé,
ses magnifiques cérémonies interdites, tout son clergé
immolé ou proscrit ; ses cinq collégiales, ses treize
paroisses, ses quatre abbayes, ses quatre prieurés et
ses soixante maisons religieuses emportés par la tempête révolutionnaire.

Telles étaient sans doute les sombres prévisions
qui occupaient en ce moment M. de Marbeuf, quand
le notaire Deluze, mandé par ses ordres, entra dans
son cabinet. La pièce était meublée dans un goût

simple et sévère, portant tout à la fois le cachet de
l'évêque et du grand seigneur. Un lit en damas vio-
let, garni de franges bleues, occupait un des côtés.
Les rideaux soigneusement fermés dérobaient, dit-on,
aux regards, la pauvreté de la couche et même certains instruments de pénitence. Une table de travail,
dont les pieds se terminaient en griffes de lions, occupait la face opposée. Elle était de bois d'ébène, ornée
de moulures en cuivre poli, et munie d'une foule considérable de casiers à tiroirs portant des étiquettes.
Un revêtement en cuir noir formait le milieu et portait l'écritoire, les papiers et les registres dont le
prélat avait besoin. Une sorte de corniche sculptée
assez richement laissait saillir quatre bobèches destinées à soutenir des bougies pour le travail de nuit.
Entre elles, au milieu, se dressait un crucifix. Sur une
troisième face se trouvait la bibliothèque, longue ar-
moire en cerisier ciré, surmontée au fronton des armes de Marbeuf. Elle renfermait des traités de Théo-
logie, l'Écriture-Sainte, des commentaires, des livres
d'histoire, des mandements recueillis en liasse, etc...
Enfin le long du quatrième mur étaient rangés des
fauteuils d'une certaine élégance, sculptés avec goût,
revêtus de velours cramoisi avec clous dorés, mais
en ce moment cachés sous leurs enveloppes. Les in-
terstices libres des murailles étaient remplis par quelques portraits de famille. Le prélat était assis sur un
fauteuil fort simple, en cuir bouilli ; plusieurs lettres
étaient étalées devant lui.

— Notaire, dit-il à Deluze quand celui-ci, après
avoir mis un genou en terre et baisé l'anneau épisco-

pal, se fut assis sur un fauteuil que le pontife lui-même lui avait désigné, c'est pour une affaire qui vous touche que je vous mande aujourd'hui. Vous mariez votre fils ?

— Oui, Monseigneur. J'ai déjà eu l'honneur d'en dire un mot à Votre Grandeur, quand elle voulut bien me confier la rédaction de l'acte relatif aux droits de l'archevêché sur la terre du Forez.

— C'est possible. Mais je ne sais si vous avez apporté à une affaire aussi grave toute l'attention qu'elle mérite. Vous mésalliez, dit-on, votre fils.

— Monseigneur, je conviens que René aurait pu descendre moins bas dans l'échelle sociale. La femme qu'il a en vue appartient, ou du moins a appartenu, à la classe ouvrière. Elle a travaillé quelque temps elle-même sur la soie. Puis un changement survenu à sa fortune lui a permis de vivre de ses rentes.

— Deluze, je vous prie de croire que je parle ici uniquement dans votre intérêt.

— Monseigneur, je n'en saurais douter. Votre Grandeur m'a déjà donné tant de preuves de bonté !

— Eh bien ! je vois cette alliance de mauvais œil. Me permettez-vous de vous en dire la raison ?

— J'en prie Votre Grandeur, bien assuré qu'elle ne pourra me donner que des avis utiles.

— Je vous engage donc à rompre cette alliance. Il est bien entendu que je ne juge point ici la jeune personne. Elle peut avoir d'excellentes qualités, des sentiments au-dessus de sa condition. Mais elle est fille d'un révolutionnaire, d'un homme dangereux, affilié de son vivant à cette malheureuse société franc-

maçonnique, qui fait maintenant de si grands ravages
dans ma ville de Lyon.

— Est-ce possible, monseigneur ? dit le notaire
avec un étonnement mêlé d'horreur. Jamais je n'ai
entendu parler de cela.

— Écoutez : voici une lettre adressée à mon grand-
vicaire, l'abbé de Villers.

« Monsieur le vicaire-général,

« Un homme qui veut du bien à M. Deluze, notaire
épiscopal, désire lui faire savoir que la jeune personne
que son fils se propose d'épouser, est fille d'un ancien
membre de la loge-mère *de la Bienfaisance*, nommé Deslauriers. Il fut un des plus ardents adeptes de Saint-
Martin, a été présenté sous le patronage du libraire Pé-
risse-Duluc et de Milanais (1), deux hommes qu'il
suffit de nommer. Jusqu'à son décès, arrivé en 1786,
il fut l'ami intime de l'émeutier Sauvage, et n'eût sans
doute point manqué de partager son sort, si la mort
ne l'eût prévenu. Je n'avance aucun de ces faits sans
preuves. Désirant faire parvenir ces renseignements
à l'honorable notaire Deluze, j'emploie votre intermé-
diaire ; sachant les rapports de bienveillance que vous
entretenez avec lui, j'aime à croire que vous ne le laisserez point tomber dans le piége tendu à sa bonne
foi et m'en repose entièrement sur votre prudence. »

Voilà, ajouta le pontife, ce que mon grand-vicaire
m'a remis, et j'ai voulu en traiter moi-même avec
vous. Deluze, je vous prie d'y faire attention.

. (1) Principaux chefs de la grande loge maçonnique de Lyon.

— Et la signature de cette pièce, monseigneur?

— Elle est là, mais je dois vous la taire ; il suffit de vous dire qu'elle est d'un officier des volontaires, d'un compagnon d'armes de votre fils. L'abbé de Villers ajoute qu'ayant parcouru le dossier du procès de Sauvage, il a réellement retrouvé le nom d'un nommé Deslauriers, ami et complice de cet émeutier. Vous pouvez, du reste, ne point ajouter une foi entière à ces renseignements, avant d'être remonté vous-même aux sources. Seulement, ne négligez pas de le faire. Les circonstances sont graves ; les événements se pressent ; nous touchons à une crise dont Dieu seul peut mesurer la nature et prévoir les résultats. Mais du moins restons fidèles au devoir, à nos convictions. Il m'en coûterait de voir des hommes honorables, des enfants de bonne famille, se mettre en contact avec des gens de la lie du peuple, surtout avec des hommes tarés et marqués des cachets hideux de l'impiété et de la révolution.

— A Dieu ne plaise, monseigneur, reprit le notaire ému, que je sois assez malheureux pour m'oublier à ce point. J'entends ne déroger en rien à mes principes et ne point dégénérer de ma famille. Mais je sens qu'il me sera difficile de détourner mon fils de cette alliance. Il est réellement épris de la jeune personne, qui lui paraît sensée, simple, droite, pieuse surtout, pieuse... oui, Monseigneur.

Le prélat n'avait pu s'empêcher de remuer légèrement la tête, comme s'il n'eût pas approuvé cette dernière expression.

— Peut-être, reprit-il en saisissant une autre lettre, ferais-je bien de ne pas toucher à cette nouvelle question : car tout ce qui a trait à ces points déli-cats ne doit être manié qu'avec précaution. Cepen-dant, comme vous et votre fils devez être éclairés complétement avant d'agir, je me décide à vous don-ner lecture d'une seconde lettre, partant d'une source plus basse et par conséquent plus suspecte. Chose singulière! elle est adressée à mon autre grand-vi-caire, l'abbé Bonnaud; soit simple effet du hasard, soit que l'auteur de la lettre, qui est une femme, ait eu plus de confiance dans celui à qui elle s'adresse. Je vous demande pardon pour le style et l'orthogra-phe; je la lis telle qu'elle, ou plutôt lisez-la vous-même. Il n'y a point d'indiscrétion.

« Monsieur le viquaire general Bonnod, quoèque çà ne me regarde pas, je prands pourtent la libertée de vous aicrire ses deux mots à l'aucasion du jeune monsieur Deluze, à cause que je vous ai vu bien des fouest avec lui passer devans chez nous et que je sait qu'il doit épouzer une fille du quê St-Clair du nom de Marriette Délaurier. Eh bien ! puisque vous vous in-terraissés à ce jeune homme et que son père a même de l'emplouait à l'harchevêché, je vous prie de lui dire que cette Marriette est une petite rien qui vaille, d'une mauvaise réputation et même très-mal fam-mée. Je ne pui vous retrasser ce que je sai d'elle, parce que ma plume si refuserait. Je n'an dit pas davantage, chacun pouvant remontair aux sour-ses. Je ne l'y en veut pas, tout au contraire, et je si-gnerait bien volontiers, si ce n'ait que nous avons été amie d'anfance, ayant été ouvrière come elle. Monsieur le viquaire generale, vous ferés de la présente ce que vous jugerés appropos. Je vous salu très-respaictuesement. Claire N. ouvrière en soye, à la rue Tramassac. »

Cette pièce, reprit le pontife, ne mérite peut-être pas grande confiance. Des jalousies s'élèvent souvent entre femmes, surtout dans cette condition ; et il suffit que la fiancée de votre fils soit favorisée de la fortune pour que ses anciennes compagnes sentent naître en elle des mouvements peu bienveillants. Cependant, vous ferez bien encore de vérifier ce qu'il y a de fondé dans ces accusations. Informez-vous discrètement près de personnes honorables du quai St-Clair, et en particulier près du curé de la paroisse, de la réputation et de la conduite de cette jeune femme.

— Malheureusement, répondit le notaire, les affaires sont bien avancées. Les bans sont publiés, nos invitations sont faites, et c'est après-demain le jour fixé pour le mariage.

— Après-demain ! après-demain ! répondit M. de Marbeuf, c'est bien proche. Il n'y a guère moyen de prendre des informations dans un temps si court. Sans doute il sera désagréable de contre-mander un mariage dont le jour est fixé. Mais encore !

— Et quel coup de foudre pour mon fils ! Il est si vivement épris de cette jeune femme, si heureux de ce qu'elle l'a préféré à ses autres courtisans !

— A qui donc ? Si j'en crois l'abbé Bonnaud, elle

l'aurait simplement préféré à un ouvrier, à un chef d'atelier. Deluze, il n'y a pas là de quoi être bien fier.

— Non assurément, monseigneur ; ce serait plutôt un motif de rougir. Mais voilà comme sont les cœurs épris : la moindre préférence les flatte. Je dois d'ailleurs rendre cette justice à René ; il apprécie fort les qualités de sa future, et ce qui lui fait attacher une si grande valeur au choix qu'elle a fait de lui, c'est le motif même de ce choix : elle reconnaît que ce qui a fait cesser ses hésitations, c'est le courage que mon fils a déployé dans l'affaire de Salette, et le dévouement si désintéressé qu'il montre à la cause de l'ordre.

— Tout cela peut être une petite ruse de coquetterie. Au fait, si quelqu'un doit être fier en ceci, c'est elle. Malgré son héritage de cinquante mille livres, elle n'aurait jamais pu espérer une si belle alliance. Paul Gallon de Deluze, notaire de l'archevêché de Lyon, n'était pas fait pour donner son fils aîné à une ouvrière, fût-elle d'ailleurs riche à cinquante mille livres.

— Non, non, monseigneur ; je me le suis dit comme Votre Grandeur vient de l'exprimer : j'ai cherché à en persuader mon fils. Mais il a tenu ferme. Je dois ajouter, du reste, que son amour est pur, calme, exempt de toute passion de jeunesse, et puisé, je le crois, aux meilleures sources. Il la trouve si simple, si douce, si intelligente, si noble dans son langage, dans son ton, dans ses manières, si solide dans sa piété, si raisonnable dans toutes ses idées, que son estime pour elle égale, si elle ne surpasse, son affection.

— Et s'il venait à être trompé ! Et si ces beaux dehors ne cachaient qu'une conduite coupable et une âme corrompue ! Le désenchantement n'en serait que plus amer. Je ne concevrais alors aucune position plus triste que celle de votre fils.

— M. Imbert-Colomès connaît cette famille Deslauriers. C'est une recommandation. Je ne crois pas qu'un si grave magistrat eût témoigné de la bienveillance à un émeutier, ni couvert de sa protection, de son approbation du moins, une femme perdue de mœurs. Or, il approuve fort ce mariage et en a fait compliment à René.

— C'est quelque chose sans doute que le suffrage d'Imbert. Mais le pauvre homme a tant à faire dans les soucis de sa charge, qu'il ne lui est guère possible de s'occuper de tels détails. L'abbé Bonnaud m'a dit que le grand-père de cette fille a été fermier des Colomès. Qu'est-ce que cela prouve ? Un honnête grand-père peut avoir un scélérat pour fils et une femme sans conduite pour petite-fille. Remarquez bien, Gallon, que je ne juge pas. Je me contente d'éveiller votre attention, et je crois que c'est le cas d'y regarder de près.

Le prélat s'était levé pour se promener dans son cabinet. Un instant de silence suivit, pendant lequel le notaire se livrait aux plus pénibles réflexions. S'il avait de la peine à ajouter une foi entière à ces révélations, il en était cependant ébranlé. Il n'y a point, dit le proverbe, de fumée sans feu. Comment supposer que ces deux accusations, parties de deux sources différentes, n'eussent aucun fondement? N'est-ce pas déjà beaucoup que des mauvais bruits, que des soupçons pèsent sur le nom de Mariette Deslauriers? Et serait-il raisonnable de s'exposer à une alliance suspecte? Telles étaient les préoccupations du pauvre notaire. Essuyant enfin la sueur de détresse qui coulait sur son front, il reprit :

— En résumé, Monseigneur, que me conseille Votre Grandeur? Faut-il contre-mander la cérémonie jusqu'à nouvel ordre, ou faut-il passer outre ? Je m'en rapporterai à votre décision, et tâcherai d'y amener mon fils.

— Deluze, le plus vulgaire bon sens vous dirait ce que vous avez à faire. Il vaut cent fois mieux subir un inconvénient passager que de s'exposer à un mal sans remède. A supposer (ce que je suis loin d'admettre) qu'un délai d'un mois ou deux, par exemple, puisse faire manquer le mariage de votre fils, ni lui ni vous ne seriez perdus pour autant : grâce au ciel ! vous ne seriez pas réduits à ne pouvoir trouver une femme. Mais supposez au contraire que, par une précipitation inexcusable, vous ayiez procédé au mariage et que ces bruits se trouvent fondés, quelle sera votre douleur ? Quel sera le martyre de votre fils, condamné à passer sa vie à côté d'une femme à laquelle il ne pourra accorder son estime, dont le passé déplorable sera si difficilement racheté par une conduite meilleure? Je parle, bien entendu, de l'opinion des hommes, et non du jugement de Dieu, devant qui un repentir sincère suffit pour effacer même toute une vie de désordre. C'est de votre position sociale qu'il s'agit, c'est surtout de l'avenir de votre enfant. Ainsi, sans préjuger en rien la question, par simple mesure de prudence, allez aux informations, remontez à la source de ces bruits. Après vous, personne ne sera plus heureux que moi d'apprendre qu'ils n'ont aucun fondement.

Le notaire remercia le pontife de l'intérêt qu'il lui témoignait, et sortit attristé et plein de soucis. Il trouva son fils non moins préoccupé, et pour le même sujet. Nous devons dire quel vent funeste avait aussi soufflé de son côté, lui apportant les mêmes rumeurs et les mêmes doutes.

René Deluze s'arrêtait quelquefois dans un café de la place des Terreaux, rendez-vous habituel des volontaires et que le peuple appelait pour cela le Café des Muscadins. On n'y voyait guère que des partisans dévoués de l'aristocratie, des royalistes pur sang, ceux pour qui était déjà inventé le surnom d'*ultra* ou d'exagérés. Là on parlait librement, trop librement peut-être, des événements du jour. Des officiers du régiment suisse de Sonnenberg, du Royal-Pologne, ennemis jurés de la démocratie, avaient aussi choisi ce café pour lieu de réunion, et ne contribuaient pas peu à y entretenir l'agitation politique. Or, ce soir-là René y était entré. Il était question d'une mesure adoptée par l'Assemblée Nationale, et sur laquelle les avis étaient partagés. Deux officiers, l'un de volontaires, l'autre de Sonnenberg, s'étaient pris à partie et soutenaient leur opinion avec beaucoup de chaleur. René se mêla à la discussion et se rangea du

côté de son ami, le sous-lieutenant de volontaires.
Peu à peu la mêlée devint générale, les têtes s'échauf-
fèrent, les arguments volaient en feu croisé, et, comme
il arrive ordinairement en pareil cas, les expressions
ne se contenaient pas toujours dans les limites d'une
exquise politesse. René était naturellement calme,
plus réfléchi que vif ; cependant aujourd'hui il déploie
une animation peu ordinaire. C'est alors qu'un de ses
adversaires trouve le temps de lui décocher la phrase
suivante : — Je récuse l'opinion de monsieur Gallon
de Deluze, comme suspecte de démocratie. L'époux
d'une.... ne mérite pas d'entrer en ligne de compte.
— Cette allusion amena la rougeur sur le front de
René ; mais la réticence renfermait surtout quelque
chose de blessant. Cependant ces mots se perdirent
dans le tumulte et ne parurent point avoir été entendus, si ce n'est de celui à qui ils s'adressaient.

Mais, dès ce moment, René cessa de prendre part à
la discussion. Pensif et triste, il délibérait avec lui-
même s'il devait demander raison à l'officier suisse
de son insolente apostrophe. Peu querelleur par nature,
il reculait devant l'idée d'un duel que sa conscience religieuse repoussait, en même temps que son caractère
propre y répugnait. Cependant il était à craindre que
l'on n'en vînt là, surtout si ceux qui avaient pu entendre le mot insultant venaient à le relever, à s'en-
tremettre dans la querelle avec ce zèle officieux qui
envenime les plaies au lieu de les guérir, crée quelquefois une nécessité de se battre là où les in-
téressés eux-mêmes n'y auraient pas songé. Mais
pendant qu'il débattait ainsi la question avec lui-

même, l'officier suisse le prévint et s'approcha de lui.

— Pardon, M. Deluze, dit-il en lui prenant ami-
calement la main, pardon mille fois d'un mouvement
de vivacité aussi gratuit qu'inconvenant. Prenez-
vous-en, s'il vous plaît, à la chaleur de la discussion,
d'une sortie vraiment étrangère à mon caractère et
que je me pardonne envers vous moins qu'envers
tout autre, car je ne puis assez dire combien je vous
estime.

— Vos expressions n'en sont pas la preuve, M. Luften, répondit Deluze avec froideur. Vos excuses peuvent effacer votre faute, elles n'en détruisent pas
l'effet ; elles ne guérissent point ma blessure. Que
vous me traitiez de démocrate, c'est là un reproche
dont je me soucie peu : pas un homme à Lyon ne le
prendrait au sérieux ; chacun sait qui je suis, quelle est
ma famille, et le drapeau même sous lequel je me suis
volontairement rangé, abrite, je crois, peu de démocrates sous ses plis. Quand j'aurai embrassé ce parti,
ce n'est pas parmi les volontaires qu'on me trouvera,
mais bien dans la loge maçonnique de *la Bienfaisance*,
où j'aurai, si je ne me trompe, l'honneur de vous rencontrer.

— Oui, oui, cela se pourra bien, répliqua le Suisse.
Je conviens que j'appartiens à la franc-maçonnerie,
mais seulement en tant qu'elle est une société philan-
thropique, et non dans tout ce qu'elle peut avoir de
contraire à l'ordre de choses établi en France.

— Distinction subtile, laissez-moi vous le dire en
passant. Il ne faut pas une vue bien perspicace pour
pénétrer le fond de cette association ténébreuse, et

voir en elle un levier puissant destiné à ébranler l'ordre social sur sa base. Passons là-dessus. Je n'ai point à m'enquérir du motif qui vous a porté à entrer dans la loge de *la Bienfaisance*; je ne me fusse même point permis d'allusion à ce fait, d'ailleurs public, si vous ne m'y aviez en quelque sorte provoqué. Mais j'ai à vous demander raison d'une réticence odieuse, que vous avez faite sur ma future épouse. C'est là un acte que je ne saurais assez durement qualifier. Vous comprenez qu'un homme d'honneur (et je suppose que vous en êtes un), doit rétracter ou expliquer une semblable parole, quand il a eu le malheur de la laisser échapper.

—Ne vous fâchez pas, monsieur Deluze. Je vous ai déjà dit, et je vous répète, que j'ai eu tort de vous adresser ces paroles. C'est un mouvement de vivacité que je déplore sincèrement. Personne ne croit plus que moi à la loyauté de votre cœur.

— Il ne s'agit pas de moi, monsieur Luften, répliqua vivement Deluze. Je puis vous abandonner ma personne, mais non ma femme. Qu'avez-vous dit? Qu'avez-vous voulu dire d'elle?

Ici, le lieutenant suisse hésita. L'œil fixé à terre, il avait l'air d'un homme qui cherche un parti à prendre, en fouillant dans ses souvenirs.

— Par les yeux de ma tête, reprit-il à la fin, le meilleur est de tout dire, puisque vous paraissez tout ignorer. Entrons dans ce cabinet et vous saurez de quoi il s'agit.

Ils entrèrent, en effet, dans une petite pièce voisine, et, là, l'officier suisse tira de sa poche une feuille de journal, *Le Courrier de Lyon* (1), la déploya et montra à Deluze une lettre insérée à la troisième page.

— Vous me pardonnerez, ajouta-t-il, si j'ai cru voir votre nom caché sous ces initiales. Mais, vraiment, l'allusion est si évidente, qu'il m'a semblé impossible de s'y méprendre. Si je me suis trompé, il est clair que mes paroles tombent à vide, et il ne me reste plus que le désagrément d'avoir porté un jugement téméraire.

Les yeux de René s'étaient dirigés avidement sur la lettre, et il y trouva ce qui suit :

« Au Rédacteur,

« Votre article d'hier, sur les progrès de l'opinion publique en fait de réforme sociale, m'a paru fondé. Il est évident qu'un changement lent, mais réel et sûr, se fait dans les esprits, et le temps peut se prévoir, où tout Français, ami de son pays, aura là-dessus la même opinion que son voisin. Il faut cependant excepter certains vieux encroûtés : sortes de fossiles antédiluviens, dont rien ne saurait corriger les absurdes convictions ni les sots préjugés. Et encore, qui sait? qui peut prévoir quelles conquêtes l'esprit de liberté fera dans cette classe de gens à tête dure, *populus duræ cervicis?* (Ex. xxxii, 9.) Il en fera, je vous le jure. Permettez-moi de vous citer un exemple à l'appui. Certain fonctionnaire, le sieur G. D. D., employé en assez haut lieu, grand ami de la calotte et du vieux régime, connu pour sa haine farouche de la démocratie, fort entiché surtout de sa

_____

(1) Rédigé alors par Champagneux, avocat dauphinois.

petite personne et de sa petite noblesse de robe, marie prochainement son fils aîné... devinez avec qui.
Avec une demoiselle de haute lignée? — Non. — Avec la
nièce d'un chanoine-comte de saint Jean? — Pas davantage. — Avec la fille d'un échevin, d'un notaire, d'un
homme du palais? — Encore moins. — Avec l'héritière
d'un puissant financier? — Nenni, nenni... Tout simplement avec la fille d'un ouvrier du quai Saint-Clair,
ci-devant ouvrière elle-même. Il est vrai que la *ma-
rionnette* est jolie, munie de deux fort beaux yeux,
d'une bouche charmante, de beaucoup d'esprit, et
surtout, d'une petite fortune assez rondelette, fruit,
dit-on, d'un récent héritage. Tout cela, assurément,
est attrayant. Néanmoins, ma conviction est que le-
dit fonctionnaire n'eût jamais consenti, il y a dix ans,
il y a cinq ans, il y en a trois peut-être, à donner son
fils, un volontaire! un muscadin! à une ouvrière du
quai, eût-elle encore un plus aimable minois et une
plus jolie fortune. Évidemment, c'est là l'effet du progrès, le fruit du travail qui s'opère dans l'opinion publique. J'ajouterais bien encore quelques particula-
rités sur ce singulier événement, qui occupe fort notre
quartier : par exemple, que le père de la jeune fille
fut un patriote très-avancé, et, l'un des amis de
ce malheureux Sauvage. Je ne saurais cependant
garantir ce dernier point, non plus ce que les mé-
chantes langues hasardent sur le compte de la jeune
soubrette, qui se voit tout-à-coup hissée à une si
grande hauteur. Puisse-t-elle n'y pas prendre le vertige !

« *Un de vos abonnés.* »

Pendant la lecture de cette lettre, la figure de René était devenue tour à tour pâle, rouge, violette, selon que le sang y montait ou en descendait, sous la rapide impression des passions les plus violentes. Évidemment, c'était son père, c'était sa future, c'était lui qui étaient désignés sous ces allusions si transparentes; il n'était pas possible de s'y tromper. Dans sa colère, il froissa la feuille, sans la déchirer pourtant.

— Vous le voyez, reprit Luften, vous y êtes pris comme moi. La pensée ne vous vient même pas d'élever un doute sur l'intention de l'auteur. Et pourtant, je le confesse, j'ai eu tort de répéter ces sottises. M. Deluze, je vous en prie, donnez-moi la main en signe de réconciliation. Je serais au désespoir d'emporter l'inimitié d'un homme aussi loyal que vous.

— Votre franchise me désarme, répondit René. C'est avec sincérité que je vous pardonne l'injure que vous m'avez faite. Maintenant, je vous consulte. Que feriez-vous à ma place? Quelle vengeance tireriez-vous d'un si lâche outrage?

— La question mérite d'être examinée. Ou les assertions de l'auteur sont fondées, ou ce sont de gratuites calomnies. Dans le premier cas, votre conduite vous sera dictée par votre propre conscience; vous laisserez là votre future, ou vous l'épouserez, selon vos goûts; mais, du moins, vous agirez en connaissance de cause. Dans le second cas, qui est probablement le vrai, l'honneur militaire vous trace votre devoir : aller demander à Champagneux le nom du correspondant: s'il vous le refuse, vous battre avec lui; s'il vous le donne, vous battre avec le coupable, quel qu'il soit. Si vous prenez ce dernier parti, je m'offre à vous servir de témoin, où et quand cela vous conviendra.

— Je vous remercie, répond Deluze, et ne refuse point votre offre, dans la supposition où je proposerais le duel. Mais, quelle perplexité! quelle incertitude! C'est après-demain que je dois me marier : comprenez-vous quel éclat tout ceci va faire? Depuis plus d'un an que je courtise cette jeune fille, je n'ai jamais ouï dire d'elle le moindre mal. Son grand père a été le fermier de M. Imbert-Colomès. Aujourd'hui encore, ce magistrat honore la famille de sa bienveillance, et c'est à ses conseils que j'ai cédé, en demandant Mariette. Mais... d'une part, je n'ai plus le temps d'aller aux informations; de l'autre, il me répugnerait d'épouser une femme sur qui pèseraient des soupçons de mauvaise conduite, ou de légèreté, à plus forte raison des faits répréhensibles et constatés. Mon embarras est donc immense. Au fond, je ne puis croire à ces insinuations, et pourtant je n'ose agir en les bravant. Vous voyez ma situation, M. Luften; à ma place que feriez-vous?

— Ma réponse sera simple. Je trouverais un prétexte quelconque : voyage, indisposition, affaire pressante, etc..., pour demander un délai de quinze jours ou d'un mois. N'avez-vous point de parents à quelque distance de Lyon?

— J'ai un oncle, marié à Marseille, et une tante à Arles.

— Eh bien! votre oncle de Marseille ou votre tante

d'Arles serait malade, et vous manderait en toute hâte.
Pendant cette absence, vraie ou simulée, vous feriez
prendre des informations, faire des recherches sur ce
double point : le père de Mariette Deslauriers a-t-il
vraiment été un séditieux, un ami de Sauvage? sa
fille a-t-elle toujours tenu une conduite régulière? Et
sur les réponses affirmatives ou négatives, vous vous
règleriez vous-même. Voilà la marche que je suivrais
et qui me semble la plus naturelle.

— Vous avez raison, M. Luften. Quoiqu'il m'en
coûte de différer une démarche à laquelle je rattachais
le bonheur de ma vie, je vois que je suis obligé d'en
passer par-là. Je vous remercie. Il arrivera ainsi que
ce qui devait nous brouiller à jamais deviendra un
lien d'amitié entre nous. Encore une fois, je vous suis
reconnaissant et nous nous reverrons.

Ils se quittèrent ainsi. René, soucieux, inquiet, rentra chez lui au moment même où son père revenait de
l'archevêché. Il lui raconta ce que nous venons d'exposer.

— Étrange coïncidence, mon cher garçon! dit le
notaire : Mgr de Marbeuf m'a mandé chez lui, pour
m'apprendre précisément la même chose. Ses deux
grands-vicaires ont reçu chacun une lettre où les
mêmes accusations sont formulées.

— Et quelle est l'opinion de Monseigneur?

— Justement celle de ton officier.

— La raison veut alors que nous y cédions.

VI

ANXIÉTÉS ET EMBARRAS

Jamais Mariette n'avait été si heureuse qu'en ce moment. Elle jouissait enfin de la brillante situation que lui créait son mariage. Elle était parvenue à secouer le poids de chagrin que lui avait causé sa dernière entrevue avec Blangy ; le point noir s'effaçait au milieu de la joie qui l'inondait, comme un nuage disparaît devant l'éclat d'un soleil d'été. Sa corbeille de noces était magnifique ; toutes ses amies, toutes les personnes qui s'intéressaient réellement à son bonheur venaient la féliciter, admirer ces riches objets de toilette, et, sans doute, plus d'une en éprouvait des mouvements de jalousie. Encore deux jours, et le grand acte se consommait, et Mariette était la plus heureuse et la plus honorée des femmes.

Elle se berçait dans ces douces pensées, quand un facteur lui apporta le numéro du *Courrier de Lyon*, où se trouvait la pièce que nous avons donnée plus haut. Une main prévoyante avait eu soin d'encadrer d'un trait de plume la lettre du correspondant, pour attirer plus sûrement l'attention sur elle. Pas plus que le public, pas plus que son futur époux, Mariette ne se trompa sur l'intention qui avait dicté ces lignes outrageantes. Elle était encore ouvrière quand son père mourut, mais jamais elle n'avait ouï dire qu'il eût eu la moindre relation avec le supplicié Sauvage. C'est

6

donc là une pure calomnie. Quant aux perfides insinuations dirigées contre elle, elle secoua dédaigneu-
sement la tête et essaya de sourire. Mais, à une seconde lecture, le rouge de l'indignation et de la honte
colora ses joues. Et quand elle réfléchit que ces basses
accusations étaient livrées au public, que toute la ville
saurait lever le voile de l'anonyme, que son fiancé
surtout pouvait lire ces lignes et concevoir des doutes
sur sa vertu : oh ! alors, son cœur battit bien fort, le
sang lui monta à la tête et les larmes lui vinrent aux
yeux. — Non, cependant, disait-elle pour se rassurer, non, M. Deluze ne croira pas à ces viles attaques ;
il en rira, il s'en indignera, il les foulera aux pieds.
Il y a assez de temps qu'il vient ici pour me connaître.
Il aura de la peine à croire que j'aie pu tenir mes prétendus désordres tellement secrets, qu'aucun bruit
n'en soit venu à ses oreilles. Un homme de son rang
ne jette pas les yeux sur une humble ouvrière pour
en faire sa femme, avant d'avoir pris ses précautions.
Plus ma condition est au-dessous de la sienne, plus
il a dü s'assurer que mon infériorité sociale serait au
moins compensée par une vie irréprochable et une réputation sans tache. Je n'ai donc pas à craindre qu'il
se laisse prendre à un piége aussi grossier. — Elle se
disait cela et elle fondait en larmes. Mille idées sinistres occupaient sa tête ; tous les efforts qu'elle faisait
pour se rassurer n'avaient d'autres résultats que de
la troubler davantage. Elle se demandait si M. Deluze viendrait ce soir-là, comme il l'avait promis la
veille. Il lui semblait que tous les habitants de la ville
devaient être occupés de cette lettre. Si un homme

passait, lisant un journal, elle était persuadée qu'il avait les yeux sur ces lignes funestes. Si une femme, une jeune fille, un ouvrier, jetaient un regard du côté de chez elle, elle rougissait et se cachait pour n'être pas aperçue. Personne n'étant encore entré à la maison dans la matinée, elle se l'expliquait par l'embarras où l'on se trouverait, rien qu'à la regarder. Elle portait littéralement tout le monde sur ses épaules.

Viendra-t-il? ne viendra-t-il pas? le vif de la question était là. Mais s'il vient, dans quelle gêne elle va se trouver! Que dira-t-elle? Osera-t-elle faire allusion à ces accusations d'un folliculaire? Quelle rougeur va colorer ses joues, quel embarras troubler sa pensée! En vérité, elle aura l'air coupable. Et s'il aborde lui-même le sujet? Il est des imputations si étranges, si inattendues, qu'on ne sait comment faire pour les repousser. Souvent Mariette s'était imaginée que si elle avait dû paraître devant un tribunal, sa timidité, son épouvante eût été telle qu'un juge aurait tiré d'elle tous les aveux qu'il lui aurait plu. Et c'est aussi un juge qui va l'interroger tout à l'heure. Comment supportera-t-elle ce regard si pénétrant, si scrutateur, surtout dans de telles circonstances? En vain elle cherche à composer les réponses qu'elle fera si on l'interroge, les phrases qu'elle débitera si on ne l'interroge pas; ce travail ne lui réussit pas, et elle sent parfaitement que ce qu'elle a de plus fixe, de plus arrêté, s'évanouira, dans l'occasion, comme une toile d'araignée livrée au vent.

La journée se passa, et René ne vint point. Ce fait pouvait s'interpréter dans plus d'un sens, et l'imagi-

nation de la jeune fille ne s'en fit faute. Seulement,
le soir, on apporta une lettre de M. Deluze père, que
Mariette n'ouvrit pas sans émotion. Elle contenait ces
trois lignes :

« Mademoiselle,

« Mon fils René est forcé de vous demander un
délai pour une raison majeure. Le mariage ne peut
donc avoir lieu au jour fixé. J'aime à croire que le
retard ne sera pas trop long, bien qu'il soit difficile
d'en préciser le terme. Vous serez prévenue ultérieure-
ment, en temps opportun, des dispositions qu'il y
aura à prendre.

« GALLON DE DELUZE, père. »

C'était sec, c'était étrange, et l'âme la plus calme
ne pouvait s'empêcher d'y trouver matière à bien
des réflexions.

La pauvre Mariette laissa tomber la lettre sur la
table et se mit la tête dans les mains. Il ne lui restait
plus de doute sur son malheur : évidemment René a
connaissance du fatal article, des nuages se sont élevés dans son esprit, il n'a plus foi à l'innocence et
à la vertu de sa femme. Amertume ! malheur ! malheur irréparable, peut-être ! La voilà flétrie aux yeux
de son fiancé ! Une tache hideuse, indélébile, la couvre ! Il croyait épouser la fille d'un honnête ouvrier,
et il est tombé sur la fille d'un émeutier, du complice
d'un scélérat ! Il croyait donner sa main à une vierge
pure, vertueuse, encore parée de son innocence, et il
découvre qu'il s'est laissé séduire par une *soubrette !*

Le mot y est, par une soubrette ! Quel désenchantement pour lui ! quel coup de tonnerre ! Et rien ne l'a
préparé à cette affreuse révélation ! Et c'est à la veille
même de son mariage qu'il apprend à connaître sous
un si vilain jour celle à qui il allait s'unir ! Mais, du
moins, est-ce par une voie convenable, par un ami
discret qu'il est instruit de ces mystères? Non, c'est
par la voix publique, par les trompettes de la renommée ! Voilà tout d'un trait sa fiancée livrée aux commentaires d'une grande ville ! Le voilà lui-même devenu l'objet de la malignité, la proie des coups de
langue, le sujet d'une immense risée, le point de mire
des railleries de ses camarades ! Mariette envisage la
question sous toutes ses faces, et il faut convenir
qu'elle rencontre juste. Hélas ! quand même elle parviendrait à se disculper, à prouver que son père n'a
point été l'ami de Sauvage, qu'elle-même a toujours
tenu une conduite irréprochable, le mal serait-il ré-
paré? C'est bien le cas de répéter ici ces vers qu'elle
a entendus plus d'une fois de la bouche de René :

L'honneur est comme une île escarpée et sans bords :
On n'y peut plus rentrer dès qu'on en est dehors.

Quel homme de cœur se décidera jamais à épouser
une femme dont le nom, à raison ou à tort, a été livré au public? Un artisan taré, un ouvrier de bas étage
accepterait une pareille compagne, en qui il retrouverait sa propre image. Mais un fils de famille ! mais
un homme aux sentiments si élevés! Non, cela n'est
pas possible.

Telles sont les réflexions qui se pressent dans l'esprit de la pauvre calomniée. Elle cherche d'abord à cacher la funeste nouvelle à sa bonne grand'mère. Mais ses larmes ont bientôt trahi son secret, et elle est forcée de tout avouer. La mère Deslauriers est indignée de l'article du journal; toutefois, elle ne partage pas entièrement les craintes de sa petite-fille.

— Il est fort possible, dit-elle, que M. Deluze n'ait point connaissance de cette lettre; et, s'il la connaît, il est encore possible qu'il n'y ajoute aucune foi. Les hommes de cette trempe ne sont pas des gobe-mouches. Ils sont trop hauts de sentiments, trop fiers même, pour prêter attention aux inventions d'un gratte-papier. Quelque jaloux aura décoché ce trait contre toi, pour se consoler de son infériorité ou de sa misère. L'article fera moins de bruit que tu ne penses. Il y a d'ailleurs trop de temps que M. Deluze te connaît, pour se laisser prendre à de si gratuites calomnies. Mon fils complice de Sauvage! On ne saurait rien dire de plus contraire à la vérité. Qu'on recoure aux pièces du procès; on se convaincra facilement du contraire.

— Sans doute, ma mère, mais M. Deluze n'y recourra pas. Il sera trop fier, comme vous le dites, pour aller fouiller les archives d'un greffe, à l'effet de s'assurer si le père de sa future a été, ou non, le complice d'un pendu. Fi donc! on se salit les doigts à remuer cette poussière. Il n'ira pas non plus de quartier en quartier, s'informer si sa fiancée a une réputation honnête ou équivoque. Il lui suffira que la malignité ait pu s'attacher à son nom. Que de fois n'a-t-il pas répété, ici même, que la réputation d'une femme est comme une fleur qui, une fois flétrie, ne reprend jamais sa première fraîcheur !

Et de nouveaux torrents de larmes inondèrent les joues de Mariette. Mais la grand'mère ne cédait pas encore à ces raisonnements, tout en en reconnaissant la force.

— Allons ! allons ! fillette, ne te laisse pas aller si vite au découragement. On ne te parle, après tout, que d'une raison majeure, et cela peut s'entendre de bien des façons. Qui sait ? Un voyage, une affaire pressante, une indisposition... M. Deluze père est notaire, il a souvent besoin de s'absenter ; M. Deluze fils est volontaire, le service exige parfois des excursions au dehors. Avant de te désespérer, il faudrait savoir.

— Eh ! bonne-maman, reprenait Mariette en sanglottant, si cette raison majeure était de celles que vous dites, qu'en aurait-il coûté à M. Deluze père de l'exprimer ? Il n'y a pas de honte à dire : mon fils est obligé de s'absenter ; je suis contraint d'aller en voyage. Mais non : on se tait sur le motif ; c'est évidemment que quelque autre cause est venue à la traverse, et ce ne peut être que celle-là. Nous sommes perdues dans l'estime de M. Deluze ; il est impossible d'en douter. Ce délai dont on parle, dont on ne peut préciser le terme, c'est une retraite dissimulée, c'est une rupture voilée sous des formes honnêtes ; il faudrait être aveugle pour ne pas le voir.

— Sais-tu, alors, ce que je ferais à ta place ? J'irais au bureau du journal le forcer à se rétracter, sous peine de le citer en diffamation. Je l'obligerais à nommer l'auteur de cette lettre infâme ; j'exigerais des preu-

ves de son assertion; et·comme il ne pourrait en
donner, toute la honte du fait retomberait sur sa tête.

— O mère, y pensez-vous? Est-ce donc ainsi que
cela se pratique? Un homme, peut-être, pourrait
aller demander raison de quelque lâche calomnie;
mais une femme, une jeune fille, faire rétablir sa réputation par réquisitoire, réclamer un brevet de bonne
conduite par huissier, quelle dérision! quelle occasion
de bruit et de scandale! Ah! non, non; c'est assez
d'avoir été déjà livrée aux commentaires d'un public
malveillant, sans grossir encore la tache d'huile répan-
due sur nous. Avalons l'outrage en silence, buvons
nos larmes en secret, et laissons à Dieu...

Elle ne put achever. Son cœur, serré d'une indi-
cible douleur, lui refusait la parole. Toute cette journée, tout le lendemain, se passa en gémissements. Le
bruit se répandit bientôt que le mariage de Mariette
n'avait pas lieu, qu'il était différé, disaient les uns,
qu'il était rompu, disaient les autres. Les amies les
plus intimes, celles qui étaient invitées à la noce, vinrent d'abord demander des explications. On sent ce
que ces visites avaient d'importun, ce qu'elles coû-
tèrent de larmes. Les curieuses vinrent ensuite, et
ne furent pas les moins prodigues en paroles de consolation. Puis vinrent les jalouses, celles qui, ayant vu
avec peine l'élévation de leur compagne, jouissaient
maintenant de sa chute. Tout ce mouvement faisait
sur la pauvre délaissée l'effet d'une épée qui se retourne de temps en temps dans une plaie, de façon à
ce que le sang ne cesse pas de couler et la douleur
de se faire sentir.

La tristesse n'était guère moindre chez les Deluze. Tout d'abord René se trouva comme frappé de stupeur, ne sachant au juste ce qu'il voulait faire. Une douzaine d'amis se présentèrent, les uns surpris de se voir désinvités, les autres émus de la rumeur publique, la plupart occupés de l'article du journal, qui commençait à courir de main en main. L'embarras de répondre, l'incertitude dans la marche qu'il devait suivre, obligèrent René à se tenir coi et à faire dire qu'il n'y était pas. Assis sur son fauteuil, l'œil distrait, le cœur déchiré, il songeait, il délibérait, il ruminait, il prenait divers partis, les abandonnait tour à tour ; voulait rompre tout à fait, puis aller aux enquêtes, puis courir chez Mariette, puis se rendre au journal ; et au fait ne se décidait à rien, et restait cloué sur son siége, beaucoup plus embarrassé après avoir réfléchi que s'il n'eût pas réfléchi du tout. Son existence semblait renversée de fond en comble ; on eût dit qu'il ne pouvait plus rien espérer en dehors de cette alliance avortée. Les femmes manquaient-elles donc ? N'en avait-il pas eu en vue, avant de fixer son choix sur cette jeune ouvrière ? N'en pouvait-il retrouver d'aussi convenables, de plus convenables même ? Non : René ne pense à rien de cela, une mer d'amertume l'inonde. L'orgueil blessé, irrité de se voir la fable de la ville, mêle ses réclamations aux doléances de l'amour. Pour la première fois de sa vie, René Deluze boit à pleine gorge à la coupe de l'infortune.

Son père, sa mère, sa famille ne sont guères moins préoccupés que lui de cet étrange incident. Se figuret-on ce que doit produire au sein d'une maison hono-

rable, considérée, un événement qui la livre tout à
coup au ridicule ; un fait imprévu qui y change la
joie en deuil, fournit une arme aux ennemis, un sujet
d'étonnement aux amis ?

— Je m'en doutais, disait madame Deluze, qui avait
toujours vu ce mariage de mauvais œil, et n'y avait
donné qu'un consentement forcé : oui, M. Deluze,
je soupçonnais quelque aventure de ce genre. Voyez-
vous : on ne gagne jamais rien à se mésallier. Pourquoi ramasser un fruit à terre, quand on en peut cueil-
lir un sur l'arbre ? Ce n'est pas dans la classe ouvrière
que vous pouviez espérer une femme honorable pour
votre fils. Je ne nie pas qu'il y ait des exceptions ;
mais elles sont si rares que ce n'est guères la peine
d'en parler, et surtout qu'il est peu sage d'y compter.

« Maintenant voyez notre embarras : quel parti
prendrez-vous ? Où donnerez-vous de la tête ? Et le
mal est que René est tout abattu. Un jeune homme raisonnable enverrait promener l'ouvrière du quai Saint-
Clair, et chercherait une femme plus assortie à son
rang. Mais il paraît que cette fillette lui a si bien
tourné l'esprit qu'il est à craindre qu'il ne puisse s'en
déprendre. Si cela est, écoutez bien ce que je vous
dis : votre bru ne mettra jamais les pieds chez moi. Je
n'entends pas recevoir une soubrette ; qu'elle mérite
ce nom ou qu'elle ne le mérite pas, mon logis lui est
interdit, et je suis sûr qu'aucune de mes filles ne me
démentira. Votre maison, M. Deluze, n'est pas faite
pour des personnes d'une réputation suspecte.

Une seule des filles de M. Deluze, Reine, ne partageait point les sentiments de sa mère. Les autres

avaient été blessées de ce qu'elles appelaient une mésalliance. Le pauvre notaire se trouvait ainsi dans le
plus grave embarras. Tous ses amis, toutes ses connaissances s'empressaient de venir, ou l'arrêtaient en
rue, pour lui demander des explications sur un si singulier événement. On se disputait la malheureuse
feuille du *Courrier*. Ceux qui n'avaient pu la lire en
parlaient sur ouï-dire, et en disaient Dieu sait quoi.
Bref c'était un déluge de condoléances, d'étonne-
ments, d'interrogations, de conseils, qui tournaient la
cervelle de M. Deluze.

Pour son fils, il méditait toutes sortes de projets
pour obtenir raison de ce maudit journaliste, pour
réduire au néant ses allégations, pour ouvrir une enquête... et, en réalité, il ne se décidait à rien. Cette
journée, cette nuit se passèrent sans qu'on fît la moindre démarche. — Ah ! qu'on laisse donc cette question
tranquille ! disait fièrement mademoiselle Deluze l'aînée ; plus on remue le fumier, plus il pue. Ce n'est
pas en agitant le tonneau qu'on éclaircit le vin. Que
mademoiselle Mariette reste au quai Saint-Clair. Sûrement il ne manquera pas d'ouvriers pour épouser sa
fortune, sans se soucier de sa réputation. — Mais ce
langage altier, mademoiselle Barbe ne le tenait ni à
son frère, ni à son père. Elle eût excité chez le premier une horrible colère, et chez l'autre un sérieux
mécontentement. En résumé, René, à part la timide
compassion de sa plus jeune sœur, Reine, n'avait guère
pour lui que l'affectueux chagrin de son père. Soit
qu'il eût le jugement plus sûr, soit qu'il entrât vraiment dans la voie de *progrès* signalée par *le Cour-*

rier, soit plutôt parce qu'il avait su apprécier les qualités de Mariette Deslauriers, le notaire s'était contenté dès l'abord de faire à son fils une légère opposition, mais avait bien vite cessé toute résistance. Si d'une part il eût désiré une alliance plus en rapport avec sa position sociale, cependant il n'oubliait pas qu'en se mariant la femme perd son nom dans celui de son mari. Peut-être aussi prévoyait-il que, dans l'époque d'égalité qui se préparait, ce serait plutôt un avantage qu'un détriment d'avoir épousé une femme au-dessous de sa condition. Enfin l'autorité de M. Imbert-Colomès avait aussi pesé dans la balance. Il est toujours sage de céder à l'avis d'un magistrat honorable, surtout dans un moment de crise.

Ainsi M. Deluze éprouvait un véritable désappointement de l'aventure de son fils. Aux yeux du public, qui connaissait l'approbation qu'il avait donné au mariage, il passait pour un vaincu. Au sein de sa famille, loin de rencontrer quelque sympathie, quelque bon conseil, il ne trouvait que reproches directs ou indirects, réponses évasives, indifférence, dédain même. Il ne lui était pas difficile de voir percer une certaine satisfaction dans les traits de sa femme et de ses deux filles aînées. On comprend que, dans cette situation, une résolution fût difficile à prendre.

Ce jour-là se passa, le lendemain se passa, et on n'avait rien fait d'un côté ni de l'autre.

VII

LAUSSEL ET CHALIER

Or, l'auteur, l'unique auteur de tous ces embarras, c'était Blangy. En sortant pour la dernière fois de chez son *infidèle*, il avait juré d'en tirer vengeance et il tenait parole.

Depuis quelque temps il avait fait connaissance de deux personnages qui ont joué plus tard un rôle tristement fameux : Châlier et Laussel. Ce dernier, prêtre apostat, originaire du département de l'Hérault, après avoir surpris un moment la confiance de l'archevêque de Lyon, avait été expulsé de son poste pour cause d'immoralité. Partisan outré des doctrinaires révolutionnaires, il les traduisait dans des libelles empreints d'énergie et de férocité. Véritable Marat lyonnais, il ne reculait devant aucune expression, pourvu qu'elle rendît les sentiments de haine dont son âme était pleine. Ses écrits sanguinaires, provocateurs, couraient dans le peuple et y excitaient les plus dangereuses passions. Dans des assemblées secrètes, il répétait ses phrases incendiaires, les commentait, les exagérait encore. — Les temps sont proches, frères, s'écriait-il ; préparez-vous donc aux devoirs que vous impose votre beau titre de citoyen. Il faut du sang à la régénération politique de la nation, il faut des cadavres à l'arbre de la liberté ; car il convient de noyer dans le sang des aristocrates le souvenir d'un esclavage de treize siècles ; car l'arbre de la liberté

doit nécessairement jeter ses racines dans les cadavres des ennemis de la liberté. Courage donc, frères ;
serrez vos rangs, étouffez dans vos cœurs le germe de
toutes les divisions ; les temps sont proches, ralliez-
vous dans une seule et même pensée, sous un seul et
même cri : *Mort aux tyrans !* Aux armes, frères ! les
ennemis sont à nos portes, aux armes ! massacrons
tous les ennemis de la liberté. Allons chercher, s'il le
faut, pour accomplir l'œuvre de la régénération sociale, allons chercher jusqu'aux seins des femmes le
fruit des aristocratiques amours ; livrons ensuite les
cadavres impurs à la voracité des sinistres corbeaux ;
faisons plus, frères, en l'honneur de la chose publique : parons-nous de leurs dépouilles, portons leurs
boyaux en bandoulière, et buvons dans le crâne des
victimes à la santé de l'avenir des hommes, qui doivent tous être égaux devant les lois de la terre, comme
ils le sont devant la loi de Dieu (1). » Ce langage san-
guinaire était accompagné de signes connus seulement des adeptes les plus avancés, et par lesquels le
démagogue indiquait les personnes destinées au sacrifice. — Jusques à quand, s'écriait-il encore, abusera-
t-on de votre patience ?... Vos yeux sont donc fermés
à la lumière du jour, puisqu'ils ne voient pas les ma-
nœuvres de vos ennemis, qui s'agitent en plein soleil
et rêvent la contre-révolution ? Vos oreilles sont donc
sourdes à tout bruit, puisqu'elles n'entendent pas le
cri des modernes Caïns, qui demandent bien plus que
la mort de leurs frères, leur asservissement. Jusques

(1) Textuel, *Ibid.* ch. III.

à quand abusera-t-on de votre patience ? Aux armes,
citoyens ! des piques, citoyens ! des piques (1). — Et
il indiquait par des points d'admiration renversés ¡¡¡¡
l'usage qu'il en fallait faire.

Noël Blangy avait d'abord peu goûté les déclamations furibondes du prêtre apostat. Mais il était pur
encore alors, mais il avait espoir d'obtenir Mariette
pour épouse. Du moment que son rêve s'est évanoui,
il s'est rapproché du singe de Marat, et s'est rangé
parmi ses disciples. C'est par ses conseils qu'il vient
d'agir.— Déshonore-la, puisque tu ne peux l'avoir,
lui avait dit Laussel : je ne vois pas de meilleur moyen
de te venger. Puisqu'elle a préféré la main d'un aristocrate à celle d'un ouvrier, traîne-la dans la boue,
couvre-la de mépris, fais comme les harpies qui souil-
laient de leurs ordures les mets qu'elles ne pouvaient
manger. Je m'étonne fort si son muscadin en voudra
encore, quand le public s'en sera amusé. Oh ! crois-
moi : l'orgueil de race se retrouvera, et tu verras la
belle délaissée regretter, avec des larmes de sang, le
jour où elle délaissait elle-même le plus estimable de
ses amants. Ainsi soit-il ! — Blangy saisit ce conseil
avec avidité. Sous l'inspiration de son guide, deux
lettres furent d'abord écrites, l'une par Laussel lui-
même, la seconde par une femme de sa société :
c'étaient celles adressées aux deux grands-vicaires.
Quant à la troisième, elle provenait d'une autre source,
Châlier, personnage plus connu encore et que l'histoire dépeint ainsi au lecteur :

(1) Textuel, *Ibid.*

Originaire du Piémont, Châlier avait reçu une ex-
cellente éducation religieuse, et suivi son cours d'étude
chez les dominicains, dans l'intention de se faire prêtre. Mais bientôt son imagination fougueuse commença
à se manifester, et son âme ardente et passionnée
éprouva le besoin de sortir des voies ordinaires, pour
se lancer dans l'inconnu. — J'aime les grands desseins,
disait-il, les vertiges, l'audace, les cataclysmes, les
révolutions. Le grand Être a fait de grandes choses,
il est vrai ; mais il est trop bon, trop facile. Si j'étais
lui ! si j'étais Dieu ! de mon petit doigt je remuerais
les montagnes ; de mon haleine j'éteindrais les étoiles,
de ma soif je sècherais les mers, je bouleverserais le
monde entier, pour tout refaire, pour tout renouveler (1). — Etrange orgueil, comme on le voit. Mais ce
qu'il y a de curieux c'est que le fond, ou plutôt le
prétexte de ces aspirations, était l'amour de l'humanité.
C'étaient les vices et les abus que poursuivait cette tête
enthousiaste ; c'était pour rebâtir qu'elle voulait renverser. Chose étrange, qui pourtant ne fut point unique !
le futur terroriste, l'émule de Robespierre et de
Danton, était amoureux de la belle nature et ardent
philanthrope. — Lève-toi, frère, disait-il à l'un de
ses camarades, levons-nous dans l'intérêt des hommes. A toi l'épée d'Achille, à moi la massue d'Hercule : que ces deux armes nous servent de leviers
pour remuer le monde. Sois le colosse de Rhodes, je
serai l'Atlas (2).

(1) *Ibid.*
(2) *Ib.*

Ayant jeté aux orties son habit de séminariste, Châlier vint à Lyon, obtint une place d'instituteur à Charly, et la quitta bientôt pour le métier de commis-voyageur. Obligé en cette qualité de faire un voyage à Paris, il s'y mit promptement en relation avec les principaux chefs du parti révolutionnaire : Marat, Camille Desmoulins, Robespierre, Fauchet, etc., et s'imprégna de leurs abominables doctrines. Rentré à Lyon, il écrivait le 27 janvier 1790, au journaliste Prudhomme : « Je n'ai pas dû être peu surpris de retrouver Lyon, ma patrie, plus ancrée que jamais dans l'aristocratie... O mon Dieu ! où sommes-nous ? Quelle infâme ville que celle-ci ! ville ingrate, ville perfide, qui renferme plus que toute autre dans son sein les ennemis jurés de la plus heureuse, comme de la plus étonnante des révolutions. Redoublons de patriotisme, afin de triompher de cette vile race des ennemis du bien public. » Ce fut là, en effet, dès lors le constant objet de ses efforts. Bientôt il se trouva à la tête du parti jacobin, laissant loin derrière lui ses collègues embourbés, disait-il, dans la cauteleuse impasse du *Rolandisme*. L'histoire nous le représente alors comme l'être le plus insaisissable, le plus plein de contradictions qui se soit jamais vu : tantôt le dos courbé, les mains jointes sur sa poitrine, affichant les sentiments de la plus pure dévotion ; tantôt rêvant massacre et destruction de tous les ennemis de la liberté. « Il tressaillait de joie devant un modèle de guillotine, et il tombait en extase devant une fleur. Il voulait se laver les mains dans le sang des aristo-crates, et il aimait à présenter ses lèvres au bec d'une

7

colombe, qu'il appelait sa meilleure amie. Il déclamait contre les pratiques de l'Église catholique, principalement contre le culte des reliques, et il faisait dévotement baiser à ses frères et amis une pierre qu'il avait ramassée dans les débris de la Bastille, et un morceau de drap qu'il avait dérobé à la défroque de Mirabeau. Il aurait vu sans pitié la caisse d'un banquier livrée au pillage, et il aurait partagé son habit avec le premier pauvre qui se serait présenté sur son chemin. Il se repliait comme un serpent sur lui-même à la vue d'un homme riche et puissant, et il s'épanouissait comme une fleur à la vue d'un enfant du peuple qui lui souriait ou lui tendait les bras (1). »

Noël Blangy fut particulièrement fasciné par cette nature bizarre, originale, qui avait ses côtés séduisants, et dorait, pour ainsi dire, le fer de la guillotine. Lui ayant confié le secret de sa peine, il en reçut aussi le même avis. — Empoisonne, lui dit Châlier, l'existence de cette jeune femme ; rends-lui la vie pénible, dure, insupportable. C'est un crime dans une fille du peuple de viser à un aristocrate. Écris une lettre à Champagneux, glisse quelques insinuations sur le compte des deux futurs, et fais en sorte que le ridicule, sinon l'odieux, s'attache à leur nom. — Sur la prière de Blangy, il composa lui-même la lettre, d'abord sur le ton fougueux d'un révolutionnaire qui montre déjà le triangle d'acier prêt à venger les crimes commis contre la liberté. Puis, ayant réfléchi,

(1) *Ibid.*

il s'arrêta à une forme plus mitigée. — Champagneux est encore trop lâche, trop modéré, dit-il, pour trancher ainsi dans le vif. Il est de l'école de Roland ; il n'insérerait pas une phrase qui pût compromettre sa réputation d'écrivain honnête et d'ami de la paix. Baissons le ton. — Ce fut ainsi que prit naissance la lettre que nous avons donnée, et que Châlier lui-même porta au bureau du journal.

Déjà un club jacobin avait été fondé à Lyon, à l'imitation de celui de Paris. Il réunissait tout ce que la ville comptait d'hommes exaltés, et formait ainsi un foyer d'agitation perpétuelle. Là, outre ceux que nous avons déjà nommés et qui en étaient les véritables chefs, figuraient Vitet, le futur maire de Lyon ; Pressavin, chirurgien ; Perret, orfèvre ; Gélibert, médecin ; Carret, chirurgien ; Frossard, le collaborateur de Champagneux, et une foule d'autres. Une correspondance active reliait ce club à celui de Paris. Les motions sanguinaires formulées dans celui-ci étaient répétées dans celui-là. Les déclamations les plus violentes y échauffaient constamment les têtes ; on y jurait haine à la royauté, à la religion, à l'aristocratie ; les noms propres s'y discutaient, les maisons suspectes s'y désignaient ; on y dressait des listes de proscrits. De là le mouvement se propageait dans les couches inférieures de la société. Affichant, comme partout, l'amour du peuple, les démagogues lyonnais aigrissaient sans cesse la populace, en critiquant les actes de l'administration, en accusant les riches d'affamer le pauvre pour le réduire ; ils faisaient sans cesse luire à des yeux avides la perspective du pillage, du partage égal des propriétés. Là s'organisaient les soulèvements, se fixaient les émeutes ; on indiquait les quartiers par où le bruit devait commencer, ceux qu'il devait traverser, les lieux où il devait finir : c'était enfin le soufflet chargé d'entretenir le feu des passions populaires, et il remplissait dignement sa mission.

Notre contre-maître entra dans cette voie, s'affilia au club, et en devint bientôt un des membres les plus actifs. L'obstacle que son éducation chrétienne pouvait opposer à une telle résolution, ne tarda pas à disparaître sous les sophismes et la rhétorique de Châlier. Chose digne de remarque ! Blangy songeait naguère à entrer dans le corps des volontaires ; ses bons instincts, son sens droit le portaient de ce côté-là. Plus d'une fois il avait dit à Mariette : — Dès que nous serons unis, j'entrerai dans la garde de M. Imbert ; moi aussi, je veux être muscadin. — Mais ce vœu s'était évanoui avec la condition à laquelle il se rattachait. Toutefois la différence était trop grande pour ne pas effaroucher d'abord cette âme honnête et profondément chrétienne. Châlier eut tôt fait de dissiper ces scrupules. — Et moi aussi, lui disait-il, j'ai porté cette vieille friperie, cet habit usé, râpé, de la superstition. Mais comme il me gênait ! Il craquait sur toutes les coutures. Va ! l'homme de cœur n'est pas fait pour être emprisonné dans une camisole de force. Lève les yeux sur ce qui t'entoure, au lieu de les tenir sans cesse abaissés sur toi. Renonce au stérile égoïsme que te conseillait une dévotion malentendue ; ne t'imagine pas que tu es créé seulement pour te sauver, ainsi que te l'enseignait une piété étroite ; mais persuade-toi, au contraire, que l'humanité t'appelle, que le genre humain te tend les bras, pour que tu l'aides à sortir de l'état de servitude où l'ont plongé les efforts réunis de la superstition et de l'aristocratie. Ouvrier, lève-toi ! Arrière les vains scrupules, fruits de l'ignorance et du préjugé !

Noël ne comprit que trop ce langage passionné et emphatique. Il finit vraiment par croire qu'il avait un rôle à remplir dans le drame qui se préparait. Il était jeune, robuste de corps, ardent de volonté, tenace de caractère : que fallait-il de plus ? Mais ce qui le charmait surtout en ceci, c'est qu'il pourrait satisfaire sa vengeance, faire expier à Mariette le refus humiliant qu'il en avait éprouvé. — Tu as pressuré le calice, murmurait-il dans ses amers soliloques ; tu le boiras jusqu'à la lie. Sans doute, tu ne me devais rien ; aucune loi divine ni humaine ne t'obligeait à m'épouser. Si par exemple tu étais restée vierge, si tu m'avais dit : je veux suivre mon chemin solitaire, sans ajouter à ma propre responsabilité celle d'un mari et d'une famille : eh bien ! j'aurais respecté ta volonté, admiré ta vertu, et je me serais contenté d'être, même de loin, ton ancien ami d'enfance. Mais tu n'as point pris ce parti. Et après avoir longtemps encouragé mes vœux, flatté mes espérances, tu m'as tout à coup trompé, tourné le dos, non pour te consacrer à la vie religieuse ou au célibat, mais pour t'attacher à un muscadin, à un aristocrate de petite volée, dans le but évident de gagner un nom, une situation plus élevée, un titre... Maudite sois-tu alors ! Que ta sottise

retombe sur ta tête ! Oh ! je sens tressaillir en mo
quelque chose, un sentiment que je n'avais pas encore éprouvé, ce me semble : la haine ! Je voulais
aimer, je hais ! Mon cœur naturellement porté à la
l'affection, à la tendresse, a tout à coup changé de
disposition, de nature peut-être... il peut haïr ! Je
n'en savais rien. C'est donc l'événement qui fait
l'homme ? Nous dépendons donc du temps, des circonstances ? Eh bien ! soit. J'accepte cette nouvelle
destinée, je la subis, je finirai par l'aimer. Oui, la
haine a sa douceur ; les moralistes mentent quand ils
la comparent au fiel ; le fiel est amer et la haine est
douce... Ils ont raison, ces hommes d'énergie et de
cœur : déshonorons-la, ôtons-lui sa couronne, flétris-
sons son nom, abreuvons-là de l'hyssope de la honte.
Misérable, infâme... non, non, maladroite, tu sauras
bientôt ce que c'est que d'avoir préféré un muscadin
à un honnête ouvrier !

Ainsi Blangy s'entretenait dans son aigreur et prenait plaisir à remuer lui-même le fiel amassé dans
son âme. Rien ne peut rendre la satisfaction qu'il
éprouva quand il lut la lettre dans le *Courrier de
Lyon*, quand il sut que les deux autres avaient été
portées à leurs adresses, surtout quand il apprit que
toutes avaient obtenu leur effet. Le mariage était
différé. Monseigneur l'Archevêque lui-même s'en
mêlait. Tous les Deluze avaient la tête en l'air ! Mariette se noyait dans ses larmes ! Noël apprit tout
cela, sut tout cela, soit par lui-même, soit par d'autres, et son âme surabonda de joie. Le mariage est
différé, mais il n'est pas rompu. Le sera-t-il ? C'est ici

que les doutes et les anxiétés renaissent. D'une part,
il est à croire que le muscadin Deluze sera peu tenté
de revenir à une femme qu'il aura vue diffamée, livrée à l'opinion publique. Non, il ne se décidera pas
à prendre cette marchandise tarée : l'orgueil de race
avait déjà fait un grand sacrifice en descendant jusqu'à la condition d'une ouvrière, d'une ouvrière hon-
nète et pure ; comment s'abaisserait-il jusqu'à ramasser, pour ainsi dire, une *soubrette* dans les bas-fonds
de l'immoralité? La supposition n'est pas admissible.
D'autre part, Deluze est vraiment épris de Mariette.
Pendant plus d'un an de cour assidue, il a su apprécier les qualités de son cœur, les agréments de son
esprit. Il l'estime autant qu'il l'aime. Son affection
calme et raisonnée cédera-t-elle du premier coup?
Donnera-t-il dans le piége? Ne soupçonnera-t-il point
la main d'où le coup part? Ne remontera-t-il pas aux
sources? Et s'il vient à découvrir la calomnie, à reconnaître le guet-à-pens, ne saura-t-il pas tirer une
vengeance solennelle, éclatante, du journaliste, et faire
ressortir plus pure la vertu de sa femme, aux yeux
du public le plus prévenu?

Ces réflexions troublent la joie de Blangy ; elles
mêlent du fiel au plaisir qu'il savoure. Ainsi la noire
malice se devient un tourment à elle-même. Quoi ! le
voile tomberait? On saurait que le Deslauriers, ami de
Sauvage, n'était point Philibert Deslauriers, le père
de Mariette? On apprendrait que les soupçons jetés
sur cette pure existence n'ont aucun fondement? Et
cette vierge serait réhabilitée? Et Champagneux serait obligé de se rétracter? Et le mariage aurait lieu?

Et le muscadin aurait Mariette et la rendrait heureuse ?
Et il serait forcé, lui Blangy, d'être témoin de ce
bonheur? Et il subirait la honte de sa défaite? Il
n'aurait fait qu'ajouter le ver rongeur du remords à
l'humiliation d'un échec ?

Impossible!

VIII

PIQURE D'ASPIC

Grâce à l'appui de ses amis Laussel et Châlier, Noël
avait pris un certain rang dans l'opinion publique.
Plusieurs fois il avait parlé au club des Jacobins et y
avait, sinon obtenu du succès, au moins attiré l'attention. Se dépouillant difficilement de sa première nature, il s'était opposé à une motion par trop violente de
Laussel. Il plaida sa cause avec assez de chaleur, et non
sans quelque talent. Il s'agissait de prendre des mesures de rigueur «contre les aristocrates incrédules,
égoïstes, faux-frères ou mauvais citoyens dont la ville
fourmillait. » Blangy trouva que ces formules trop
vagues pouvaient donner lieu à de vastes proscrip-
tions, où le citoyen vertueux serait confondu avec le
contre-révolutionnaire coupable. Pressavin le com-
battit. Après la séance, Châlier s'approcha de lui et
lui dit : — Encore le vieil homme? Tu ne peux donc
pas te débarrasser de ta défroque? Ce n'est pas là le
chemin, mon garçon; tu fais évidemment fausse route.

Pendant qu'il en est encore temps, redresse ta marche, entre franchement dans la voie révolutionnaire. Plus de faiblesse, plus de demi-mesures. L'avenir appartient aux opinions hardies, aux caractères décidés. Prends garde d'être un jour compté parmi les modérés et de partager leur sort. — Noël comprit l'avis et en profita. Dès ce moment il appartint au jacobinisme pur ; les meneurs les plus hardis le comptèrent parmi leurs plus chauds partisans.

A l'instigation des meneurs, les ouvriers lyonnais, qu'on avait exemptés de la capitation depuis deux ans et qui n'avaient par conséquent plus le droit de voter, réclamèrent ce droit. Il s'agissait d'élire les officiers de la garde nationale. Assemblés tumultueusement autour de l'Hôtel-de-Ville, ils arrachèrent cette concession à la municipalité. Blangy fut nommé capitaine. Néanmoins le corps de volontaires subsistait, et on songeait à lui confier la garde de l'arsenal et du magasin à poudre ; les révolutionnaires sentant l'importance de cette mesure, s'y opposèrent. Un vaste mouvement fut organisé dans ce but. Vers minuit, le 5 février, M. Imbèrt-Colomès, se rendant à l'arsenal, est assailli par une foule ameutée qui se répand en plaintes et en injures contre lui. Nonobstant le tumulte, trois cent cinquante volontaires s'avancent pour s'emparer de l'arsenal ; mais la tempête augmente, les révolutionnaires de tous les quartiers se pressent à l'entrée de la rue de l'Arsenal ; les volontaires chargent leurs armes. Déjà une foule compacte a forcé les portes : en quelques minutes, quinze mille fusils sont enlevés et tombent aux mains de la populace. Les volontaires,

obligés de céder, se retirent en désordre vers la place
Bellecour, et font feu deux fois pour protéger leur
retraite ; la fureur populaire grandit : on les poursuit
à coups de pierres et de fusils ; deux d'entre eux sont
jetés dans le Rhône, quinze ou vingt autres sont
tués ou blessés. En vain le régiment de Sonnenberg
essaie de protéger les fuyards ; en vain M. Imbert
monte à l'Hôtel-de-Ville pour proclamer la loi martiale ; les cris : *A la lanterne ! à la lanterne !*
couvrent sa voix. M. de Gugy, lieutenant-colonel du
régiment suisse, est lâchement blessé d'un coup de
sabre ; d'honorables citoyens l'arrachent aux mains
de ses bourreaux, et il a la générosité de les engager
à cacher cet incident à ses troupes, pour éviter de
sanglantes représailles.

Or, au nombre des trois cent cinquante volontaires
qui avaient tenté de s'emparer de l'arsenal, se trouvait
René. L'amère douleur dont il était oppressé avait
besoin de distraction, et il saisit avidement celle qui
se présentait. A mesure que son rival descendait
dans la voie révolutionnaire, lui s'affermissait dans
les bons principes et se rattachait de toute l'énergie
de son âme à l'ordre de choses que la raison, autant
que l'éducation, lui faisait considérer comme le seul
approprié au génie de la France. Le désappointement
cruel qu'il venait de subir ajoutait encore une nouvelle force à ses convictions, en ce sens qu'il le détachait de la vie et lui rendait moins redoutable la pensée de la mort. Pour la première fois qu'il a sérieusement songé à s'établir, il éprouve une déception ; il
croyait à la vertu, il ne trouve que le vice ; il rêvait le

bonheur, il rencontre le ridicule. Les plaisanteries
voilées dont il est l'objet, les observations piquantes
de sa mère et de ses sœurs, les sourires mal contenus
de ses amis et de ses connaissances, les simples regards mêmes que lui jettent les passants, sont comme
autant de gouttes de fiel qui tombent dans son vase
et le font déborder. La vie lui est à dégoût. Il se
jettera donc dans la tourmente, comme son rival et
par un sentiment semblable, mais par une voie opposée.

René était au plus épais de la milice dans la rue
de l'Arsenal. Ce fut lui qui commanda le feu à sa
compagnie, en l'absence du capitaine. Une vive indignation l'avait saisi; il voyait le flot de la démocratie monter sans cesse, encouragé par le succès et
l'impunité; il lui semblait que la lutte était suprême, et que si tout ce que la société avait encore de
bon et d'honnête ne refoulait pas le torrent, le
torrent aurait bientôt tout emporté. Il était donc
décidé à résister jusqu'au bout et à mourir sur le
champ de bataille, plutôt que de reculer d'un pas.
Certainement si tous eussent été animés du même
esprit, il y aurait eu une lutte sanglante, désespérée,
mais sans doute inutile. Les chefs ne voulurent pas
en prendre sur eux la responsabilité; ils ordonnèrent
la retraite. René obéit en frémissant. A la lueur des
torches allumées aux fenêtres des patriotes, il avait cru
découvrir une figure ennemie, celle de Blangy. Le
nouveau capitaine de la garde nationale tenait à justifier la confiance de ses électeurs et à honorer son
épaulette; il déployait une activité et un entrain pro-

digieux. Lui aussi avait aperçu le lieutenant de volontaires, son rival préféré. — *A bas les muscadins! A
la lanterne, les volontaires!* tels furent les cris par lesquels i salua sa présence. Ces cris furent répétés par
des milliers de voix. Un éclair jaillit des yeux de Deluze; une flamme non moins vive pétillait dans le regard
de Blangy. C'était une double guerre que semblaient
se déclarer ces deux jeunes gens, à cette heure aussi
malheureux l'un que l'autre : car ils étaient à une
égale distance du bonheur qu'ils avaient rêvé. Du
moment où ils se furent aperçus, ils ne se perdirent
presque plus de vue; et si la marée montante ou des-
cendante les déroba quelquefois l'un à l'autre, toujours
un nouveau mouvement les remettait en présence. A
chaque fois ils se payaient d'un coup-d'œil fixe, sombre, irrité. Ils ne s'étaient pourtant jamais parlé. A
peine une fois s'étaient-ils rencontrés, l'un entrant,
l'autre sortant, sur le seuil de la maison du quai Saint-
Clair. Mais le jeune volontaire savait depuis longtemps
qu'un ouvrier lui disputait le cœur de Mariette. Toutefois il avait l'âme trop haut placée pour avoir jamais
fait même la plus légère allusion à cette rivalité; il con-
tinuait à courtiser la jeune fille avec autant de simplicité que s'il eût été seul à le faire. Noël, au contraire, ne
se dissimulait point l'infériorité où le plaçait sa condition vis-à-vis de celle de son rival; et si son antipathie
n'éclatait pas, c'était parce qu'il se berçait de l'espoir
d'être le préféré, parce que Mariette semblait toujours
pencher du côté de son ami d'enfance, parce que l'a-
mour se fait souvent illusion et que nulle âme n'était
plus propre aux illusions que celle de Blangy. Mais

plus son espoir lui paraissait solidement fondé, plus,
comme nous l'avons dit, la blessure causée par l'échec
avait été profonde. Celle de Deluze n'eût peut-être
pas été moindre, s'il eût pu soupçonner que son ancien
concurrent fût l'auteur de sa déconvenue. Il l'ignorait,
il n'en avait pas même le plus léger soupçon. Aussi
la colère qui étincelait dans ses yeux s'adressait-elle
moins au rival en amour qu'à l'adversaire en politique.
C'était au capitaine de garde nationale que le lieutenant de volontaires semblait dire par le feu de ses
yeux : — Entre nous, c'est une guerre à mort.

Non loin de la place Bellecour, ils se rencontrè-
rent encore et se trouvèrent très-rapprochés. Une
torche lointaine leur permit de se reconnaître. Blangy
fit effort pour percer la foule qui se trouvait entre
eux ; quelques soldats de Sonnenberg survinrent et
les séparèrent. Nous n'oserions affirmer que, sans
cette circonstance, quelque coup mortel ne fût pas
parti de la main de l'un d'eux. Le torrent les porta
sur le quai. Les cris : *A bas les muscadins ! A la
lanterne, les aristocrates !* continuaient, plus hurlants, plus nombreux que jamais, et il semblait à
Deluze que le signal était souvent donné par le contre-
maître, comme s'il eût craint de laisser languir la
colère de la foule. Les pierres, les morceaux de bois,
les débris de toute sorte pleuvaient dru sur les malheureux soldats, et produisaient sur eux l'effet que
produit sur un lion les provocations d'un taon. Sans
la prudence de leurs officiers, des torrents de sang
eussent mouillé en cette nuit les pavés de Lyon. Deluze fut atteint d'un projectile à l'épaule, et le son de

voix qui se fit entendre en même temps ne lui laissa
point ignorer l'auteur de cette insulte. Du quai, on
fut refoulé dans la rue. L'Hôtel-de-Ville paraissait être le but vers lequel se portait le mouvement.
Mais à mesure qu'on en approchait, le nombre des
révolutionnaires augmentait et celui des soldats diminuait. Les volontaires, n'ayant pu maintenir leurs
rangs, se trouvaient mêlés avec la foule. C'était une
confusion indescriptible. Deluze en vit plusieurs tomber
tués ou blessés. Ceux qui pouvaient trouver une porte
ouverte, se hâtaient d'en profiter pour échapper à la
mort. René se voyait d'autant plus menacé que ses in-
signes le désignaient comme officier. Heureusement
l'obscurité dans laquelle on retombait à chaque instant
le dérobait momentanément aux regards ; dans cet
horrible pêle-mêle on ne distinguait plus ni amis ni
ennemis. A la fin, il se trouve à la hauteur de l'Hôtel-
de-Ville. M. Imbert y est déjà ; des lumières sont
placées aux fenêtres, et une lueur douteuse se répand
sur cet océan de têtes humaines. René fait des efforts
inouïs pour arriver jusque-là. Ses habits sont en
lambeaux, on a arraché son épaulette. Tant mieux :
il sera moins facilement reconnu. Mais il ne saurait
tromper l'œil qui s'acharne sur lui. A mesure qu'il
avance, il sent que la presse augmente ; il étouffe,
pour ainsi dire, et c'est Blangy qui cause cette étreinte.
Deux ou trois personnes au plus les séparent. Enfin
René sent une piqûre au bras gauche ; bientôt sa
main humide lui apprend que son sang coule. Le
péril double son énergie ; un dernier effort le met
hors des rangs ; le voilà sur la porte de l'Hôtel-de-Ville,

où l'officier du poste le reconnaît et le laisse entrer.

Cependant, comme nous l'avons dit, M. Imbert-Colomès avait essayé de hisser le drapeau rouge et de proclamer la loi martiale ; mais cette tentative ne fit qu'irriter davantage la populace. Des hurlements frénétiques couvrent ses premières paroles. Son nom, qu'il avait vu respecter jusque-là, retentit accompagné de malédictions et de menaces. — *A la lanterne, le premier échevin! Mort à Imbert et à sa garde d'honneur!* C'en est fait : la popularité, dont il s'est vu longtemps entouré, a été emportée par le flot révolutionnaire. Déjà, des menaces, on passe aux faits. Des forcenés crient : *Des haches! des piques! Qu'on monte à l'assaut!* Bientôt la porte, que les soldats du poste avaient refermée sur eux en entrant, retentit sous les coups des émeutiers, et ne tardera sans doute pas à céder.

— Le sort en est jeté, dit M. Imbert à Deluze, qu'il venait d'apercevoir près de lui, couvert de sueur, les habits déchirés et le bras ensanglanté. Mais qu'est-ce? Tu es blessé? Ton sang coule...

— Oui, une piqûre.... une piqûre d'aspic, je le sais, je le sens, répondit Deluze. Et encore je suis heureux d'en être quitte à ce prix ; j'en ai vu plus d'un tomber sous les coups de ces misérables.

— Ah! jeune homme, répartit l'échevin profondément affecté, quel abîme se creuse sous nos pieds! C'en est fait de la monarchie, de la religion, de l'ordre social, des lois. Notre archevêque avait raison : la digue est rompue, et personne ne sait où le torrent s'arrêtera. Tu souffres? Je le lis sur ta figure.

En effet, Deluze avait pâli et s'était laissé tomber
sur un fauteuil. Un homme du poste qui se trouvait
là, releva la manche de son habit, et on put voir qu'il
avait à l'avant-bras une blessure faite avec un instrument aigu. La plaie fut bandée, le bras mis en écharpe,
et le digne échevin s'efforça de consoler son jeune ami
en lui faisant espérer que ce ne serait rien.

— Plût au ciel, M. Imbert, répliqua René, que
l'on en pût dire autant de la blessure faite aujour-
d'hui à l'ordre, à la ville de Lyon! Mais je crains fort
qu'il n'y ait bientôt plus de sécurité dans ses murs.

En attendant, les coups de hache retentissaient, se
mêlant aux cris furieux des Jacobins. Un garde vint
dire que l'Hôtel-de-Ville allait être forcé, et qu'on ne
pouvait opposer aucune résistance à l'attaque. A ces
mots, Deluze tressaillit et retrouva toute son énergie.

— Quoi! s'écrie-t-il en se redressant de toute sa
taille, faudra-t-il donc lâcher pied devant ces hommes de désordre? Ne sait-on pas que chaque pouce
qu'on cède à la canaille est une lieue de terrain
perdu? Que ceux qui veulent l'ordre me suivent! Ne
fussions-nous que quinze, que dix, nous arrêterons
ces misérables, et ils n'entreront pas sans marcher
sur le corps de plus d'un des leurs, et sur les nôtres
mêmes. M. Imbert, laissez-moi faire; j'ai assez du
poste pour leur tenir tête. Il suffit quelquefois d'un
acte d'audace pour faire reculer une émeute. Croyez-
moi: ils ne sont braves qu'en paroles.

— Non, non, René, dit énergiquement M. Imbert;
je te défends d'opposer la moindre résistance. Sans
doute, en certain cas, l'énergie d'un homme de cœur

peut beaucoup ; mais ce n'est pas devant une telle multitude, devant cet océan dont les vagues furieuses se poussent et se remplacent sans cesse. La témérité ne ferait qu'irriter ces énergumènes, et causerait peut-être d'irréparables malheurs. Je te l'ordonne, suis-moi.

Deluze rengaina son épée, en grinçant les dents de rage. Le logement du lieutenant de police était situé sur les derrières de l'Hôtel-de-Ville ; une porte donnait sur la place des Terreaux. Ce fut par là que M. Imbert entraîna Deluze et quelques personnes qui se trouvaient dans la salle. Il était temps : l'entrée avait été forcée, et déjà les Jacobins furieux envahissaient le lieu des délibérations. Ils n'y trouvèrent personne. Mais ils ne se tinrent pas pour battus. L'hôtel de M. Imbert devint aussitôt le but de leur attaque. Une foule immense l'environna, poussant les cris d'usage; les vitres volèrent en éclats, et bien probablement le digne magistrat fût devenu la victime de la fureur populaire, s'il n'eût encore pris le parti de céder à l'orage. Il monta sur le toit de sa maison, et put ainsi descendre dans le domicile voisin sans être aperçu. Le lendemain, il donnait sa démission (1).

Quant à Deluze, il put rentrer chez lui, également agité par la colère et tourmenté par sa blessure. Un chirurgien appelé sur-le-champ déclara qu'elle n'était pas grave, parce qu'heureusement le stylet n'avait pas atteint les muscles moteurs. Néanmoins la fièvre survint, peut-être autant par l'effet des causes mora-

(1) Après sa démission, M. Imbert-Colomès se retira à Bourg-en-Bresse, émigra plus tard, subit beaucoup de tracasseries au service de la cause royaliste à laquelle il était franchement dévoué, et mourut à Bath en 1781.

les que par suite de la douleur ; il en coûtait au brave
officier de volontaires de se voir condamné à une longue inaction, au moment où l'état des choses semblait
réclamer les efforts de tous les honnêtes gens. Dans
ses loisirs forcés, notre jeune homme eut aussi toute
facilité de se laisser aller à de tristes et mélancoliques
méditations. Sa pensée se reportait souvent vers la
petite maison du quai St-Clair ; la figure de Mariette
lui apparaissait revêtue de cette douce auréole dont
la vertu semblait la couronner. Les premières impressions que l'aspect de cette virginale physionomie (il
la voyait telle alors) avait produite sur lui, ces agréments d'esprit, ces grâces du corps, ces manières
simples et sans apprêt , cette éducation également
éloignée de la grossièreté du bas peuple et des mi-
nauderies des classes élevées, ce jugement naturel,
ce sens droit, cette malice sans fiel, cette dévotion solide et éclairée aussi bien dégagée de l'é-
goïsme étroit que de la coupable indifférence : tout
cet ensemble enfin de qualités heureuses si bien
en harmonie avec la gracieuse élégance des formes,
tout cela, dis-je, se représentait à l'imagination du
pauvre malade ou tour à tour ou à la fois, et lui arra-
chait des sourires de satisfaction bientôt suivis de
douloureux soupirs. Et tout cela n'était qu'un voile,
qu'un vernis habilement jeté sur une âme corrompue ! Et le vice savait si bien porter le masque de la
vertu ! Et l'art d'une femme, d'une femme de dix-
neuf ans, pouvait aller jusqu'à offrir le type le plus
loyal, le plus vrai, sur un métal falsifié ! Et, pendant
plus d'un an, ce cloaque n'a pas laissé échapper la

moindre odeur! Pas une parole déplacée, pas une allusion suspecte n'ont jamais passé sur ces lèvres, qui
doivent pourtant en avoir l'habitude! En vérité, c'est
à renverser le sens, à démentir toutes les notions reçues. Dira-t-on encore que la bouche parle de l'abondance du cœur? que l'honnête femme porte un cachet que la femme corrompue ne saurait contrefaire?
En faisant ces réflexions, Deluze était naturellement
conduit à douter de la vérité des rapports qu'on lui
avait faits sur Mariette. Un je ne sais quoi lui disait
que ces lettres pouvaient bien être le produit de la
malveillance, que quelque main jalouse en avait fa-
briqué le tissu, dans l'unique but de traverser deux
existences, de faire deux malheureux. Puis il réflé-
chissait que si cela pouvait être vrai pour l'une de
ces pièces, cela ne pouvait guère l'être pour trois.
Sans doute une ouvrière jalouse était capable d'é-
crire la lettre sans style et sans orthographe adressée
à l'abbé Bonnaud. Mais l'autre! Mais l'article du
journal! l'article du journal surtout! Champagneux
a beau être jacobin : il n'oserait calomnier sans raison, sans but, notamment une fille du peuple. Qu'il
eût déversé le ridicule sur un *muscadin*, rien d'étonnant : c'est son occupation de tous les jours. Mais
noircir une jeune ouvrière, flétrir la réputation d'une
fille de canut, cela ne s'accorde guère avec les principes démocratiques dont l'avocat dauphinois fait profession. Et il faut qu'il soit bien sûr de son fait pour
l'avancer aussi hardiment, sans crainte d'être démenti. Enfin quand l'accusation serait sans fondement, la tache en subsiste-t-elle moins aux yeux du

public ? Le ridicule s'en attacherait-il moins à son nom, quand même il parviendrait à se convaincre que cette pauvre jeune fille est restée pure, qu'elle a été victime d'une infâme calomnie ?

Eh ! qu'importe le ridicule? reprend l'amour, cet avocat puissant et si peu disposé à lâcher prise. En vérité, l'opinion publique est peu de chose, en comparaison du bonheur domestique. L'homme qui est près d'un bon feu peut facilement braver le froid. Celui qui possède une femme vertueuse à son foyer n'a que faire de ce qu'en pense le public. Si ce qu'on dit de Mariette n'est qu'une invention, l'opinion elle-même en serait bientôt revenue. Ces bruits tomberaient, comme tombe tout ce qui n'a point de fondement. Et puis qui l'empêcherait, lui, de quitter Lyon, d'aller s'établir en Dauphiné? Là il braverait aisément le prétendu-ridicule que son mariage aurait pu d'abord lui attirer; il rirait de ceux qui auraient ri, et pendant que de vaines rumeurs s'affaisseraient peu à peu, il jouirait tranquillement de son bonheur. Puis à la fin tous les nuages se dissiperaient ; peut-être même ceux qui auraient blâmé le plus haut sa démarche, seraient-ils les premiers à y applaudir.

Restait cette tache d'émeutier imprimée sur la mémoire du père. Ici la difficulté est plus grande ; René sent que tout son être se révolte, à l'idée d'épouser la fille d'un révolutionnaire. En ce temps-là, les opinions politiques étaient tranchées ; on n'en faisait pas aussi bon marché qu'aujourd'hui, où soixante-dix ans de révolution, où quinze ou vingt changements de gouvernement ont si bien effacé les lignes qu'on ne

sait plus ce qu'on veut croire, ni à quoi s'attacher.
Les traditions de famille, le moule de l'éducation
donnaient alors à ce genre de conviction presque autant
de solidité qu'à la foi religieuse elle-même. En deux
mots : Dieu et le roi, l'autel et le trône ne se séparaient
guère dans l'esprit des honnêtes gens, en sorte que
le titre de révolutionnaire emportait avec lui le cachet
de l'impiété et le stigmate de perturbateur de l'ordre
social. Comment donc Deluze se serait-il décidé à prendre pour femme la fille d'un scélérat, marqué de cette
double tache ? Agir ainsi, c'eût été briser d'un seul
coup tous ses liens de famille, dire un éternel adieu à
son père, à sa mère, à ses frères, à ses sœurs, à tous
ses amis, à toutes ses connaissances ; c'eût été créer
autour de lui le vide absolu ; surtout donner un gage
à la révolution naissante, prendre rang parmi les démocrates, justifier les prévisions de cet odieux journal, en faisant un pas vers la secte abominable qui
bat maintenant toutes les lois en brèche : extrémité
à laquelle notre jeune homme ne saurait se résoudre.

Ainsi il retombe dans ses perplexités, dans ses
luttes cruelles entre des passions également violentes. Si l'amour argumente, la foi politique résiste ; le
pour et le contre se balancent ; les résolutions naissent et meurent, les suppositions se succèdent les
unes aux autres et se renversent sans pitié ; son âme
ressemble à une mer agitée par des vents contraires;
à ces fluctuations pénibles, s'ajoutent les lancinations
aiguës de la douleur, les brûlantes ardeurs de la
fièvre ; puis, quand le calme revient, les nouvelles du
dehors, les progrès du désordre, l'audace toujours

plus grande des Jacobins, réagissent sur son état et rallument la flamme qui le dévore. Ses jours et ses nuits sont ainsi en proie à une agitation à peu près continuelle. Et jusque-là, point d'appui dans sa famille, aucune consolation de la part des êtres qui lui sont le plus chers ; des soins pour sa blessure, aucun pour son âme ; de la pitié pour le volontaire, victime de son devoir, aucune pour l'amant malheureux, victime de la calomnie...

Nous laissons à penser s'il maudit de bon cœur la piqûre d'aspic.

IX

ET ELLE?

Et elle ? que fait-elle ? Grave et douloureuse question à laquelle tout lecteur peut répondre, en se mettant à sa place. Sa tristesse ne connaît vraiment pas de bornes. Outre qu'elle a vu se rompre une alliance qui devait faire son bonheur et sa gloire, elle est encore outragée, calomniée, attaquée dans ce qu'une femme a de plus cher : son honneur. Après les premières impressions de ce coup funeste, elle a essayé de se roidir. Forte du sentiment de son innocence, elle s'est redressée, comme le rejet vigoureux qu'un accident a fait plier. — C'est un orage, se dit-elle ; il passera. Il n'est pas possible que M. Deluze n'arrive pas à connaître la vérité. S'il aime vraiment sa fiancée (et il l'aimait : fût-il sans cela descendu

jusqu'à elle?) il se donnera certainement la peine de
remonter à la source de ces bruits et il en apprendra
la fausseté. L'amour sincère, solide, pur (et le sien
l'était, mon Dieu ! ou il n'y a plus rien de certain
au monde), l'amour, dis-je, n'admet pas facilement
ce qui tourne au détriment de l'objet aimé ; il est impatient, il a besoin de détruire jusqu'à l'apparence
d'un soupçon, d'une tache qui blesse son œil délicat
et jaloux. Non, M. Deluze ne me croit pas coupable ;
non, il ne supportera pas une aussi lâche attaque envers celle qu'il a aimée, qu'il aime encore, à qui il a
engagé sa foi et qu'il a conduite presque jusqu'au
pied de l'autel. Il fera une enquête, il découvrira la
calomnie, et son affection et son estime pour moi
grandiront de tous les efforts qu'on aura faits pour
les détruire. — Dans cette espérance, elle tâchait de
se rasséréner, de raffermir son courage ; elle demandait à Dieu d'envoyer le rayon de soleil qui devait
dissiper les ombres dont on cherchait à environner
sa tête.

Elle espéra ainsi pendant plusieurs jours, attendant
à chaque instant que quelque avis verbal ou écrit lui
donnât l'assurance que son fiancé s'occupait d'elle. Il
ne vint aucun avis ni verbal ni écrit, aucune nouvelle
ni directe ni indirecte. C'était un silence de mort. En vain
prêtait-elle l'oreille à tous les bruits extérieurs ; on parlait fort de politique, de l'Assemblée Nationale, de Jacobins, de fédérés, de modérantistes, de garde nationale,
de cent autres choses de ce genre ; mais de M. Deluze,
de l'étrange lettre du *Courrier*, de tout ce qui concernait Mariette, pas un mot. Les personnes mêmes

qui s'intéressaient le plus à elle, ne savaient rien, ou ne voulaient rien savoir. Que si quelqu'un ouvrait la bouche, c'était pour donner à la jeune fille de ces consolations banales qui désolent et font l'effet d'un emplâtre à côté de la blessure, c'est-à-dire causent une douleur de plus. Doit-elle donc se résigner à l'abandon le plus absolu ? Est-elle oubliée, est-elle répudiée à jamais ? Faudra-t-il qu'elle reste ensevelie sous un poids de honte, flétrie d'une tache indélébile ? Cette seule pensée l'accable et lui pèse comme une montagne. Oh ! si elle devait subir longtemps cette anxiété cruelle, la mort ou la folie aurait bientôt tranché le fil de son existence.

L'émeute dont nous parlions plus haut eut lieu sur ces entrefaites. Mariette y prit le plus vif intérêt, parce qu'elle sut l'entreprise des volontaires sur l'Arsenal et ne douta point que son amant n'y fût engagé. Elle connaissait assez cette âme généreuse, ardente, pour être sûre qu'il braverait tous les périls et ne souffrirait jamais qu'on combattît sans lui pour l'ordre et la liberté. Elle prêta donc une oreille attentive au sourd murmure qui annonçait d'abord la tempête. Quelques femmes du quartier avaient fui devant la mêlée et étaient venues en donner des nouvelles, exagérées bien entendu, comme il arrive toujours en pareil cas. Selon elles, la ville était à feu et à sang ; les rues et les places étaient jonchées de cadavres. C'était faux ; mais Mariette n'avait aucun moyen de contrôle, et le tumulte et les cris approchaient. La pensée de son cher René s'offre la première à son esprit ; il ne peut manquer d'être au plus épais de la bagarre ; il est blessé, il est tué, il est foulé aux pieds... Sa terreur est grande ; il lui prend envie d'aller voir, de juger par elle-même, de... Elle le retrouverait peut-être au milieu de la foule, meurtri, sanglant, mort, comme aussi il pourrait vivre encore et n'être que blessé ou hors de combat. Quelle supposition ne forme-t-on pas dans de tels troubles de l'âme ? La jeune fille pense à peine aux dangers qu'elle courrait elle-même ; ou si elle y pense, ce n'est point pour s'en effrayer, mais pour s'exciter à leur aller au devant : la mort lui paraîtrait préférable au sacrifice qui lui est imposé, au déshonneur qu'elle doit subir.

Cependant l'émeute s'avance. Déjà le quai St-Clair retentit sous les pas de la foule, et l'air est agité des cris de : *Imbert, à la lanterne ! A mort, les volontaires ! Les muscadins, au Rhône !* Ces mots font frissonner Mariette. Ce sont deux arrêts prononcés contre des êtres qui lui sont chers à divers titres : son fiancé et son protecteur. Qu'a donc fait ce vénérable M. Imbert, pour s'attirer une sentence de mort ? Il était, hier encore, l'idole de Lyon ; comment a-t-il pu démériter si vite de la faveur populaire ? Plèbe ingrate, misérable canaille, qui obéis au souffle du premier scélérat qui sait prendre de l'ascendant sur toi ! Mais René ! oh ! c'est surtout à lui que les insurgés doivent en vouloir. Il y a longtemps qu'il est signalé à la haine des ennemis de l'ordre. Sa conduite dans l'affaire de Salette l'a mis au premier rang parmi les futures victimes des révolutionnaires... Sous l'impulsion de ces idées, la jeune fille n'y tient pas ; elle sort de son logis, malgré les observations de sa grand'mère ;

elle veut vérifier de ses yeux, et savoir si ce ne serait
pas à ce cher René que s'adressent ces clameurs for-
cenées : *A l'eau, les muscadins!*

Rien ne donne aux émeutes un caractère formidable
comme l'obscurité. Le mal est plus libre alors, le
bien plus difficile ; la nuit favorise la lâcheté chez les
bons, l'audace chez les méchants ; l'honnête homme
n'ose pas frapper, parce qu'il ne distingue pas ses
amis de ses ennemis, le scélérat frappe toujours au
risque d'atteindre un frère ; tel qui eût hésité pendant le jour à se ranger parmi les insurgés, s'y glisse
à la faveur des ténèbres, assuré d'échapper aux regards qui le gênent, et de donner en même temps un
gage à la cause qu'il veut ménager. Nous ne parlons
pas de l'effet plus terrible qui s'attache à ces masses
mobiles, tantôt bruyantes, tantôt silencieuses, dont
personne ne peut mesurer la quantité, et dont par
suite chacun s'exagère la puissance. Nous ne parlons
pas davantage des caractères plus sinistres que prennent ces vociférations, ces hurlements, à qui la nuit
semble prêter des échos plus profonds, plus lugubres.
C'est ainsi qu'une inondation est bien plus effrayante
au milieu des ténèbres qu'à la clarté du jour. Ce
mouvement des eaux qui s'avancent en montagnes
invisibles, ce bruit sourd et monotone, cet empire
toujours plus grand usurpé par une force irrésistible,
glacent d'épouvante l'âme la plus ferme. Et si quelques lanternes des riverains alarmés projettent sur la
surface des flots une lueur incertaine, le regard plonge
avec anxiété au-delà des limites que la lumière peut
atteindre, et croit y voir une mer sans bornes.

Tel était l'effet produit à cette heure aux yeux in-
quiets de notre héroïne. Quand elle eut avancé de
quelques pas, elle se trouva enveloppée de femmes
d'abord et d'enfants que l'émeute refoulait, comme
le torrent rejette son écume sur ses bords. Puis peu à
peu la mêlée s'épaissit. Des hommes à figures sinistres marchaient serrés les uns contre les autres, et
poussant continuellement les cris de : — *A la lanterne, les muscadins! Au Rhône, les amis d'Imbert !*
—Mais ces vociférations n'étaient pas sans objet : deux
jeunes volontaires se trouvaient au milieu de la cohue,
et c'était à eux que s'adressaient ces menaces homi-
cides. Trois ou quatre lanternes plantées sur des piques et remplaçant les réverbères brisés, éclairaient
seules ces drames funèbres. Souvent il arrive en pareil
cas que les simples curieux, les inoffensifs se trouvent
insensiblement mêlés au noyau même de l'émeute :
pareils à ces feuilles mortes, à ces brins d'herbe, à ces
roseaux secs qui, après avoir longtemps côtoyé le ri-
vage, sont enfin absorbés par le courant. C'est ce qui
arriva à Mariette. La presse l'amena bientôt à quelques pas des deux malheureux volontaires, que les
révolutionnaires se proposaient de jeter à l'eau. L'un
d'eux était de ses connaissances, un jeune clerc de
notaire, dont l'habitation n'était pas fort éloignée de
la sienne. Elle ne connut pas l'autre. Leurs vêtements déchirés, leur chevelure en désordre, leur visage couvert de sang attestaient les mauvais traitements qu'ils avaient reçus, sans doute en suite des efforts par lesquels ils essayaient de s'arracher des
mains de leurs ennemis. Mais des bras vigoureux en-

chaînaient leurs mouvements, et à chaque înstant
quelque coup de poing, ou de pied, ou de lance, les
forçait à marcher, comme les morsures du chien de
boucher poussent l'animal à l'abattoir.

Un homme paraissait diriger cette troupe de bourreaux, et c'était Blangy. Après l'invasion de l'Hôtel-
de-Ville, voyant les salles vides, ne trouvant pas celui
qu'il poursuivait, non plus que le magistrat à qui il
aurait fait sans doute payer cher la protection accordée à Mariette, il était descendu pour chercher un
autre aliment à sa fureur. La notoriété qu'il s'était
acquise par l'amitié de Châlier et de Laussel, et par
son assiduité aux Jacobins, lui assurait un certain ascendant sur la foule. Porté par le courant sur le quai
St-Clair, il se trouva tout naturellement à la tête de
cette partie de l'émeute. — Le lâche Imbert s'est en-
fui, s'écria-t-il ; frères et amis, frappons sur les siens.
Faute de grives, on mange des merles. Au Rhône !
au Rhône ! Lavons les muscadins de leurs taches,
jeunes et vieilles. Les places, les rues sont teintes du
saag de leurs victimes. A l'eau, les gardes de l'aristocrate Imbert ! — Il mentait quand il parlait de sang
versé par les volontaires ; car les volontaires n'avaient
versé que le leur. Mais il savait quel effet produit
dans une masse d'insurgés des mensonges semés à
propos. Aussitôt une clameur immense s'élève. Les
deux infortunés jeunes gens sont bousculés, blessés,
traînés jusqu'au bord de la rivière. Leurs forces épui-
sées n'opposent plus de résistance, et leur noble orgueil dédaignait de s'abaisser à des supplications. A
la lueur fauve des lanternes, Mariette peut voir res-

plendir dans leurs regards l'assurance, la fermeté, qui
s'inspire du devoir accompli. Blangy, au contraire,
écume de fureur ; la flamme sort de ses yeux ; on dirait qu'il a soif du sang de ses victimes, et qu'il brûle
d'assouvir sur ceux-ci la haine profonde qu'il porte à
un de leurs frères. Est-ce bien là cette figure paisible,
honnête, où Mariette crut si longtemps lire le témoignage d'une âme droite et juste, d'une conscience
profondément chrétienne ? Se peut-il que la physionomie d'un homme subisse un changement aussi ra--
pide, aussi profond ? La pauvre jeune fille détourna
les yeux pour ne pas voir plus longtemps, sous ces
traits hideux, celui qui fut son compagnon d'enfance,
longtemps le préféré de son cœur et sur le point de
devenir son époux. A l'aspect de cette physionomie
sinistre, elle éprouve l'horreur qu'on éprouverait à
voir un volcan s'ouvrir subitement sur un sol uni et
couvert de fleurs. Cet incident lui fait comprendre
à quoi elle se fût exposée en se mariant avec Blangy.
Qui sait si l'instinct révolutionnaire ne se fût pas
aussi bien éveillé chez lui ? On ne tombe pas ainsi dans
les profondeurs du vice, sans en avoir longtemps
couvé le germe maudit. Et alors !... et alors, que serait-elle devenue ? quelle existence eût été la sienne ?
Vivre à côté d'un scélérat, d'un buveur de sang !...
Oh ! le frisson la saisit à cette seule pensée...

Noël, de son côté, avait aussi aperçu son *infidèle*,
à travers le flot de têtes aux cris d'hyènes, aux regards
avides de sang, qui se pressaient autour des victimes.
Oui, un reflet de lanterne lui montra celle qu'il aima
si tendrement, qu'il abhorre aujourd'hui, et on ne peut

douter que cette circonstance n'ait encore stimulé sa
soif de vengeance. Il sera bien aise de punir, dans
deux de ses semblables, le *muscadin* auteur de ses
maux. Mariette verra comment les patriotes, les futurs dominateurs de la France, vont traiter les aristocrates, les encroûtés du vieux régime ; elle pourra
ainsi comprendre la sottise qu'elle a faite, en préfé-
rant un fils de famille à un homme du peuple. Ce
sentiment de haine, mêlé de jalousie, se lit dans le regard de Blangy, dans tous ses traits ; il semble donner
à ses membres une vigueur d'Hercule. On est sur le
parapet du fleuve : il saisit le jeune clerc de notaire,
le soulève sans difficulté, et le lance dans l'eau. Un
long applaudissement succéda à cette exécution.
Beaucoup de curieux montent et se penchent en avant
pour voir le muscadin se débattre dans les flots ; mais
comme il était lié, il ne put opposer qu'une faible résistance au cours de la rivière. D'ailleurs plus d'une
pique était déjà tendue pour le repousser, en cas de
besoin. On entendit un cri étouffé : — *Vive le Roi !*
Que Dieu sauve la France ! — et bientôt le Rhône ne
roula plus qu'un cadavre. Le second des volontaires
était parvenu à dégager ses bras, et essayait de se défendre contre ses bourreaux, Hélas ! que pouvait-il
contre un si grand nombre ? On se rue sur lui, on le
couche à terre, on le saisit par les pieds, par les
mains, et aux cris frénétiques des spectateurs, on
le précipite dans la rivière. Blangy hurla encore :
— *Avis aux muscadins ! Ainsi seront traités les*
ennemis de la liberté ! — Comme son frère tout-à-
l'heure, le jeune homme poussa un cri à l'honneur

rendit le dernier soupir. De longues acclamations
de joie accueillirent ce nouvel acte de justice révolutionnaire.

Soudain le silence s'établit. Châlier paraissait ;
Châlier, le soufflet des passions populaires, le premier
auteur de l'émeute.

— Courage, citoyens! s'écria-t-il. Le feu du patriotisme vous anime ; ne le laissez jamais s'éteindre en
vous. Les ennemis de la patrie voulaient vous priver
d'armes, c'est-à-dire vous ôter le moyen de combattre leurs projets tyranniques ; vous leur avez prouvé
que vous ne l'entendiez pas ainsi, que le temps n'est
plus où, courbés vers la terre et muets de terreur,
vous vous laissiez tondre comme d'innocentes brebis.
Non, le peuple a secoué ses fers et il les brisera ; il
rentrera dans les droits imprescriptibles qu'il tient de
la nature ; il ne souffrira plus qu'on lui pose le pied
sur la gorge, qu'on le réduise au rôle d'une stupide
bête de somme, destinée à alimenter de ses sueurs le
maître qui la charge de coups. Vous avez des armes :
usez-en contre vos oppresseurs. Qu'ils tremblent à
leur tour! Vous venez de punir deux muscadins de
leurs intentions liberticides : c'est un avertissement
donné aux autres, à tous ceux qui seraient tentés de
toucher à vos droits. Mort aux tyrans! Vive la liberté!
que ce soit là votre mot d'ordre. Je suis content de
vous : vous avez bien mérité de la patrie.

La foule enthousiasmée applaudit à son orateur fa-
vori. Mais déjà Mariette, dégoûtée de ce spectacle,
avait profité du moment où l'on se précipitait vers le
parapet, pour se dégager du milieu de la cohue.

Comme elle allait rentrer chez elle, elle entend encore
des cris : — Arrêtez ! arrêtez-le ! Attrapez le muscadin ! — En même temps elle voit un homme qui fuyait
et cherchait de tous côtés un asile, un endroit où se
cacher, pour échapper à la fureur de ceux qui le pour-
suivaient. Émue de pitié, elle ouvre sa porte et lui
dit : — Entrez ici, monsieur. — Le fuyard s'arrête,
voit qu'il a affaire à une femme et répond : — Non,
vous êtes une femme, je vous compromettrais. Ils
sont dans le cas de vous tuer, s'ils me voient entrer chez vous. — Entrez toujours, répliqua-t-elle,
et hâtez-vous ; l'obscurité vous sauvera. — En effet,
toutes les lanternes étaient sur le bord du fleuve et la
nuit était complète. L'inconnu profita d'une offre si
généreuse, et Mariette ferma sa porte à double tour.
C'était un volontaire, le fils d'un riche lyonnais ; ses
habits déchirés attestaient les violences qu'il avait su-
bies. Il essuya la sueur de son front, tout en prêtant
l'oreille pour s'assurer qu'il n'était point poursuivi.

— Ah ! la mort sur un champ de bataille, dit-il
avec tristesse, je ne la refuserais point, je l'accepte-
rais volontiers. Mais être tué, assassiné dans une rue,
comme un chien enragé, c'est par trop humiliant. J'ai
pourtant vu plus d'un de mes camarades écharpé,
foulé aux pieds par cette ville canaille. Mademoiselle, je suppose que vous n'êtes pas de cette opinion ?

— A Dieu ne plaise que je lui appartienne ! monsieur, répondit Mariette. Si jamais j'en avais été ten-
tée, je vous assure qu'il ne faudrait pas beaucoup
d'événements comme celui-ci pour m'en dégoûter.

Le plus simple sentiment d'humanité repousse avec horreur ces scènes de cannibales.

— Et nous ne sommes pas au bout. Le premier sang versé a une puissance étrange sur la foule; il lui donne la soif d'en verser davantage. Pauvre Imbert, il a raison de dire que la France sera noyée dans le sang de ses meilleurs enfants.

— Connaissez-vous M. Imbert? demanda Mariette, en qui ce mot réveillait une curiosité sympathique.

— C'est l'intime ami de mon père. Peut-être devrais-je dire ce fut : car il est fort possible qu'au moment où je parle, il ne soit plus du nombre des vivants.

— Ho! dit la jeune fille en tressaillant, cela se pourrait-il? M. Imbert est aimé et estimé de la population lyonnaise ; les ouvriers surtout savent ce qu'il a fait pour subvenir à leur détresse.

— Les ouvriers ne savent plus rien, si ce n'est demander la tête de ceux que leurs chefs désignent à leur haine. Chut! on est à la porte, je crois ; quelqu'un m'aura vu entrer... Je suis perdu, et vous avec moi...

Mariette alla prêter l'oreille au bruit de la rue. C'était un tumulte de voix confuses, où elle ne put rien démêler de bien clair. Cependant on disait : — Plus loin! plus loin ! — Mais bientôt ces cris se perdirent dans l'éloignement. Mariette, conduisit alors le volontaire dans le petit cabinet de sa mère, la pièce la plus reculée de la maison, et lui déclara qu'elle ne le laisserait pas sortir avant la fin de l'émeute : car il paraissait disposé à fuir.

— Pourquoi, reprit-elle, avez-vous exprimé des craintes sur le compte de M. Imbert? A-t-il donc couru un si grand danger? Le court-il encore?

— On l'assiége dans l'Hôtel-de-Ville. C'est là que Chalier et Laussel, ces deux tigres à face humaine, ont lancé leur canaille. Il a voulu essayer de proclamer la loi martiale ; une clameur effroyable a couvert sa voix, et il a été obligé de se retirer. Nous étions là dix ou douze volontaires, qui nous efforcions d'entrer afin de le protéger de nos corps contre le premier assaut des insurgés. A part Deluze, personne n'y a réussi. Au contraire, la populace s'étant aperçue de notre intention, nous sommes devenus l'objet de sa fureur. Séparés les uns des autres, nous nous sommes sauvés comme nous avons pu. Je rends grâces à la Providence de vous avoir placée sur ma route ; j'ai des raisons de croire que bien peu de mes camarades échapperont. Si je ne me trompe même, on en jette à cette heure deux dans le Rhône.

Au nom de Deluze, les joues de Mariette avaient pâli. La voilà en imagination à l'Hôtel-de-Ville, suivant son fiancé dans le drame qui doit s'y jouer. Elle voit la porte forcée, l'édifice envahi, M. Imbert arrêté, mais, auparavant, René lui faisant un rempart de son corps et tombant percé de mille coups, victime de son généreux dévouement. Elle voit cela, elle se le figure. Son sang s'échauffe dans ses veines, afflue à son cœur, et son esprit distrait ne suit plus ce que le volontaire ajoute. Mais la crainte de laisser voir son trouble lui fait dominer ce trouble même.

— Dans le Rhône! répondit-elle, en se rattachant au dernier mot qui a frappé son oreille.

— Eh! oui vraiment, il roule maintenant dans ses flots deux victimes de la fureur du peuple. Puisse-t-il n'y en avoir pas davantage! Quand nous allons à la chasse, l'habitude de nos piqueurs est de donner aux chiens courants du pain trempé dans le sang du premier lièvre tombé sous nos coups. C'est pour leur inspirer l'ardeur de la poursuite. Ainsi font ces démagogues. Ils livrent une ou deux victimes à la populace, pour stimuler ses appétits sanguinaires, et la préparer à oser davantage.

— Mais les troupes ne protégent-elles pas l'Hôtel-de-Ville? demanda Mariette, empressée de revenir à l'objet de ses soucis, sans toutefois le laisser apercevoir.

— Les troupes sont bien embarrassées dans des cas pareils. Elles ne peuvent ni réprimer ni favoriser le désordre : juste milieu assez difficile à tenir. Pardonnez-moi : le régiment de Sonnenberg est sur la pace des Terreaux, mais il ne peut agir. Par prudence, les chefs contiennent leurs soldats, que des provocations incessantes irritent cruellement; sans cela il y aurait un horrible massacre, et sans doute les meneurs ne demanderaient pas mieux : ils en prendraient occasion de crier qu'on veut en finir avec le peuple, et que, si on ne se défait de tous les aristocrates, les aristocrates extermineront la nation tout entière.

— Mais du moins, continua la jeune fille toujours plus inquiète, les Suisses environneront l'Hôtel-de-Ville et ne souffriront pas qu'on s'en empare?

— C'est à croire. Mais que peut-on pendant la nuit, au sein d'un pareil tumulte ? Le lieutenant-colonel de Gugy a été blessé d'un coup de sabre, à quelques pas de moi ; et je l'ai pourtant entendu recommander aux citoyens qui le protégeaient de n'en pas parler, de peur de pousser ses soldats à d'affreuses extrémités. Pauvre Gugy ! s'il commande d'agir, demain les révolutionnaires l'accuseront d'avoir versé le sang du peuple ; s'il se tient l'arme au bras, les honnêtes gens lui reprocheront d'avoir manqué de fermeté, et peut-être d'avoir favorisé les émeutiers. Tel est le lot du soldat dans ces circonstances terribles. Mais, autant qu'il m'est permis de conjecturer, les Suisses préfèreront aujourd'hui le mécontentement des bons citoyens à la rage des révolutionnaires.

— En tout cas, ils protégerout la retraite de M. Imbert et de... et de ceux qui peuvent se trouver avec lui. En doutez-vous, monsieur ?

Ce n'était pas sans une secrète inquiétude que Mariette posait cette question. Elle avait besoin d'être rassurée sur le compte de René.

— Ils feront certainement ce qu'ils pourront. Mais, dans des circonstances comme celles-ci, le hasard joue un beaucoup plus grand rôle que la volonté de l'homme. Je ne doute pas de ce que Gugy veut faire, mais je ne puis garantir ce qu'il peut.

En ce moment, un grand bruit se faisait à la porte de la maison Deslauriers; des coups violents indiquaient l'intention de l'enfoncer. Mariette court encore prêter l'oreille, et elle entend plusieurs voix dire sur des tons différents : — C'est là, nous en sommes sûrs,

nous l'avons vu entrer. Qu'on arrête le muscadin et
qu'on le jette à l'eau ! — Sur quoi la foule répétait avec
ses hurlements habituels : — A l'eau les muscadins !
A mort les amis d'Imbert ! Mort aux ennemis du peuple !...

— Il n'y a plus moyen de le dissimuler, dit la jeune
fille en rentrant : vous êtes trahi, l'on sait que vous
êtes ici. Fuyez au plus vite et... suivez-moi.

Elle le conduisit dans une petite cour pavée, mi-
toyenne entre sa maison et une maison voisine. Un
mur à hauteur d'appui la partageait par le milieu.
Une lumière éclairait la chambre de la voisine, ouvrière en robes, honnête fille d'une quarantaine d'années, encore occupée à cette heure avancée de la nuit.
A la voix de Mariette, elle ouvrit sa fenêtre, puis,
après une courte explication, sa porte, par où le volontaire entra, non sans avoir remercié sa généreuse
bienfaitrice. Deux ou trois secondes après, il était
dans la ruelle étroite qui longeait la maison de la
voisine, et parvenait à se mettre en lieu de sûreté.

En attendant, madame Deslauriers, réveillée en
sursaut, parlementait, de sa chambre au premier,
avec cette foule ameutée, et demandait la raison de
cet infernal tapage.

— Il y a ici un muscadin, criaient les plus échauffés ; qu'on nous le livre et nous vous laisserons tranquille.

— Un muscadin ? répondit la dame ; vous rêvez,
mes braves ; il n'y a pas ici l'ombre d'un muscadin.
Vous vous méprenez évidemment.

En parlant ainsi elle ne mentait pas : car elle dormait pendant que ce que nous racontions tout-à-l'heure se passait. Grâce à une légère surdité, elle n'avait rien entendu de l'émeute, et il n'avait fallu rien moins que des coups à ébranler la maison pour la tirer de son profond sommeil.

— Nous ne nous trompons pas, répliqua un des insurgés. Je l'ai vu, moi, et de mes yeux vu, entrer ici. Qu'on nous ouvre, ou la porte volera en éclats.

En attendant Mariette, par une ruse de femme, s'était affublée à la hâte d'une coiffe et d'un mantelet de nuit, s'était même déchaussée pour faire croire qu'elle venait de se relever, et aussi pour expliquer le retard qu'elle mettait à ouvrir. Ensuite allumant une lampe, elle entr'ouvre la fenêtre et demande pourquoi ce bruit, et de quel droit on vient renverser sa maison ?

— Nous voulons seulement la visiter, répond-on. Il y a chez toi un muscadin, et il nous le faut. Ainsi ouvre, ou tu t'en trouveras mal.

— Il n'y a pas de muscadin chez moi. Vous n'avez point le droit de violer un domicile. Je suis, comme tout le monde, sous la protection de la loi. J'en ferai demain mes plaintes aux autorités.

— Au diable les autorités ! Imbert est à cette heure culbuté, ou ne tardera pas à l'être. A bas Imbert et ses muscadins ! A mort tous les ennemis de la liberté ! Riard, Sautemouche, achevons la porte.

Il fallait céder. Mariette ouvre et la populace envahit sa demeure. On fouille partout, on scrute tous les coins et les recoins, on ouvre les armoires, on déplace les meubles, en accompagnant cette opération

des vilaines plaisanteries, des ignobles procédés qui
sont le propre des grands peuples des révolutions.
Point de muscadin, pourtant. La charitable voisine
avait éteint sa lampe ; le silence et l'obscurité régnaient
partout. Les émeutiers furent forcés de croire qu'on
s'était trompé. Mais s'ils ne trouvèrent point ce qu'ils
cherchaient, Mariette chercha inutilement ce qu'elle
ne trouva plus : les *incorruptibles* lui avaient enlevé
des boucles d'oreilles, une montre, du linge, des couverts d'argent et d'autres objets encore. Cependant
elle dut s'estimer heureuse d'en être quitte pour si
peu ; le délit qu'elle avait commis méritait bien une
autre peine. Il est vrai qu'elle prenait rang parmi les
suspects, et qui ne sait ce que valut ce mot dans ces
jours néfastes ?

Un homme avait principalement dirigé cette visite
domiciliaire, et cependant n'y avait point pris part :
c'était Blangy. Debout près de la porte, il interpellait
les entrants et les sortants, en leur recommandant
l'ordre et la probité, du ton et de l'air qui provoquent
à toutes les licences possibles. Ses regards cherchaient
Mariette, mais d'une façon gênée, inquiète, comme
s'il eût tout à la fois désiré et craint de la rencontrer.
Malgré la violence de son ressentiment, il était cependant forcé de rendre témoignage à la vertu qu'il avait
si indignement calomniée. Il paraissait redouter un tête-
à-tête, et le hasard le lui amena. La jeune fille, laissant ces vertueux patriotes piller son domicile, était
sortie comme pour s'arracher à ce spectacle et respirer librement. Noël était là, se promenant à grands
pas, les bras croisés, le front penché, jouissant peut-

être de l'acte de vengeance qu'il exerçait contre son
ancienne amante, ou peut-être en souffrant : car qui
connaît les profondeurs de l'âme humaine? Mariette
se trouva donc en sa présence. Elle trembla, mais
elle ne recula pas; le sentiment de son innocence lui
donnait la force de ne redouter aucune puissance humaine. Il n'en était pas de même de son persécuteur;
son cœur battit plus fort dans son sein; il s'arrêta,
jeta sur elle un regard qu'il s'efforçait de rendre
terrible, mais qu'elle soutint avec le calme le plus
parfait; puis reprit sa marche précipitée, s'arrêta
encore, et la voyant silencieuse et point du tout
émue, il se plaça en face d'elle et lui dit :

— Tu vois?

— Je vois.

— Tu vois où te conduit ta sottise? à quoi abou-
tit ta faute? Si cependant tu avais voulu!...

— Ma conscience ne me reproche ni faute, ni sottise, Noël. C'est à vous à voir si vous en pouvez dire
autant.

— Moi? répliqua-t-il avec un ricanement féroce;
ma conscience ne me dit qu'une chose : c'est de te
poursuivre, c'est de ne te laisser ni trêve ni relâche
que tu n'aies expié ton injustice. Et la tienne, que te
dit-elle ?

— De souffrir en silence et de pardonner.

— Ha ! reprit-il, surpris et embarrassé de cette
réponse si simple et si magnanime. Ha! ha! Et c'est
tout?

— Tout pour le moment. Tant que l'injustice et le
malheur me frapperont, je n'aurai pas autre chose

à faire que de déposer mes douleurs au pied de la croix.

— Et ton volontaire, donc? Et ton beau muscadin? Il ne se presse pas de te prendre, à ce qu'il paraît ; on dit même qu'il te fait la nique. Les journaux lui ont appris sur ton compte... des choses qu'il ignorait, sans doute.

— Je les ignorais moi-même, répondit-elle avec calme, et vous les ignoriez aussi, Blangy. Que ces lâches calomnies retombent sur la tête de leur auteur ! Elles ont pu troubler mon bonheur, elles ne sauraient agiter ma conscience. S'il y a deux personnes au monde qui soient bien convaincues de leur fausseté, c'est assurément vous et moi. Je vous le dis en face, Noël, et ne crains pas que vous me démentiez.

Etonnante vertu de l'innocence persécutée ! Le terroriste se sentit écrasé sous ce simple appel fait à son propre témoignage. Certes, personne ne connaissait mieux que lui la valeur de ces imputations calomnieuses ; il savait d'où le trait était parti. Absorbé dans ces amers souvenirs (ils étaient encore amers) il n'entendait plus le vacarme de sa bande, ni les réclamations de madame Deslauriers, qui protestait de toute l'énergie de son âme contre la conduite de ces vils émeutiers. Mais Mariette s'en était aperçue : au moment où elle allait rentrer, Blangy sort de son immobilité, la saisit par le bras et lui dit :

—Mariette, votre mère n'a rien à craindre, j'ai donné mes ordres... Un mot, un dernier mot : voulez-vous?

— Quoi ?

— Voulez-vous vous marier avec moi ? Ne vous dé-

battez pas, ne reculez pas ; vous savez parfaitement
ce que je veux dire. Votre muscadin vous répudie,
je le sais, je le sais, répéta-t-il avec énergie. D'ailleurs
le temps n'est plus aux muscadins... La carte se retourne. Voulez-vous ?

— Non, Blangy ; je ne le puis, je ne le dois, je ne
le veux, répondit-elle avec calme mais avec assurance.

— Et pourquoi ? Qu'est-ce que cela ? Si vous aviez
dû épouser cet homme, je comprendrais votre refus.
Mais, grâce au ciel ! vous n'avez plus ce malheur à
craindre.

— Qu'appelez-vous malheur ? répartit Mariette.
J'ai dû considérer cette alliance comme un bonheur
dont je me croyais peu digne ; aucune raison n'est
survenue qui ait pu me la faire regarder comme un
malheur.

— Eh ! ne voyez-vous pas comme les muscadins
sont traités ? En voilà deux qui roulent sur les flots
du Rhône ; d'autres gisent sanglants sur les pavés de
la ville ; tenez pour sûr qu'aucun ne nous échappera.
Seriez-vous bien aise d'être la femme d'un pendu ?

— Je serais glorieuse d'être la femme d'un martyr,
répondit Mariette, en relevant la tête avec une noble
fierté.

Ces mots tombèrent comme une huile brûlante sur
l'âme du révolutionnaire. Le feu de la colère étincelait dans ses yeux.

— Ton mot, ton dernier mot, entêtée ? reprit-il
d'une voix où la fureur avait peine à se contenir. Veux-
tu m'accepter pour époux ? Parle donc clair et net.

— Non, Blangy, non ; vous avez creusé entre vous et moi un abîme que rien de saurait combler.

— Un quoi ? un abîme ? as-tu dit, un abîme ? Eh bien oui, un abîme nous sépare, une distance infranchissable, un... une... un enfer. J'ai dit un enfer, et ce mot je ne le rétracterai pas. Attends-toi à me trouver sur toutes tes voies pour les traverser. Entre nous, haine inextinguible, guerre à mort !...

— Je vous l'ai déjà dit : je ne sais ni haïr, ni faire la guerre, Noël, répliqua la jeune fille. A ce compte, vous êtes sûr de remporter la victoire. Mais sera-t-elle bien glorieuse ?

— As-tu lu la lettre du *Courrier* ? As-tu lu les lettres aux vicaires-généraux ? Qu'en dis-tu ? Qu'en penses-tu ? Hein ? Est-ce là un tour joué ? Et ce n'est pas le dernier...

Cette révélation fut pour Mariette l'éclair qui fend la nue. Au sein de la peine affreuse que lui avaient causée ces basses calomnies, un vague soupçon s'était parfois présenté à son esprit sur la source d'où elles pouvaient provenir. Mais son âme candide l'avait repoussé comme injuste ; elle ne croyait pas Blangy coupable d'un acte aussi criminel. Maintenant le voile tombe ; le malheureux se trahit lui-même. Des larmes jaillirent aussitôt des yeux de la jeune fille ; elle souffrait de se savoir blessée par un homme qu'elle aurait encore voulu pouvoir estimer, même en lui retirant son amour. Et il se montrait tout-à-coup à elle descendu au plus bas degré de la scélératesse ! Sa douleur fut telle qu'elle en resta comme stupéfaite. La bande des émeutiers, convaincue enfin qu'aucun mus-

cadin ne se trouvait dans ce logis, en sortait tumultueusement pour rejoindre ses frères et reprendre le
cours de si beaux exploits. Les lamentations de la
bonne-maman rappelèrent alors notre héroïne à elle-
même. Tout était sens dessus-dessous dans la maison, mais bien plus encore dans l'âme de ces
pauvres créatures. Elles se jetèrent dans les bras l'une
de l'autre, et versèrent des larmes en abondance.

Cette visite domiciliaire leur laissa à toutes deux
une blessure profonde. Madame Deslauriers en avait
été tellement bouleversée qu'elle ne put en revenir.
Tout le jour, toute la nuit, elle croyait revoir son domicile envahi ; au moindre bruit qui se faisait dans la
rue, elle tremblait ; ces cris de sauvages ne sortaient
plus de ses oreilles. Trois jours après, elle était frap-
pée d'apoplexie, et mourait entre les bras de sa petite-
fille désolée.

X

RÉSIGNATION

Le volontaire avait eu raison de le dire : quand une
fois le peuple a pris le goût du sang, il ne s'en dé-
prend pas aisément. Une grande agitation succéda à
l'émeute que nous venons de raconter ; les bas-fonds
de la population lyonnaise subissaient de plus en plus
l'influence des meneurs. Châlier, Riard, Fillion, Sautemouche, Juillard, Achard, Thonion, Duchambon
et une foule d'autres dont les noms sont consignés

dans ces tristes annales, animaient sans cesse les ouvriers par leurs discours incendiaires, en faisant croire
à des complots imaginaires, en répandant mille bruits
calomnieux, surtout en excitant la haine du peuple
contre la force armée. Une occasion fit voir qu'ils ne
semaient pas dans le vide.

Une seconde fédération, célébrée le 14 juillet, avait
semblé réunir tous les esprits. Une messe célébrée
sur la place Bellecour avait vu une foule innombra-
ble se presser autour de l'autel ; on eût pu croire que
toutes les classes venaient de jurer une alliance éternelle. Mais bientôt l'événement prouva le contraire.
Le 19 juillet, trois soldats du régiment de Sonnenberg
sont assaillis dans les allées de Perrache. On ne par-
donnait point à cette troupe d'avoir soutenu les volontaires dans l'affaire de l'Arsenal. Deux de ces militaires parviennent à s'échapper. Le troisième est saisi
et livré aux plus cruels traitements. On le terrasse,
on le foule aux pieds, on le couvre de blessures. Quelques citoyens essaient de prendre sa défense, ils sont
hués et menacés de partager son sort. Blangy est au
plus épais de cette mêlée ; il a pris, lui aussi, le goût
du sang, du bruit, du tumulte ; il en fait sa volupté.
— A la lanterne, le Suisse ! au Rhône, le Sonnenberg !
— C'est lui qui, des premiers, lance ce cri et la foule
le répète avec ivresse. Lagier (l'histoire a conservé le
nom de cet infortuné soldat), se voit jeter une corde
au cou et entraîner au milieu des coups de pieds, des
coups de pierres et des plus ignobles injures. Il tombe
bientôt épuisé par la perte de son sang ; on le relève,
on le traîne plus mort que vif. Deux cordonniers,

Darlos et Saulnier, amis de Blangy, sortent de leurs échoppes et lui arrachent les yeux avec leurs alènes. Des femmes patriotes lui taillent la chair avec des ciseaux. Cependant Lagier respire encore. — *A la lanterne!* répète-t-on de toutes parts.—C'est Blangy qui commande le mouvement. Après avoir hésité un instant entre le Rhône et la lanterne, il finit par céder au vœu du peuple, et ordonne de hisser le soldat à un réverbère. La corde se rompt; on traîne le mort sur la place Bellecour. La populace voudrait qu'on l'attachât à la queue du cheval de Louis XIV. —Non, s'écrie Blangy, c'est sous les arbres de la promenade, c'est en vue des riches hôtels de la noblesse qu'il faut suspendre la victime, pour épouvanter l'aristocratie. — On obéit, et le cadavre est de nouveau suspendu à un arbre de la place Bellecour, au milieu des vociférations de la foule. On raconte que la milice bourgeoise, irritée de cet acte d'audace, attendait impatiemment des ordres pour agir, mais que son chef, Dervieux de Villars, joyeusement attablé avec des amis, se contenta de dire : — C'est un Suisse qu'on tue ; les affaires de la Suisse ne nous regardent pas ; buvons à celles de la France (1).

René apprit cet attentat sur son lit de douleur, et en éprouva la plus vive indignation. Il voulait se lever pour aller solliciter ses chefs de venger cet acte de cruauté ; il n'en fut retenu que quand il apprit que la police s'était enfin émue, et que Saulnier et Darlos avaient expié leur forfait par la roue. Blangy, plus

(1) *Ibid.*, ch. 11.

heureux, s'était soustrait au châtiment. Mais, à la séance
suivante des Jacobins, il reçut les félicitations de
Laussel et de Châlier, et fut l'objet d'une espèce d'o-
vation. — Tenons le peuple en haleine, s'écriait le
premier ; il ne faut pas que le chien de chasse perde
le goût du gibier. Que quelque exécution comme celle-
ci apprenne de temps en temps aux ennemis de la liberté que le peuple a une justice à lui, laquelle sait
procéder sommairement, et frappe comme la foudre.
Préludons, préludons par des faits de ce genre aux
grandes mesures d'épuration qui se préparent. —
Saulnier ! Darlos ! s'écria le second dans ce style imagé
qui lui était propre, généreux martyrs de la police
aristocratique, vos mânes seront vengés ! Ombres ma-
gnanimes, ne vous attristez pas si le jour de l'expia-
tion tarde un peu ; la fournaise s'allume seulement,
et il est besoin de quelque temps pour que les éléments populaires y soient en fusion. En massacrant
un séide du tyran, vous avez rempli un devoir ; oh ! que
ce misérable n'était-il le dernier de son espèce ! Que
n'avons-nous vu pendre au réverbère de Bellecour la
charogne du dernier instrument des rois ! Généreux
vengeurs du peuple, un jour le peuple vous vengera.
Un jour vos noms seront inscrits sur des tables d'airain, et ceux de nos ennemis seront traînés aux égoûts.
Blangy, la liberté te remercie par ma voix : tu as bien
mérité de la patrie. — On devine ce que de tels éloges
inspiraient à notre malheureux égaré. Il était fier du
rôle qu'il jouait et pressé de le continuer. Le dernier
mot de Mariette avait allumé en lui une nouvelle
ardeur de vengeance ; il voulait réaliser sa parole ,

c'est-à-dire creuser entre elle et lui un infranchissable abîme.

En perdant sa bonne mère, Mariette avait perdu son unique point d'appui. Le vide le plus affreux régnait en elle et autour d'elle. Une vieille servante, sourde et presque aveugle, était le seul être vivant qui s'intéressât sérieusement à elle. La tournure des événements politiques, l'agitation croissante dans la ville de Lyon, les menaces dont les aristocrates étaient l'objet (et elle entrevoyait déjà ce que signifiait le mot d'aristocrate), surtout ce poids de calomnie sous lequel elle se trouvait encore et que rien ne paraissait diminuer, enfin l'abandon où la laissait son amant : tout contribuait à l'attrister, à lui rendre l'existence amère. Souvent sa pensée s'en allait vers ce généreux jeune homme que son courage, sa blessure, relevaient encore à ses yeux. Combien elle eût été heureuse d'être admise à le soigner, à le panser, ne fût-ce qu'à titre de servante, de veiller jour et nuit sur des jours si précieux ! Elle le sait : si René Deluze l'abandonne, c'est parce qu'il a été circonvenu par la calomnie, parce qu'il la croit coupable, légère, indigne de lui, et qu'il n'a aucun moyen de s'éclairer. Comme elle croit le connaître, elle est convaincue qu'il reviendrait à elle s'il savait la vérité. Mais comment la saurait-il? Oh ! encore une fois, qui lui procurera, à elle, l'occasion de le revoir, d'avoir un entretien avec lui, de lui révéler l'auteur de l'atroce injure dont elle est la victime ! Peut-être parviendrait-elle à dissiper ses doutes et à reparaître à ses yeux ce qu'elle était d'abord une vierge innocente et pure. Mais hélas ! comment y arriver ? Et

elle tiendrait d'autant plus à ce qu'elle appelle un honneur, qu'elle a appris par des personnes discrètes que
René est mal vu dans sa famille, précisément à cause
d'elle : sa mère et deux de ses sœurs désapprouvaient
son mariage. La fierté du sang souffrait chez elles de
ce qu'elles appelaient une mésalliance ; elles eussent
rougi d'avoir pour bru, d'avoir pour belle-sœur, la
fille d'un ouvrier. C'est donc avec un secret plaisir
qu'on voit ce projet brisé. On se félicite tout haut de
ce que la lumière s'est faite à temps ; on croit avoir
échappé au plus extrême danger. Le pauvre René doit
ainsi souffrir doublement de sa déconvenue, d'abord
parce qu'il a perdu celle qu'il aimait, et ensuite parce
que, loin de l'en plaindre, on ne se gêne pas pour s'en
applaudir. Ainsi le voilà déchu dans l'affection, au
moins dans l'estime de sa famille. Si on le soigne
dans sa maladie, c'est par manière d'acquit, parce
qu'on ne peut s'en dispenser. Peut-être (oui, l'imagination de Mariette va jusque-là), peut-être ne serait-
on pas fâché de le voir mourir... On croirait l'honneur
de la famille sauvé.

Eh bien! si elle pouvait approcher, donner ses soins
à ce généreux fiancé, elle lui prouverait qu'il n'avait
point si mal placé son affection ni ses espérances
d'avenir ; elle ferait voir qu'on peut être fille du
peuple et avoir la noblesse du cœur ; elle lui dé-
montrerait qu'on peut trouver dans une épouse
dévouée de quoi remplacer la froideur même d'une
mère. C'est ainsi qu'elle le consolerait, qu'elle le
relèverait à ses propres yeux, qu'elle lui donnerait occasion de s'absoudre lui-même, de se féli-

10

citer de son choix. Bien plus, elle prendrait à tâche
de désarmer l'orgueil de ces dames, de vaincre leur
dédain, en se montrant épouse affectueuse et dévouée,
elle les forcerait à rougir de leur hautain mépris et à
dire : — Nous nous méprenions : cette jeune fille était
au-dessus de sa condition. — Douce victoire, qui
n'eût coûté ni sang ni larmes! Doux triomphe de
l'humilité sur l'orgueil, de la vérité sur le préjugé!
Victoire, triomphe avoués par la conscience, agréés
par la religion, qui profiteraient à tout le monde et ne
nuiraient à personne. Mais ce n'est là qu'un rêve.
Non-seulement elle n'oserait, à aucun prix, solliciter
une telle faveur; mais, lui fût-il accordé de franchir
le seuil de la maison Deluze, elle devait s'en abstenir par égard même pour celui à qui elle désire être
utile.

Personne ne sera surpris qu'une situation aussi pénible ne fût propre à jeter la jeune femme dans la mé-
lancolie. Quoi qu'elle fît, elle ne pouvait détourner
son esprit de ce triste sujet. Les nouvelles indirectes
qu'elle recevait de René, étaient tour à tour alarmantes ou rassurantes, ainsi qu'il arrive quand il s'agit de
renseignements qui passent par plus d'un intermé-
diaire. Un soir même elle apprit, nous ne savons
comment, que René Deluze était mort. On se trompait; on l'avait confondu avec un jeune volontaire qui
venait de succomber à des blessures reçues dans l'é-
meute. Après la première émotion douloureuse que
Mariette en éprouva, une sorte de satisfaction, ou
si l'on veut d'allégement, s'était fait sentir; elle
pensait qu'elle n'aurait plus à traîner ici-bas la chaîne

brisée de ses affections; qu'elle pourrait librement conserver pour M. Deluze le culte du souvenir, prier pour lui, se recommander à lui et se préparer à aller le rejoindre dans l'éternité. Elle songeait que, si elle n'avait pas eu la joie d'effacer, pendant qu'il vivait, la tache imprimée sur son nom, cette tache du moins disparaîtrait à ses yeux dans le foyer de la lumière divine. Oui, ces pensées lui faisaient du bien. Mais ce ne fut qu'un éclair. René vivait, il allait même mieux, comme Mariette l'apprit le lendemain.

Les funérailles du volontaire furent magnifiques. Malgré la terreur imprimée par les Jacobins, il y eut foule pour accompagner les restes de l'infortuné, victime de l'ordre et du devoir. Le parti des honnêtes gens tenait à manifester en cette occasion combien il était nombreux et à protester, par une éloquente manifestation, de son attachement aux vrais principes et de sa résolution de les défendre. Toute l'aristocratie et la haute bourgeoisie y parurent en habits de deuil. Un des grands-vicaires, l'abbé Bois-Boissel (1) officia. Les tambours, voilés de crêpes, battaient une marche funèbre; la musique militaire jouait des airs lugubres; la cathédrale, tendue de noir, pouvait à peine contenir dans ses vastes nefs la foule qui s'y pressait. Mariette s'y rendit comme les autres; elle aussi voulait protester à sa façon contre le misérable événement, qui avait failli coûter la vie à l'objet de ses affections.

(1) Mgr de Marbeuf, alors à Paris, l'avait chargé de l'administration du diocèse. Il fut peu après arrêté et emprisonné à Saint-Lazare, puis à Pierre-Scize.

Mais quelle ne fut pas sa surprise de voir, à la suite du convoi, derrière le cercueil même, René De-luze, le bras en écharpe et appuyé sur son père ! A cet aspect, tout son sang se trouble. Il est pâle, il a maigri, l'abattement se fait lire dans ses traits, mais c'est bien toujours cet air martial, cette physionomie décidée, ces beaux yeux bleus, ces épais favoris noirs, toute cette contenance fière et digne qu'on admire en lui. Les yeux de Mariette se voilent de larmes. Elle le voit, il ne la voit pas... Qu'arriverait-il s'il la voyait ? Serait-ce l'affection, serait-ce la pitié, serait-ce le mé-pris qu'exprimerait son regard ? Le mépris, sans doute. Il se détournerait d'elle comme d'un objet, odieux, comme de la cause d'un affreux mécompte. — Voilà, se dirait-il (si le dédain lui permettait de dire quelque chose), voilà la vile créature qui m'a-vait séduit par ses dehors, en qui je croyais voir une femme honnête et qui n'était, au fond, qu'une mi-sérable soubrette. Voilà la pierre d'achoppement qui m'a fait trébucher dans ma voie, et a peut-être trou-blé à jamais mon existence. Infâme, quelle bassesse n'est pas la tienne ! Ne pouvais-tu baisser un peu ton masque, et me laisser au moins entrevoir ce que tu cachais en toi de malice et de boue ? Mais non : tu te parais des dehors de la vertu, des grâces de l'inno-cence et de la simplicité, pour m'attirer en tes piéges, me déshonorer et me perdre ! Que le ciel te maudisse ! Que la honte retombe sur toi et t'écrase ! Vipère cruelle, ton venin ne me souillera pas. Je rends grâce à la Providence de l'insigne faveur qu'elle m'a faite en me démasquant à temps ta perfidie. — Voilà le lan-

gage que lui inspirerait son indignation, et qui pourrait l'en blâmer ? Il doit penser ainsi ; à moins d'un
miracle, il lui es timpossible d'avoir jamais d'autres
idées de celle sur qui il avait fondé l'espoir de son
bonheur, et qui n'est plus pour lui désormais qu'un
objet d'exécration et de dégoût.

Pendant toute la durée de l'office divin, Mariette
resta comme accablée sous le poids de ces pensées.
Elle ne sortit de sa torpeur que sous la parole éloquente d'un prédicateur prononçant l'éloge funèbre
du mort et traitant, à cette occasion, les questions
religieuses et sociales si gravement compromises en
ces jours de trouble. Dans un tableau vigoureuse-
ment tracé, l'orateur fit ressortir le dévouement de
ces vaillants défenseurs de l'ordre, exposant leur vie
sans autre récompense que la satisfaction d'un devoir accompli et la timide approbation des gens de
bien. Timide ! ce mot n'était pas tombé de sa bouche
au hasard. Il lui fut facile de démontrer qu'à mesure
que l'audace des méchants croissait, le courage des
bons diminuait. Cependant il applaudit au réveil de
l'esprit public, dont cette assemblée semblait l'éloquente expression. Il engagea vivement les gens de
bien, tous ceux qui avaient à cœur les intérêts de la
religion et de l'ordre, à s'entendre, à se serrer les
uns contre les autres, à réunir leurs efforts contre les
projets des impies. Puis, se livrant à une sorte d'inspiration prophétique, il signala la marche que les
événements allaient prendre, les divers degrés par
lesquels on descendrait à l'athéisme en religion, à
l'anarchie en politique, si l'on ne se hâtait d'opposer

un mur d'airain aux complots des ennemis de Dieu
et du roi. Ce langage hardi fut écouté avec un religieux silence, et la suite ne tarda pas à prouver que
ces prédictions n'avaient rien d'exagéré.

Mariette n'en conçut qu'une plus haute idée du
rôle dévolu à son fiancé. C'était bien un piédestal
qu'on venait d'élever à sa gloire. Il n'avait sans doute
tenu qu'à peu de chose qu'il ne fût lui-même enfermé
dans cette bière et l'objet de ces unanimes regrets, de
ces touchants hommages. Ainsi, de quelque côté qu'elle
envisage la question, elle n'y trouve que des sujets
de douleur. Cependant quand la Victime sainte descendit sur l'autel, ses pensées prirent une autre direction. Le souvenir du sacrifice accompli par Jésus,
par Marie, sur le Calvaire, réveilla sa foi qui semblait
engourdie sous les troubles de la nature. Qu'était-
ce que la calomnie qu'elle subissait, en comparaison
des opprobres dont le Sauveur fut saturé? Que per-
dait-elle en comparaison de la divine Vierge, voyant
expirer son Fils? Quoi! elle oserait se plaindre, quand
ces nobles victimes se taisent? Elle succomberait
sous le poids de sa chétive affliction, quand la Mère
de Dieu se tenait debout au pied de la croix de Jésus?
Et qu'est-elle donc pour gémir, pour murmurer, pour
se plaindre? Ici le sentiment profond de sa misère la
domine et l'anéantit, en quelque sorte. N'est-il pas
écrit : « Vous êtes bien heureux quand on vous persécute, quand on dit toute sorte de mal de vous ! »
Et ce bonheur promis aux opprimés, aux victimes de
l'injustice et de la calomnie, elle le refuserait ? Asso-
ciée au Rédempteur, elle répudierait cet insigne hon-

neur ? Elle préférerait la bonne opinion des hommes,
d'un seul homme, à l'amitié et aux faveurs de son
Dieu? Elle mettrait les courtes jouissances de cette
vie au-dessus des biens de l'éternité? A ces questions,
elle rougit, elle s'humilie de sa faiblesse, et prend aux
pieds de son Sauveur la résolution d'avaler sans murmure son calice jusqu'à la lie. Elle demande à Dieu,
à Marie sa patronne, le degré de force nécessaire pour
ne rien perdre des mérites dont l'occasion lui était
présentée.

Il fallait que l'action de la grâce fût bien sensible
en ce moment pour qu'elle fît le sacrifice, en apparence léger, en réalité difficile, que le moment d'a-
près exigea d'elle. Les volontaires présents à la cérémonie (et ils y étaient à peu près tous) firent le tour
du catafalque, pour rendre un dernier hommage à
leur frère mort. Ce mouvement les amena près de
Mariette. Ainsi René passa à trois pas d'elle, et l'espace vide que les bedeaux avaient fait le forçait en
quelque sorte à la voir. Il la vit en effet, et nous ne
savons quel effet cet incident produisit sur lui. Quant
à elle, elle s'était promis de ne point lever les yeux.

— Je n'y dois plus penser, s'était-elle dit. Dieu
m'en demande le sacrifice; je le fais, je le ferai.
Puisse le ciel verser sur René Deluze ses plus abondantes bénédictions, et lui procurer une autre épouse
plus digne de lui. — Malgré la tentation, elle tint son
regard constamment baissé, comme s'il se fût agi
pour elle de l'objet le plus indifférent. Nous ne disons
pas qu'elle fût sans émotion, ni même que son émotion ne fut pas visible ; mais c'était sincèrement, gé-

néreusement qu'elle se résignait à la volonté divine et
acceptait le calice amer qui lui était présenté. Si
René jeta sur elle un second coup-d'œil (et il le fit, sans
doute) il put revoir la même physionomie pure, sereine, virginale, qu'il avait tant de fois admirée et
qui lui avait inspiré tant d'affection et d'estime.
Peut-être le contraste de ces traits paisibles et de
l'accusation qui pesait sur cette jeune fille ébranla-
t-il dans son esprit une conviction trop vite formée.
La vertu possède un cachet qui ne se contrefait pas
aisément. Quoiqu'il en soit, cet événement ne produisit aucun effet immédiat. René sortit de la cérémonie
triste et affligé, et Mariette fortifiée et pleine de résignation.

XI

NOUVELLE CALOMNIE

Cependant la haine de Blangy ne dormait pas. Je
ne sais quel instinct lui faisait craindre que le nuage
qu'il avait soulevé lui-même ne vînt à se dissiper, et
qu'à la fin le mariage ne s'accomplît. De temps en
temps il avait soin de diriger vers la maison du quai
St-Clair quelques terroristes de ses amis, pour y pousser les vociférations d'usage et ne pas laisser un instant Mariette tranquille. L'attention particulière qu'on
mettait à s'arrêter devant sa porte, à la heurter même
quelquefois, épouvantait toujours la pauvre fille ;
toujours elle s'attendait à voir entrer encore cette

foule furieuse qui l'avait si bien visitée. On ne manquait jamais de crier : *A bas les suspects ! Mort aux
aristocrates ! Les volontaires à l'eau !* Par là elle ap-
prenait que les Jacobins lui faisaient l'honneur de la
compter parmi les aristocrates, qu'on se souviendrait
d'elle au jour où les suspects paieraient leur dette à la
patrie, et qu'enfin le *muscadin*, auquel on la supposait toujours attachée de cœur, descendrait à son
tour sur les flots du Rhône. Tout cela lui causait de
la terreur et une terreur telle que ses nerfs en étaient
ébranlés, qu'elle ne dormait presque plus et que sa
santé commençait à en souffrir. Ainsi sa vie était
triste, profondément triste ; de quelque côté qu'elle
jetât les yeux, elle ne voyait que des sujets de chagrin : car l'horizon politique s'assombrissait tous les
jours; d'heure en heure la sécurité des honnêtes gens
était plus compromise ; l'audace des Jacobins laissait
prévoir le moment où, les lois ayant perdu leur autorité, le caprice des scélérats resterait maître de la situation. Et alors quel serait son sort, à elle ! C'est en
vain qu'elle cherche à s'effacer, qu'elle laisse tomber
le bruit qui s'est fait un moment autour de sa tête ; il
y a par là quelqu'un qui la guette, il y a deux yeux
qui ne s'endorment pas, et si jamais le champ est
laissé libre aux révolutionnaires, elle sait de science
certaine qu'elle ne sera pas oubliée.

Il lui arriva un jour une feuille du *Courrier de
Lyon*, qu'elle n'ouvrit point sans trembler. Après
avoir brisé l'enveloppe, elle se demanda si elle ne
ferait pas mieux de jeter le journal au feu sans le
lire. Evidemment on ne le lui avait pas adressé sans

intention, et l'intention n'était pas difficile à deviner.
— C'est une nouvelle calomnie inventée contre moi,
se dit-elle, et quel besoin ai-je de la connaître ? Après
ce qui a été dit, il ne reste plus rien à dire. Mon honneur une fois perdu, je n'ai plus rien à perdre. Je
pouvais être heureuse ; un vil folliculaire m'a outragée, a troublé mon existence ; je ne vois pas ce qu'il
pourrait ajouter pour me nuire. — Cependant la curiosité l'emporta. N'est-il pas bon de savoir ce que
tout le public doit apprendre ? Ne vaut-il pas mieux
avoir lu de ses yeux que de s'en rapporter à de vagues rumeurs ? L'article était ainsi conçu :

« Une cérémonie funèbre a eu lieu à la cathédrale.
L'affluence des spectateurs était considérable ; mais,
comme elle pourrait en imposer à l'opinion et faire
croire que la sympathie publique s'attachait à celui
qui en était l'objet ou au corps qu'il représentait,
nous sentons le besoin de protester contre cette interprétation. Nous ne nions point que les aristocrates
se soient pressés au convoi d'un des leurs : ils seraient
bien aises de faire croire qu'ils sont la nation. C'est
là, de leur part, une pure déception et une rouerie.
Le peuple ne donnera point dans ce panneau. Il sait
parfaitement qu'il est, lui, le nombre et la force, et
que, du jour où il lui plaira de se lever et de manifester
sa volonté, ses ennemis rentreront dans l'ombre, s'effaceront, disparaîtront, comme des oiseaux de nuit devant l'éclat du soleil. Nous donc qui avons assisté à cette
représentation, au moins inutile si elle n'est déplacée,
nous attestons que la grande majorité des spectateurs

était composée de curieux, attirés simplement par l'é-
trangeté du spectacle. Ajoutons hautement que plus
d'un patriote s'y était rendu aussi, non pour rendre
hommage aux mânes d'un homme tombé en luttant
contre le peuple, mais pour surveiller de près le parti
liberticide, constater ses projets, déjouer ses artifices
et tenir bonne note de ceux qui osent braver ainsi la
majesté populaire. Nous espérons qu'au jour des
comptes, les aristocrates, les muscadins et leurs amis
n'auront pas l'audace de nier leur présence à cette
cérémonie.

« Tout le monde a remarqué un volontaire, traînant,
à la suite du convoi, une mine de déterré et un bras en
écharpe. C'était le sieur D., un ami et un compagnon du mort. Nos lecteurs se souviennent peut-être de
ce muscadin dévoué, qui avait commis l'insigne mala-
dresse d'adresser ses vœux à une fille du peuple. Certaines révélations, qui ont eu leur écho ici même, ont
ouvert l'œil à ce noble égaré et n'ont pas peu contribué à faire manquer son mariage, à la grande satisfaction de la gent aristocratique, et même, dit-on, des
parents du bel amoureux. Quoi! un noblichon épouser une roturière! Un *gentleman* oublier qu'il n'est
pas pétri du même limon que le commun des hommes!
Quel crime abominable! Vraiment, c'était par trop
dégénérer, par trop renier son origine. Eh bien! c'est
cet élégant petit seigneur que chacun a pu admirer...
ou plaindre, dans la cérémonie de l'autre jour. Pour
notre compte nous l'aurions admiré, s'il eût reçu sa
blessure au service du peuple; mais comme c'est en
tirant sur le peuple qu'il en a été *décoré*, nous laissons

à ses pairs le soin de l'en féliciter et nous nous conten-
tons de l'en plaindre. On assure que c'est à l'entrée
de l'Hôtel-de-Ville, à côté du traître Imbert, que le
sieur D. a été atteint par la pique d'un patriote. Ce n'est
que justice. Si nous avions un conseil à donner à
cet aimable freluquet, ce serait de mieux choisir son
poste, de s'attacher à une meilleure cause, et aussi de
laisser là les filles du peuple. Un aigle peut tuer une
fauvette, il ne saurait la courtiser. On ajoute que
l'infortunée, trompée et abandonnée par son lâche séducteur, en a perdu la tête et s'est jetée dans le Rhône.
Pouvait-il en être autrement? Que les jeunes filles
patriotes apprennent par cet exemple à se tenir sur
leurs gardes, à se défier des avances des ennemis de
la liberté comme de la vertu, et à chercher des époux
parmi leurs égaux. »

« Signé : *Un patriote.* »

A la lecture de cet article, la tête de Mariette bour-
donna comme si elle eût été prise de vertige. Elle
n'en pouvait croire à ses yeux. La calomnie va-t-elle
ainsi la poursuivre, s'acharner sur elle, comme sur
un être privé de tout moyen de défense? Personne ne
s'avisera-t-il d'imposer silence à ce journal, de le
forcer à se rétracter? Un peu plus bas, aux nouvelles
diverses, on lisait encore : « — Un cadavre de femme
a été trouvé au bas de la pointe de Perrache. On pré-
sume que c'est celui de la jeune fille dont nous avons
fait mention plus haut. Que les amis du peuple s'en
souviennent! » — Quant à l'origine de cette nouvelle
attaque, il n'était pas possible d'en douter : Blangy

avait donné la mesure de ce que peut l'amour changé
en haine.

Un extrême abattement s'empara alors de Mariette.
Sans doute cette calomnie était facile à réfuter, puisqu'enfin le fait de son existence prouvait qu'elle ne
s'était pas noyée. Mais ce genre de réfutation n'était
valable que pour un cercle bien restreint; la masse du
public continuerait à croire qu'elle avait été jouée par
un muscadin et que, dans son désespoir, elle s'était
jetée à l'eau. La réputation de M. Deluze en souffrirait une tache indélébile; il est malade, il languit, et
ce nouveau trait de noire méchanceté ne peut qu'aggraver son état. Comme toutes les âmes élevées, la
jeune fille s'occupe plus de ce qu'un autre souffrira
pour elle, que de ce qu'elle souffrira elle-même. Que
peut-elle perdre encore, après ce qu'elle a perdu?
Son honneur lui a été enlevé et, après l'honneur, est-il
rien à quoi une femme puisse tenir? Mais lui, ce noble
et généreux jeune homme, si loyal dans son caractère, si pur dans ses vues; lui qui, dans tous ses rapports avec elle, a apporté tant de délicatesse, tant de
dignité; lui, traité de vil séducteur! lui, assimilé à un
libertin de bas étage, à un corrupteur de métier! Oh!
cette ignoble calomnie excède le courage de la pauvre
fille, et forme la lie la plus amère du calice qu'on lui
fait boire. Elle ferait volontiers le sacrifice de tout
ce qu'elle a de cher au monde, de sa vie même,
pour effacer ces lignes atroces. Ah! Blangy! Blangy!
à quel degré te voilà descendu! Où as-tu puisé cette
haine infernale? C'est bien vraiment la haine de Satan,
la haine pour elle-même, la haine sans profit. Que

gagne Satan à voir l'enfer se peupler de victimes?
Que gagnes-tu toi-même à traîner dans la boue deux
noms que tu sais honorables?

L'article du *Courrier* parvint aussi à la famille Deluze. Les dames, moins une, moins la compâtissante
Reine, le prirent en pitié. — C'est bien fait, disait
la sœur aînée; voilà ce qu'on gagne à se dégrader, à
se mêler aux femmes du peuple. Si René eût su se
tenir à sa place, cela ne lui serait pas arrivé. Il apprendra par là à recouvrer le rang qu'il n'eût jamais
dû quitter. — N'importe, disait la seconde des
sœurs, il ne faut pas laisser cette grossière attaque
impunie. Après tout, la honte d'un membre rejaillit
sur toute la famille. Il faut obliger ce journaliste à se
rétracter. — On ne lit guère le *Courrier* que dans la
classe ouvrière, dit fièrement madame Deluze; tous
nos amis, toutes nos connaissances cracheront sur la
feuille, si par hasard elle tombe entre leurs mains.
Je crois que le meilleur est de faire comme la première
fois : de mépriser une si misérable attaque. Qu'as-tu,
Reine? Serait-ce que tu t'affliges de ces niaiseries?
Apprends, ma fille, que l'on ne peut jamais gagner
que de pareilles aubaines, quand on s'avise de descendre de son rang.

Reine, jeune personne de seize ans, était profondément attachée à son frère aîné. Elle était sa confidente, son amie de cœur; il n'avait rien de caché pour
elle. La première elle avait connu son affection pour
Mariette Deslauriers. Une fois même, en revenant de
la Tête-d'Or avec lui, elle l'avait accompagné dans
la maison du quai Saint-Clair. La beauté simple de

Mariette, ses bonnes façons, son esprit naturel, son
entretien aimable et gai, tout, jusqu'à l'air de décence
et de propreté qui régnait dans ce petit ménage, tout,
disons-nous, avait charmé Reine Deluze. L'attache-
chement de René pour cette douce jeune fille lui avait
donc paru raisonnable et sage. Elle s'était prise aussi
d'amitié pour elle ; elle lui envoyait des bonjours,
des mots gracieux, de petits présents par son frère ;
en retour elle en recevait mille gentillesses, mille aimables compliments. Mais comme elle savait que l'intention de René causait un grand mécontentement
à sa mère et à ses sœurs aînées, elle était obligée de
mettre le secret le plus absolu dans ces communications
de l'amitié. Cela ne la rendait que plus sensible à la
peine de ce pauvre amant, dont l'affection semblait
croître avec les obstacles mêmes qu'on cherchait à
lui opposer. Autant donc sa joie fut grande quand le
mariage fut décidé, autant son affliction fut profonde
quand elle le vit rompu, à la suite du premier article
du *Courrier*. Seule elle ne participa point à la satisfaction si visible de sa mère et de ses sœurs ; seule
elle versa en secret des larmes sur le malheur de
René, même quand celui-ci n'en versait point : car il
croyait Mariette coupable, il la soupçonnait du moins,
tandis que Reine n'avait pu se décider même à
élever un doute sérieux sur la vertu de la jeune ouvrière. Quoi qu'on en dît, elle persistait à croire que
de tels dehors, des manières si naturelles, si simples, ne pouvaient cacher un fond de corruption et
de perfidie. Mais elle gardait pour elle cette conviction, vu que René lui-même ne souffrait plus qu'on

lui parlât de la vile *soubrette* qui l'avait trompé.

— Maman, répondit-elle à l'apostrophe de sa mère, je suis blessée de l'injure que l'on fait à mon frère. Je connais trop bien René pour croire qu'il ait pu se rendre coupable de...

— Eh! qui en doute? répliqua vivement madame Deluze. Certes, quiconque connaît René sourira de pitié à la lecture de cette accusation. Mais qui sait si ce ne sera pas cette fille elle-même qui aura suggéré l'article?

— O ma mère! repartit Reine tout émue, sacrifier son honneur pour perdre celui d'un autre! se flétrir pour le plaisir de flétrir!

— Vous êtes généreuse, ma fille, dit la dame d'un ton hautain. Vous supposez que cette demoiselle avait quelque chose à sacrifier. Il paraît que non, cependant. Eh bien! vous saurez qu'il n'est pas rare que ces créatures déshonorent ainsi les autres, après s'être déshonorées elles-mêmes. C'est là un mystère d'iniquité qui se reproduit tous les jours. Cependant ne croyez pas que je sois indifférente à l'outrage que l'on fait à mon fils. René l'a certainement mérité, mais il n'en est que plus à plaindre. J'aviserai avec votre père à obtenir la réparation nécessaire. En attendant, il est à propos de laisser ignorer cela à René; je craindrais qu'il n'en fût trop affecté. Il a assez souffert de la première attaque; et encore alors ne s'en prenait-on qu'à l'honneur de cette jeune soubrette, tandis qu'aujourd'hui c'est le sien même qui est mis en jeu.

— Ma mère, s'il vous plaît, dit Reine, n'employez pas ce mot de soubrette en parlant de mademoiselle

Deslauriers. Je vous assure qu'elle ne le mérite pas.

— Qu'en savez-vous, ma fille ? répondit la dame
d'un ton à demi courroucé. Qui vous a constituée
l'avocate de cette ouvrière ? Vous savez combien ce
nom déplaît à votre mère. Eh bien ! je vous prie de
ne plus le prononcer, et surtout de ne plus vous en
faire l'apologiste.

Mais plus madame Deluze manifestait de mauvaise
humeur à ce sujet, plus Reine s'attachait dans son
cœur à la fiancée de son frère, parce qu'elle persistait
à la croire innocente. Il est des personnes qu'on se
sent irrésistiblement porté à estimer et à aimer,
malgré l'opinion publique ; comme il en est à qui on
refuse son estime et sa sympathie, malgré l'auréole
qui les entoure.

— Du reste, reprit madame Deluze, si la fiancée
de votre frère (combien ce mot me déchire la bouche !)
s'est jetée dans le Rhône, je voudrais bien savoir
comment vous feriez pour justifier cet acte ? Vous
savez le proverbe : telle vie, telle mort. On en voit ici
l'application, une vie passée dans le désordre se ter-
mine tout naturellement par un crime comme le suicide, le seul qui soit sans remède.

— Oh ! ici, ma mère, reprit vivement Reine, le
journal n'est pas difficile à convaincre de calomnie :
il nous raconte tout cela dans un numéro du 7, et hier,
10, j'ai vu Mariette Deslauriers passer devant chez ma
tante.

— En êtes-vous bien sûre ?

— Très-sûre, ma mère, si sûre qu'elle s'est arrêtée
un instant à causer avec Liduvine, la fille de l'épicier

11

Gros, et que j'ai pu la voir en face, aussi belle, aussi sereine, aussi bien portante que jamais. Voilà, j'espère, qui attirerait un beau démenti à ce méchant journaliste, si...

— Si quoi ?

— Si quelqu'un se donnait la peine de venger l'innocence persécutée.

— L'innocence ? Vous êtes indulgente, Reine, et les brevets de vertu ne vous coûtent guères. Vous êtes donc, à vous seule, plus savante que tout le monde, mieux instruite que l'opinion publique ? Passe pour le suicide, bien que personne n'en eût été surpris, assurément. Eh bien ! qu'elle se défende elle-même. Si elle a tant d'esprit que vous vous plaisez à lui en reconnaître, cela ne peut pas lui être difficile. Mais assez là-dessus. Que mademoiselle Deslauriers, comme vous voulez bien l'appeler, vive ou meure, cela doit vous être indifférent et ne vous regarde nullement. Que si vous vous obstinez à lui conserver votre estime, voire même votre affection, c'est votre affaire ; mais, je vous en prie, ne nous en manifestez rien et ne vous avisez pas d'avoir avec elle le moindre rapport ; autrement, je saurais y mettre ordre. Tenez-le-vous pour dit.

Madame Deluze était de ces mères qui entendent être obéies et ne souffrent pas qu'on discute leurs ordres. Reine le savait bien et elle se tut. Mais, encore une fois, cette sévérité n'ébranlait point sa conviction ni son attachement pour la pauvre persécutée ; elle persistait à penser que son frère, en choisissant dans une condition plus élevée, eût difficilement

rencontré autant de qualités et de vertus qu'elle avait
cru en découvrir dans cette jeune fille. Et, enfin, le
malheur ajoutait pour elle une nouvelle auréole à la
douce figure de Mariette. Comme toutes les âmes
aimantes, Reine se sentait d'autant plus entraînée
vers elle qu'elle la voyait plus délaissée et plus calomniée. Se mettant à sa place, elle se figurait tout
ce qu'elle aurait ressenti de chagrin, d'amertume, de
désespoir peut-être, en se voyant ainsi blessée dans
son honneur, froissée dans ses affections. Ah ! vraiment la pensée du suicide naît souvent dans des situations moins cruelles. Et combien de celles qui
blâment cette infortunée, auraient eu moins de cou-
rages qu'elle pour y résister ! Cependant elle n'a
point l'air abattu qu'on se serait attendu à lui voir:
elle paraît paisible, sereine, comme dans les jours
heureux où de si belles espérances charmaient son
esprit. Ce ne peut être là que l'effet de l'endurcisse-
ment absolu que produit parfois l'habitude du vice,
ou le résultat d'une vertu sublime qui se tient au-
dessus des passions humaines et n'en ressent plus les
atteintes. Or, ici, la première supposition est inadmis-
sible ; c'est donc à la seconde qu'il faut se rattacher.
Et c'est celle que Reine embrasse de toute la force
de son âme ; pour rien au monde, on ne lui persuade-
rait que Mariette n'est pas une personne vertueuse,
victime d'une noire calomnie et puisant, dans le témoi
gnage de sa conscience et dans une éminente piété,
le courage de résister à de si amères épreuves.

Avec quelle joie Reine se rapprocherait d'elle et
travaillerait à dissiper le nuage qui s'est subitement

abattu sur cette jeune existence! Qu'il lui serait doux
de voir Mariette en particulier, de la sonder, de s'assurer par elle-même que ce n'est point un jugement
hasardé que de croire à son innocence! Mais le *reto*
de madame Deluze est trop formel, et Reine sait trop
bien que sa mère n'en démordra pas. Elle est donc
obligée de refouler ses sentiments dans son cœur, et
d'attendre de la bonté divine et du temps le remède
au mal. Du reste, elle ne doute point que cette heure
doive venir.

XII

FUITE

La seule consolation que Mariette éprouvât dans
sa pénible situation, étaient ses exercices de piété,
ces anneaux aussi doux que forts par lesquels l'âme
se rattache à sa fin éternelle, au bonheur que le temps
ne flétrira plus et que la malice des hommes ne saurait atteindre. Elle multipliait ses visites à Notre-
Dame de Fourvière, ses confessions, ses communions;
elle priait instamment Jésus et sa Mère de ne pas la
délaisser et, s'il n'était pas dans leurs desseins de la
délivrer du poids de la calomnie, de lui fournir au
moins la résignation nécessaire pour la supporter. Ra-
nimant toute l'ardeur de sa foi, recueillant tous les
motifs que la religion nous offre pour nous faire sentir le peu de valeur de ce qui a ses limites dans le
temps et dans l'espace, elle tâchait de rester insensible à ses sujets de douleur, de se maintenir dans la

sphère pure et sereine d'où l'on ne voit plus qu'en
pitié les choses d'ici-bas. Souvent elle y réussissait.
Après la communion surtout, quand elle possédait en
elle l'auteur de tout bien, qu'elle entendait Jésus lui
demander s'il ne pouvait pas lui tenir lieu d'époux :
oh ! alors, elle se livrait avec transport à la pensée de
n'appartenir qu'à lui, elle le suppliait d'oublier que
son cœur avait saigné de la perte d'un époux mortel,
et elle sollicitait la faveur de ne plus se souvenir de ses
faiblesses passées. Puis quand ces moments de fer-
veur avaient cessé, qu'elle se retrouvait en face
d'elle-même, en présence de cette incurable infirmité
humaine, toujours désavouée et toujours renaissante,
un vide effrayant se faisait sentir en elle ; elle était
comme enveloppée d'une ombre épaisse, comme sus-
pendue sur un abîme. Plus rien alors n'avait de
charmes pour elle ; la vie n'était plus qu'un chaos
ténébreux où tout se heurtait, se mêlait, dans une
affreuse confusion : c'était un corridor étroit, obscur, glacé, aboutissant au tombeau. Et quand une
visite de Jacobins, quelque cri menaçant proféré à sa
porte, quelque mesure révolutionnaire prise ou an-
noncée, venaient la surprendre en cet état d'angoisse
intérieure, la mesure alors semblait comble et la pauvre créature s'affaissait sous le fardeau du malheur.

La mort de sa grand'mère l'avait laissée solitaire.
Peu de personnes venaient la voir ; parmi ses anciennes amies, il en était que son changement de fortune avait éloignées d'elle, sous prétexte qu'elle n'a-
vait plus pour elles la même affection. D'autres se
tenaient à distance, à raison des bruits qui avaient

couru sur son compte. Quelques-unes, appartenant
comme filles, sœurs ou femmes d'ouvriers, à des
hommes lancés dans le mouvement, affectaient de la
fuir comme une aristocrate, et n'étaient peut-être pas
loin de devenir ses ennemies. Il en était enfin plusieurs que Blangy avait indisposées contre elle, et
qui partageaient jusqu'à un certain point sa colère
d'amant évincé. Ainsi un vide énorme se creusait autour d'elle, et rien ne paraissait devoir jamais le remplir. On sent combien cet isolement était propre à
augmenter sa tristesse; il la donnerait à ceux qui y
seraient le moins disposés; à plus forte raison l'en-
tretient-il, l'aggrave-t-il, chez ceux qui en sont affectés.

Un vieux prêtre, l'abbé Regny, lui gardait seul
une amitié affectueuse et sincère. Il était professeur
de dogme au séminaire de Saint-Charles, et jouissait
de la confiance de Mgr de Marbeuf. Ancien ami de la
maison Deslauriers, il avait assisté à leur lit de mort
le grand-père, le père, la mère et la grand'mère de
Mariette. C'était le confident de leurs âmes, leur soutien, leur conseil dans toutes les circonstances de la
vie. Naturellement il reportait sur cette chère petite
l'intérêt qu'il avait éprouvé pour ses parents. Son
profond détachement du monde et des choses d'ici-
bas n'éteignait point en lui la compassion pour les
peines de la jeune fille. Il avait applaudi au projet de
son mariage avec René Deluze; il fut donc affligé de
le voir rompu. Mais, comme tous les hommes exercés
dans les voies de l'ascétisme, il prenait bien vite son
parti des adversités de cette espèce; et dans son estime exagérée des vertus du prochain, il supposait

facilement que chacun faisait comme lui, c'est-à-dire se réjouissait de souffrir des tribulations pour le nom de Jésus-Christ. Il était donc plutôt tenté de féliciter que de plaindre Mariette sur sa situation. Cependant son œil clairvoyant devinait sans peine que la nature souffrait beaucoup chez elle, et qu'elle n'en triomphait que par de coûteux et continuels efforts. Ayant appris la nouvelle calomnie lancée sur son compte, il s'empressa de venir la voir.

— Réjouissez-vous ! réjouissez-vous! lui dit-il tout en entrant ; le doux Rédempteur nous l'a dit : *Vous êtes bien heureux quand on vous maudit et qu'on vous persécute, et que l'on dit de vous toute sorte de mal en mentant, à cause de moi; réjouissez-vous et triomphez : parce que votre récompense sera grande dans le ciel* (1)! Je viens vous féliciter, chère enfant, et non vous plaindre. Eh ! quoi? vous versez des larmes? C'est de joie, je pense, et non de tristesse.

— Pas tout à fait, mon père, répondit Mariette. Je ne suis pas assez élevée en perfection pour être insensible à ce point à mes intérêts temporels. Je vous assure que bien souvent mon âme plie sous le fardeau.

— Ah! qui de nous ne plie pas de temps en temps sous le poids de sa misère? Le Maître n'a-t-il pas frémi, tremblé, sué le sang, à la vue du calice qui lui était préparé? Mais voyez comme il se relève, en disant: *Que votre volonté se fasse et non la mienne.* Faites-en autant, quand la tempête vous fait plier; redressez-vous comme l'arbrisseau courbé par le vent, et dites : Je

(1) Matth. V, 11, 12.

voudrais bien que cela ne fût pas ; ces persécutions me sont bien amères au cœur : cependant que la volonté de Dieu se fasse et non la mienne.

— J'y tâche, mais hélas ! sans trop grands résultats. Les menaces incessantes qui retentissent à ma porte ont toujours la vertu de me prendre au dépourvu. Je tremble... la vingtième fois comme la première. Pourquoi cela, mon père ?

— Parce que, si l'on s'habitue facilement aux accidents qui naissent de causes matérielles, on ne prend pas aussi aisément son parti des contrariétés qui partent de la nature humaine. Il y a dans la malice de l'homme quelque chose de venimeux, d'aigre, qui atteint plus profondément les fibres du cœur. Et puis, il me semble que les vociférations de nos révolutionnaires augmentent de volume et d'intensité, à mesure qu'ils se sentent plus sûrs de la victoire.

— Vous croyez donc, bon père, que le triomphe leur appartiendra?

— Oh! qui en pourrait douter ? Leur audace croît tous les jours, et le courage des honnêtes gens diminue dans la même proportion. Un coup-d'œil suffit pour mesurer les progrès que fait l'esprit de désordre. Les Jacobins, qui cachaient d'abord leurs assemblées, se gênent de moins en moins pour exposer leurs doctrines. Les pamphlets de Laussel, les articles de Champagneux prennent une teinte de plus en plus accusée. L'embarras des finances de la ville, la question des octrois, les élections du département et du district, les décrets de l'Assemblée Nationale relatifs à Lyon, tout sert de texte à leurs déclamations furi-

bondes et de matière à leurs triomphes ; même quand
ils n'obtiennent pas le succès, ils remportent encore la
victoire. Oui, ils sont vainqueurs en ce sens qu'ils
intimident les bons citoyens et familiarisent l'esprit
public avec les idées les plus funestes. L'immense
détresse des ouvriers lyonnais leur prépare d'ailleurs
le terrain : à quoi ne peut pas se porter une populace
affamée ? Le dernier rempart de l'ordre, le cher Imbert-Colomès, a été forcé de fuir devant la tempête...

— Pour mon malheur, reprit ici Mariette, à qui ce
nom fit immédiatement naître les larmes. Je suis persuadée que si les affaires publiques lui eussent accordé
un moment de repos, il n'eût pas laissé passer les
noires calomnies inventées sur mon compte.

— Je le crois aussi. Ah ! s'ils avaient du moins
choisi un homme digne de le remplacer ! Mais Vitet,
le docteur Vitet ! le président du club des Jacobins !
Voyez, ma chère enfant, quel pas nous avons fait
dans la voie du désordre ! Mon Dieu, si vous aviez
permis que le projet des nos braves royalistes réussît,
la religion, la royauté, la France étaient sauvées !
Mais qui peut sonder la profondeur de vos desseins ?
Et que nous aurions mauvaise grâce à nous plaindre,
nous dont les crimes ont depuis si longtemps irrité
votre colère !

Or, le plan auquel le saint prêtre faisait allusion,
n'était rien moins que celui de faire de Lyon le centre de la résistance à la révolution, d'y attirer le roi
et sa cour, d'y installer le gouvernement, et de ral-
lier l'esprit des provinces contre le despotisme exercé
par les clubs de Paris. Trois royalistes, hommes

de cœur et d'une énergie peu commune, MM. le marquis de Chaponay, de Jorjoyes et le chevalier de
Pommelles, avaient repris ce projet hardi formé quelques années auparavant par M. de Maillebois, l'a-
vaient fait examiner et approuver par Mgr de Sa-
bran, évêque de Luçon, qui le communiqua à la
reine elle-même, dont il obtint la vive approbation.
Tout était concerté, réglé, avec tout l'art possible :
le résultat semblait infaillible. La situation géogra-
phique de Lyon, le voisinage de la Savoie, où les
émigrés abondaient et où les princes devaient se
rendre, les dispositions du peuple de Lyon semblaient favoriser le plan. Les troupes sardes devaient
entrer dans le Lyonnais par la Savoie, dans la Pro-
vence par Nice, dans le Dauphiné par Embrun, afin
d'attirer l'attention de la capitale rebelle, et, pendant
ce temps-là, le roi s'échapperait avec sa famille.
Marie-Antoinette, qui déjà prévoyait les événements
préparés par la Révolution, acceptait avec enthou-
siasme la proposition de ces fidèles royalistes. Elle
devait se rendre avec le roi, Madame Elisabeth, les
enfants de France et leur gouvernante, Madame de
Tourzel, au château de Fontainebleau ; puis le roi,
sous prétexte de chasse, descendrait le Loing et irait
rejoindre sa famille à Avallon, et ensuite à Autun.
Un régiment de chasseurs à cheval aurait éclairé la
route ; d'autres troupes, échelonnées sur le parcours
de Chalons à Lyon, devaient protéger le voyage. Déjà
quatorze mille hommes étaient concentrés autour de
Lyon. Les chasseurs à cheval de Bretagne et d'Al-
sace, cantonnés à Bourg, Mâcon et Senecey, don-

naient la main au régiment de la marine et à celui de
Bourgogne, casernés, le premier à Trévoux, le second à Villefranche ; de leur côté, les dragons de
Penthièvre et le régiment suisse de Steiner étaient
prêts à seconder le mouvement ; tandis que la ville
de Lyon se préparait à devenir capitale, par des dispositions militaires en parfaite harmonie avec le con-
cours promis par la cour de Piémont, le Gouvernement des treize cantons suisses et l'appui des
princes émigrés, déjà les uns à Turin, les autres à
Chambéry. Parmi les habitants de Lyon, le premier
échevin, Imbert-Colomès, le trésorier Regny (1),
le procureur Boscary, Guillin de Pougelon, préparaient tout avec activité et intelligence pour le succès de l'entreprise. Mais le zèle intempestif du prince
de Condé, ou plutôt de ses agents, le fit avorter. Un
certain ouvrier très-influent, du nom de Mathurin,
avait été gagné par le chevalier de Tessonnet, man-
dataire du prince, et devait soulever la classe ouvrière au signal donné. Le traître s'engagea à tout
moyennant une somme de vingt-cinq mille écus, dont
il avait besoin, disait-il, pour payer le silence ou
l'appui de ses nombreux affidés. Mais, en même temps,
il allait vendre le secret au parti Jacobin. On arrêta
les agents du prince de Condé. Le complot devait éclater le 8 décembre ; dès le 4, la municipalité
avait jeté dans la prison de Pierre-Scize les chefs
d'une conspiration si bien ourdie que le succès en
semblait immanquable (2). Tel était l'objet des

(1) Proche parent de l'abbé Regny.
(2) *Ibid.* 6, ch. III.

regrets exprimés en ce moment par l'abbé Regny.

— Aussi, reprit Mariette, le bon Dieu n'a-t-il pas permis que le projet vînt à bien. Que de fois j'ai entendu M. Deluze s'attrister de ces faits! Malgré son jeune âge, il devait prendre une part active à la cons. piration. M. d'Egrigny (1) en avait fait un de ses lieutenants, et je pense qu'il n'aurait pas failli à la tache.

— Eh ! nous y étions tous, dans le complot, tous les honnêtes gens, du moins. Il s'agissait de notre Dieu et de notre roi : y avait-il moyen d'hésiter? Celui-là mérite-t-il le nom de chrétien, qui n'est pas prêt à courir tous les dangers pour sauver le culte de ses pères ? Mérite-t-il le nom de français, celui qui n'est pas disposé à verser son sang pour arracher le meilleur des souverains à une faction impie? Nous y étions tous; mon cousin y avait engagé sa fortune et l'y a perdue; d'autres y ont perdu la liberté (2) ; mais le mal est que le parti Jacobin en a été renforcé, que notre défaite a doublé l'audace des révolutionnaires et porté le coup fatal, peut-être, à l'autel et au trône.

— Et vous croyez, bon père, qu'il n'est plus possible d'arrêter le torrent?

— Dieu a des ressources infinies, sans doute. Bien téméraire serait celui qui assignerait une borne à sa puissance ou à sa volonté. Mais il y a aussi un cours des choses humaines, une loi providentielle dont il faut tenir compte : c'est que Dieu laisse à la malice de

(1) Un des officiers du prince de Condé.
(2) Les principaux chefs furent arrêtés et conduits à Paris.

l'homme une certaine latitude, dont il nous est aussi
fort difficile d'assigner les bornes. Et nous voici, ce
me semble, arrivés à l'un de ces moments terribles,
où les eaux de l'iniquité, pour parler le langage de
l'Écriture, après s'être longtemps accumulées, rom-
pent enfin la barrière et produisent une de ces terribles inondations dont les suites sont incalculables.
L'audace avec laquelle parlent nos révolutionnaires
nous annonce celle avec laquelle ils agiront. Les événements dont nous avons déjà été témoins nous font
pressentir ceux qui suivront.

— Il semble qu'on ait à cœur de ne pas me le laisser
ignorer. Presque chaque jour on vient m'épouvanter,
hurler à ma porte des menaces, des cris de mort.
Que suis-je donc en ce monde, pour que l'esprit du
mal m'honore d'une telle distinction?

— Vous êtes femme, vous avez quelque fortune,
peut-être quelques jaloux : il n'en faut pas davantage
pour vous attirer un si glorieux privilège.

— Il y a bien encore une autre raison plus intime,
plus personnelle...

Ici son cœur se serra et sa voix s'éteignit.

— Je le sais, et c'est pourquoi je viens vous apporter le remède au mal.

— Quel remède, mon père?

— Fuir. Quand la tempête menace, que fait la
bergère timide? Elle fuit. C'est aussi tout ce que
vous avez de mieux à faire.

— Eh ! où voulez-vous que je fuie?

— Sortez de cette ville, où il peut arriver prochainement que vous ne soyiez plus en sûreté. Je ne

voudrais pas vous alarmer inutilement ; mais vous voyez vous-même qu'une haine secrète, particulière, vous poursuit. Eh bien! sans être taxé de lâcheté, il faut fuir en pareil cas.

— Je ne vois aucun lieu où je pourrais être plus en sûreté qu'ici. Je songeais naguère à me retirer en Dauphiné, dans les terres que m'a laissées mon oncle. Mais une lettre que j'ai reçue dernièrement d'une amie, m'a appris que la révolution est aussi ardente là qu'ici, peut-être même davantage. Bien plus, cette amie me demande si elle ne pourrait pas venir à Lyon, en attendant que les affaires se calment.

— Je sais que l'agitation est très-grande en Dauphiné, et que déjà de nombreux châteaux ont été brûlés ou menacés de l'être. Aussi n'est-ce pas là que je vous engagerais à chercher asile. Mais j'ai un autre lieu à vous indiquer : Poleymieux.

— Et pourquoi plutôt à Poleymieux qu'ailleurs?

— Parce qu'il y a là un homme à toute épreuve : le brave des braves, la fleur de la chevalerie chrétienne, mon ami Guillin-Dumontet. Oh! celui-là, par exemple, ne pliera jamais sous la menace ou la violence ; à l'abri de sa protection vous pourrez dormir tranquille.

— Je n'ai point l'honneur de le connaître. Et que suis-je, pauvre fille, pour aller solliciter l'appui d'un si puissant seigneur?

— Ne craignez rien. Je vous donnerai une lettre pour lui. C'est mon ami. Il y a peu de jours encore il est venu à Lyon et m'a rendu visite. Pour la centième fois il a exprimé clairement son intention de se

défendre jusqu'à la mort. Au milieu même de la
rue, en compagnie de l'abbé Bonnaud et de plusieurs
citoyens honorables, il a déclaré qu'il ne se laisserait
point traiter comme ses confrères, dont les châteaux
ont été pillés ou brûlés. Et comme un de nous, ayant
remarqué que des ouvriers s'arrêtaient pour écouter,
le priait de ne pas parler si haut : — Je voudrais,
cria-t-il d'une voix retentissante, pouvoir le souffler
aux quatre vents du ciel, afin que personne n'en
ignore. Les Jacobins qui m'attaqueront auront mon
cadavre et rien de plus ; mais ils peuvent compter
que je vendrai chèrement ma vie.

— Une telle résolution est peut-être plus propre
à attirer la tempête qu'à l'écarter. Le moyen de
dompter un tigre n'est pas de le braver.

— Détrompez-vous. Les hommes de désordre sont
en général très-lâches. Il suffit souvent de leur montrer un peu de résolution pour les déconcerter. Le
paratonnerre attire la foudre, et pourtant il en pré-
serve. Du reste, c'est un conseil que je vous donne, et
vous en ferez ce que bon vous semblera.

Mariette réfléchit à ce que lui avait dit ce saint
prêtre. A part le respect qu'elle avait pour la sagesse
d'un guide aussi éclairé, elle se sentait peu d'attrait
pour suivre le parti qu'il lui conseillait. Cependant le
lendemain, ayant encore été l'objet d'une démonstration de la part des patriotes, elle se décida à sortir de
Lyon momentanément. Elle avait remarqué Blangy
à la tête de la petite bande qui la saluait en passant ;
son regard, certain geste, un rire éclatant même
semblaient indiquer qu'il comptait sur une prompte

vengeance. Et, au fait, de récents événements étaient bien propres à enfler les espérances des révolutionnaires : la nouvelle municipalité leur appartenait, au moins dans son chef, Vitet, et ses principaux membres; Châlier, Laussel, Chirat, Billemaz, Pressavin, Frossard et d'autres encore, apparaissaient de plus en plus sur la scène; la Constitution Civile du clergé venait de jeter la division dans l'église; les chanoines-comtes avaient protesté énergiquement contre cet acte attentatoire aux droits du Pape et de leur conscience, mais la municipalité avait supprimé leur écrit. Lamourette, grand-vicaire d'Arras, venait d'être installé en qualité d'archevêque de Lyon; l'abbé Bois-Boissel, pour avoir répandu un mandement énergique de Monseigneur de Marbœuf, avait été arrêté et incarcéré; les embarras financiers de la ville croissaient; la détresse des classes ouvrières était immense; tout enfin contribuait à assombrir l'horizon et à présager la victoire aux ennemis de l'ordre.

Décidée par ces considérations, la jeune fille prit enfin son cœur à deux mains; munie d'une lettre du bon abbé Regny, et laissant en ville sa vieille servante, elle sortit sans bruit et se dirigea vers Poleymieux.

XIII

LE VRAI PEUT QUELQUEFOIS N'ÊTRE PAS VRAI-
SEMBLABLE

Blangy ne tarda pas à s'apercevoir du départ de
son ancienne amante. Une lutte de plus en plus violente déchirait son âme. Quand il se reportait aux
jours, peu éloignés encore, où il se berçait de l'espoir
d'avoir Mariette pour femme ; quand il se rappelait
les temps de son enfance, où cette vive jeune fille
égayait tous les jeux par son entrain et l'amabilité de
son caractère, puis les moments si doux qu'il passait
naguère en sa présence ; quand il se représentait la
noblesse de ses manières, l'élégance de ses formes,
sa conversation tour à tour sérieuse et enjouée, mais
toujours spirituelle et pleine de sens : quand il re-
passait dans sa mémoire les plans d'avenir qu'il aimait à bâtir d'accord avec elle ; qu'il voyait luire,
comme un rapide éclair, la perspective de bonheur qui
l'avait si longtemps charmé : oh ! son cœur palpitait,
une grande tristesse voilait son esprit et il se sentait
comme ému de compassion pour *elle* et saisi d'indignation contre lui ; contre lui, qui avait le lâche
courage de persécuter cette innocente colombe, de la
punir d'un choix qu'il eût probablement fait à sa
place... De singulières résolutions lui venaient alors :
l'enlever et s'enfuir avec elle en un lieu où il put la
forcer à lui donner sa main ; fuir lui-même en une
terre lointaine où il put perdre son souvenir ; aller

une dernière fois se jeter à ses pieds et la prier d'a-
voir pitié de lui; lui porter une suprême malédiction, un dernier anathème, puis se précipiter dans le
Rhône... Nous perdrions notre peine à suivre ce malheureux dans le labyrinthe où s'égare son désespoir.
Mais ces réflexions, en se succédant les unes aux autres, ne font qu'accroître son malaise et augmenter
la tempête ; pareilles à ces nuages qui se suivent d'a-
bord, qui se rejoignent, s'enroulent et se condensent
en une masse opaque qui doit produire la tempête.

Peut-être, en des temps plus calmes, cet état violent eut-il enfin cessé. Blangy avait un fond honnête,
de la raison, du sens, et même une certaine instruction ; à coup sûr, il eût fini par céder, par reconnaître qu'après tout cette jeune fille n'avait fait qu'user
de son droit, et qu'il ne manquait pas de femmes sur
lesquelles il put lui-même fixer ses vues et rebâtir
ses rêves d'avenir.

Mais le courant révolutionnaire est là, creusant
chaque jour son lit. La détresse de l'ouvrier croît en
proportion de l'agitation publique. Le malaise qui
tourmente les travailleurs met toutes leurs passions
en effervescence. L'espoir, je ne sais quel étrange
espoir, fait luire sa décevante lueur : les démagogues affirment qu'une ère nouvelle se prépare, dans
laquelle le niveau sera rétabli, où l'homme sera l'é-
gal de l'homme, où les distinctions de rang et de fortune auront disparu, où le pauvre pourra s'asseoir
au banquet. Cette doctrine, thème habituel des déclamations des clubs, Blangy l'a accueillie, goûtée,
prônée lui-même ; à force de la proclamer, il a fini par

y croire, par l'épouser en quelque sorte ; elle est la
pâture de son âme malade, le cauchemar de ses jours
et de ses nuits. La faim, la faim hideuse, qui se dresse
devant lui, le pousse à toutes sortes d'extravagances ;
son imagination échauffée ne recule devant aucune
conséquence ; elle ne rêve que destruction et bouleversement ; elle s'anime au carnage ; elle se baigne dans
le sang ; elle voit les têtes tomber, les grandes for-
tunes crouler, les demeures seigneuriales réduites au
niveau du sol. Les phrases furibondes de Châlier, de
Laussel, de Chirat, de Champagneux, de cent autres
orateurs jacobins, bourdonnent dans sa tête, lui brû-
lent la cervelle ; il lui tarde enfin de voir se réaliser
les utopies de ces sanguinaires démagogues. Comment, alors, verrait-il d'un bon œil celle dont l'abandon l'a jeté dans cette situation ? Comment supporte-
rait-il d'avoir été sacrifié à un aristocrate ? Comment
ne haïrait-il pas jusqu'à la mort le muscadin qui lui
a ravi le cœur de Mariette ? L'aversion pour la classe
fortifie ici la rancune contre l'homme ; le révolutionnaire vient en aide à l'amant évincé ; il y a double
motif de poursuivre Deluze, et Noël jure bien qu'il ne
s'arrêtera qu'à la mort. Déjà il lui a porté un coup
qu'il espérait rendre mortel. Un moment même le bruit
courut que le jeune volontaire était mort de sa blessure, et Blangy en éprouva une joie extraordinaire.
Il jouissait tout à la fois d'être vengé d'un rival et de
la douleur que Mariette ressentirait de la mort de son
amant. Puis il apprit que la nouvelle était fausse, que
le blessé allait mieux, et que sa haine pour la révolution, loin de tomber, n'avait fait que grandir. Dès lors

il se promit de reprendre la partie, de continuer ce duel bizarre, étrange, inégal après tout, puisqu'il s'adresse à un homme qui ne sait pas même de quelle main il est frappé, et à une femme qui s'est livrée sans défense à ses lâches et basses persécutions.

Blangy, disions-nous, s'aperçut bientôt que la jeune fille n'était plus à Lyon. La maison du quai Saint-Clair restait fermée toute la journée et, le soir, on n'y voyait briller aucune lumière. Par conséquent, les cris dont les patriotes du quartier la saluaient encore en passant, tombaient à vide. Plusieurs fois Blangy y avait envoyé divers commissionnaires, sous un prétexte ou sous un autre; toujours le logis s'était trouvé désert. Des informations qu'il fit prendre par-dessous main ne purent lui apprendre autre chose, sinon que mademoiselle Deslauriers était absente depuis huit jours et que nul ne savait ce qu'elle était devenue. Le terroriste en sentit grandir sa colère : la colère qu'on éprouve à voir s'échapper une proie sur laquelle on comptait. La pensée lui vint que peut-être elle était rentrée en grâce avec son muscadins et que les deux s'étaient retirés à la campagne pour se marier et se soustraire à la haine des patriotes. Mais il apprit que René Deluze était encore chez son père, et qu'on le voyait chaque jour se promener dans les rues, le bras en écharpe. On ajoutait que Mariette était complétement oubliée, qu'il avait même défendu qu'on prononçât son nom en sa présence : ce qui réjouissait fort sa mère et ses sœurs. Jusque-là il avait, lui Noël, atteint son but : une haine moins exigeante s'en serait contenté ; le mariage était empêché ; Mariette restait

flétrie aux yeux de Deluze, aux yeux mêmes du public; son existence était manquée, troublée, empoisonnée : que fallait-il de plus? Et cependant Blangy
n'était pas satisfait; il craignait toujours que l'affection de Deluze pour sa fiancée (elle avait été profonde, il le savait) ne se réveillât un beau jour; que
le nuage amassé sur la tête de la jeune fille ne se dis-
sipât, et qu'elle ne sortît de la tempête plus radieuse
et plus pure que jamais, comme il arrive au soleil
quand les brouillards sont tombés. Il faut donc qu'à
tout prix il continue, il achève son œuvre; il faut qu'il
découvre où est Mariette, et qu'il la poursuive dans
sa retraite, fût-elle à cent pieds sous terre.

Cependant le ferment révolutionnaire agitait terri-
blement les campagnes. L'impunité, qui avait accompagné le sac de plusieurs châteaux, encourageait à
imiter ces exemples. La destruction des titres seigneuriaux était l'objet des vœux ardents des paysans;
on ne doutait pas que le droit même ne pérît avec le
bout de papier qui le constatait. Aussi des regards
haineux et jaloux étaient-ils, pour ainsi dire, cloués
sur ces splendides demeures, où l'on n'avait longtemps vu que des bienfaiteurs, des protecteurs, et où
l'on ne voulait plus voir maintenant que des tyrans
et des ennemis du peuple. Mais le campagnard n'est
pas homme d'action; il se plaint, il murmure, plus
volontiers qu'il n'agit; cependant, une fois mis en
mouvement, il déploie une activité, une force brutale
et aveugle; mais il a besoin d'un chef, d'un boute-
feu, et ce sont ordinairement les villes qui l'en pour-
voient. Les terroristes de Lyon n'avaient garde de

manquer à ce devoir. Sentant quel point d'appui des
émeutes de campagne pouvaient leur offrir, ils en-
voyaient des émissaires pour répandre les plus fausses nouvelles , colporter les écrits incendiaires de
Laussel, de Champagneux et autres, pour aigrir les
esprits, provoquer les révoltes et noircir par des calomnies la réputation des seigneurs. A les entendre,
chaque château était une forteresse, une place d'armes, d'où l'on devait, à un moment donné, tomber
sur les campagnes, retirer les concessions arrachées
à la nécessité, et imposer de nouvelles et plus lourdes
charges aux cultivateurs. On y préparait une contre-
révolution ; les décrets de l'Assemblée seraient abo-
lis, les principes de 89 mis à néant. Des munitions,
des armes de toute sorte y étaient introduites secrètement. On engageait les habitants d'alentour à
avoir l'œil ouvert sur ces menées occultes; et les
paysans, à force d'épier jour et nuit, finissaient par
se persuader qu'il en était ainsi. Un chasseur entrait-
il dans la demeure des seigneurs , c'était un messa-
ger apportant des renseignements ou des mots d'ordre; un voyageur y venait-il pour affaires, c'était une
recrue qui allait se cacher, en attendant le jour de
l'action ; un fermier y conduisait-il des denrées, c'é-
taient des provisions qu'on entassait pour nourrir la
garnison. Les actions les plus vulgaires, les démarches les plus simples étaient transformées, interpré-
tées dans le sens le plus défavorable ; mille et mille
incidents, auxquels on n'eût pas prêté la moindre attention en d'autres temps, acquéraient une extrême
importance.

Or, parmi les châteaux ainsi suspectés et surveillés, il en était deux qui méritaient l'attention particulière des patriotes : c'étaient ceux de Beaulieu et de Poleymieux. Le premier appartenait au marquis de Chaponay, le même qui avait formé le complot royaliste dont nous parlions plus haut ; et l'autre, à ce brave Guillin-Dumontet, que nous avons aussi déjà mentionné. On comprend de suite les raisons de la préférence. La conspiration de l'un, la fière attitude, les énergiques menaces de l'autre, les désignaient évidemment à la fureur révolutionnaire. Aux prétextes communs s'en ajoutaient de particuliers, palpables, accessibles à tout le monde : le marquis de Chaponay avait tenté de détruire l'œuvre de la révolution, et le seigneur de Poleymieux était décidé à tuer quiconque aborderait sa demeure avec une intention hostile.

Blangy, membre actif du club des Jacobins, avait reçu ou pris de lui-même le rôle d'ameuter les campagnes. L'énergie de son caractère, son intelligence, son genre d'éloquence le rendaient propres à cette fonction. Nous ne savons comment : mais il avait appris que Mariette Deslauriers, sur le conseil d'un vieux prêtre, était allé s'abriter sous la protection d'un seigneur que l'on supposait être celui de Beaulieu ou de Poleymieux. Chaponay et Guillin étaient amis : la similitude de leurs caractères, l'identité de leurs vues et la proximité des lieux avaient établi entre eux de fréquentes relations. D'autre part, tous deux étaient liés avec Imbert-Colomès, un des membres du complot : quoi de plus simple que l'ex-échevin eût conseillé à la jeune fille qu'il protége d'aller chercher un appui contre la tempête dans l'une de ces forteresses aristocratiques ? Dès lors le terroriste tourne ses yeux de ce côté-là : il ira assiéger Beaulieu et Poleymieux, lancer contre eux les campagnards ameutés, et l'on verra qui triomphera des soutiens du vieux régime, ou des partisans du droit nouveau. Et quelle joie pour lui s'il vient à envelopper dans la ruine, dans le désastre, celle qu'il poursuit ! s'il peut prouver à *mademoiselle* Deslauriers, que la protection d'un démocrate est plus puissante que celle d'un haut, mais désormais impuissant seigneur !

Après avoir donc pris les ordres de Châlier et des autres meneurs jacobins, il se rendit aux environs de Beaulieu, et, aidé des plus chauds révolutionnaires que comptaient ces campagnes, il alla sommer le seigneur de lui livrer sa demeure. Averti à temps de la visite qu'il devait subir, le marquis de Chaponay comprit qu'il serait imprudent de chercher à résister à cette multitude d'insurgés. Depuis trente ans il habitait Beaulieu ; de ses six enfants, trois étaient militaires, mais absents en ce moment. Déjà vieux, dépourvu de secours, n'ayant à son service que quelques domestiques et des armes de chasse, il dut céder, malgré l'énergie de son caractère, et ne pas s'exposer, lui et sa femme, à une mort certaine. Il s'échappa donc avec elle, et erra dans les bois, entendant de tout côté le bruit lugubre du tocsin qui appelait à sa poursuite les gens des campagnes. Le 24 juin 1791, après midi, deux à trois mille gardes nationaux se présentèrent devant Beaulieu, tambour battant, enseignes déployées, et faisant retentir les airs des chants et

des vociférations usités alors. Les maires des villages
voisins, notamment de Chasselay, de Lucenay et de
Morancé étaient à leur tête, sous prétexte de modérer le mouvement, sans doute, mais aussi avec l'intention et le doux espoir d'obtenir la destruction de
ces terribles droits féodaux, devenus tout à coup, on
ne sait pourquoi, l'épouvantail des habitants des
campagnes. On s'attendait, non sans crainte, à éprouver de la résistance; grande fut donc la joie des va-
leureux patriotes, quand ils virent la porte s'ouvrir à
la première sommation et la maison vide de ses propriétaires. Alors commença ce qu'on appelait la visite
domiciliaire. Cette foule dévergondée se mit à parcourir tous les appartements, avec les procédés ordinaires aux amis de l'égalité; on enfonça les meubles,
on brisa les armoires, les glaces, les tables, les lits;
l'argenterie, le linge, les effets d'habillements, les rideaux, les dentelles, les objets de luxe, la vaisselle,
tout fut mis en morceaux, lacéré, déchiré, foulé aux
pieds. Tous les papiers qu'on put trouver : actes de
famille, contrats, traités d'achat, de vente ou d'é-
change, baux de fermes, lettres particulières, correspondances intimes, furent jetés au feu, ou volés, ou
dispersés : nous ne savons si les fameux titres féodaux
faisaient parti de l'auto-da-fé, ou s'ils avaient été
soustraits à temps et mis en sûreté. Les arbres des
avenues, vieux témoins des joies et des tristesses de
leurs maîtres, furent abattus, comme symboles inutiles d'un passé qui devait disparaître pour toujours.
Les écussons furent grattés de dessus les portes, ou
plutôt brisés à coups de marteaux; les panneaux ar-

moriés des boiseries volèrent en éclats. Puis, comme
les cris patriotiques dessèchent la gorge et qu'un vrai
démocrate a toujours soif, les caves furent envahies et
tous les tonneaux roulés sur la terrasse. Là chacun
but à son gré : vins de Morancé, vins de Chasselay,
vins de Taney, vins de Légny, vins de la Flachère,
de toutes les années et de tous les crûs; vins de Ma-
dère et d'Alicante, de Bordeaux et de Bourgogne,
tous coulèrent à torrent dans ces estomacs patriotiques;
puis, quand les appétits furent satisfaits, on lâcha
le reste, pour la plus grande ruine de l'aristocratie et
de la féodalité. Les braves ne se retirèrent que quand
Beaulieu fut entièrement saccagé. Quelques-uns
avaient juré d'y mettre le feu ; mais, dans les douceurs de l'ivresse, ils oublièrent leur serment. Les
gardes nationales de Châtillon se contentèrent de détruire les écluses des prés de Besancin appartenant
au marquis. Quant à lui et à sa femme, après des détours infinis et les courses les plus fatigantes, ils
arrivèrent le lendemain à Lyon, épuisés par la chaleur et par la marche. Ils reçurent le même jour la
signification que, s'ils ne renonçaient à tous leurs
droits, leur château et leurs forêts seraient réduits
en cendres.

Disons ici en passant que Beaulieu fut visité encore
plus tard ; mais cette fois le marquis avait pris ses
précautions : vingt-quatre portefaix de Lyon, loués
à vingt *livres* par jour, firent assez bonne mine pour
épouvanter les preux du terrorisme. Le château fut
épargné ; mais peu après le vaillant seigneur, appelé
de la terre étrangère à Lyon pour quelques affaires

particulières, fut reconnu et dénoncé par son cuisinier, et porta sa tête sur l'échafaud. Le traître ne tarda pas à expier sa lâcheté : dénoncé à son tour pour avoir volé l'argenterie de son maître, il fut condamné à subir aussi le *rasoir* national.

La part que prit Blangy à cette première attaque de Beaulieu fut active et importante. Il s'était persuadé que Mariette devait être là, ou dans quelque village des alentours. Il mit donc le plus grand soin à s'informer près des patriotes s'ils n'avaient point connaissance d'une jeune femme de tel nom, de telle tournure et de tel âge, qui serait venue se réfugier dans leur localité. Les réponses furent négatives. Seulement une paysanne qui était venue au pillage, avec un grand panier sous le bras, crut reconnaître, à ce portrait, une étrangère arrivée depuis peu à Poleymieux. Ce qu'elle en racontait cadrait si bien avec la vérité, que Noël ne douta plus que son amante infidèle fût vraiment chez le sire Guillin-Dumontet. Nouveaux motifs pour attaquer Poleymieux. Mais, cette fois, il y avait lieu d'espérer que la lutte s'engagerait ; que le vieux seigneur, en résistant, excitera la colère du lion populaire et que, peut-être, un incendie l'écraserait, lui et son hôtesse, sous les ruines de son château. Oh ! le cœur du terroriste palpita dans sa poitrine, à cette seule pensée. Il *la* verrait à une fenêtre poussant des cris de désespoir, tendant les bras, demandant grâce..... il verrait la flamme envelopper l'édifice de ses plis... il entendrait crouler les toits, craquer les tours, s'effondrer les étages... puis un nuage de feu et de fumée étoufferait cette voix

suppliante, et bientôt un corps grillé, rôti, glisserait
sous les débris...

La vérité était que Mariette s'était présentée à
Poleymieux, et avait remis au sire sa lettre de recommandation.

— Venez, venez, jeune fille, dit le brave seigneur
après en avoir parcouru les lignes. L'abbé Regny se
trompe peut-être quand il croit que vous serez plus
en sûreté ici que chez vous. Mais il ne se trompe pas
quand il assure que vous trouverez chez moi tous les
égards dus à votre sexe et à votre position. Nous ne
pouvons vous donner que ce que nous avons ; et je ne
vous dissimule pas que ce que nous avons le moins, c'est
la sécurité. Chaponay a jugé à propos de fuir ; il a bien
fait peut-être ; quant à moi, je ne l'imiterai pas. J'i-
gnore si ces coquins de démocrates viendront chez
nous ; mais ce que je sais, c'est qu'ils y seront ac-
cueillis à coups de fusil et que, s'ils s'obstinent à
avoir ma peau, ils ne l'auront qu'en passant sur le
cadavre de plus d'un des leurs. Entrez : vous parta-
gerez notre existence, et s'il est décidé que le vieux
seigneur de Poleymieux doive lutter avec ces misérables, nous prendrons pour vous autres femmes les
précautions nécessaires.

Mariette fut ainsi accueillie avec une véritable cor-
dialité, et se crut un instant en sûreté. Madame de
Poleymieux, personne douée des plus belles qualités
et des plus solides vertus, lui témoigna tout d'abord
une affectueuse amitié et en fit la confidente de ses
peines. Hélas ! elle était loin d'être tranquille ; l'é-
nergie même de son mari l'effrayait. — Son courage

est admirable, répétait-elle, mais je voudrais bien
qu'il en eût moins. Nous ne sommes plus ici sur la
mer des Indes, nous n'avons plus affaire à des sauvages. Nos ennemis sont aussi cruels que des Indiens,
mais ils ont plus de ruse et d'habileté. Je crains que
ces bravades n'attirent sur nous la tempête. Le marquis de Chaponay, que mon mari blâme, n'est point
un lâche; il n'est que prudent : il a senti qu'il est
absurde de tenir tête à une multitude, quand on n'a
aucun moyen de défense. Oh! si M. de Poleymieux
pouvait le comprendre! — M. de Poleymieux ne le
comprit point, au moins en ce qui concernait sa personne. Il n'y avait pas huit jours que Mariette jouissait de cette douce mais précaire hospitalité, quand
il vint l'avertir qu'elle eût à chercher ailleurs un lieu
de sûreté. — Les Jacobins nous arrivent, lui dit-il;
Laussel, Châlier et consorts, nous ont désignés pour
point de mire à leur canaille, et leur canaille obéira.
Guillin de Poleymieux a les honneurs de leur haine,
et vraiment! il le leur rend bien : je les déteste comme
les portes de l'enfer. Jeune fille, un combat à mort
va s'engager. Dieu seul en prévoit l'issue. Si je n'a-
vais affaire ici qu'au contingent ordinaire de l'émeute
des rues, je vous dirais : restez; quelques coups de
feu suffiront à dissiper ces lâches. Mais il paraît que
le jacobinisme me destine le ban et l'arrière-ban de
ses serviteurs; une lettre de Lyon m'apprend que les
clubistes, furieux de quelques paroles que j'aurais
prononcées à leur adresse, m'envoient la fleur, la
crème et l'écume de leurs bandits : qu'un certain
lieutenant de Châlier, du nom de Blandy ou Blangy,

est l'âme de l'expédition, et que c'est un parti-pris de
m'ensevelir, moi et les miens, sous les ruines de Poleymieux. Comme il leur plaira! J'attends. Mais, dans
ce cas, je dois vous prévenir que, si je puis disposer
de ma vie, je ne puis ni ne dois disposer de la vôtre.
Je serais très-heureux de vous conserver plus longtemps près de ma femme et de mes enfants, qui vous
aiment autant que je vous honore; mais il faut, avant
tout, pourvoir à votre sûreté. Quelle rancune ne gar-
derait pas à ma mémoire le bon abbé Regny, s'il ap-
prenait que je vous ai traitée comme un grenadier?

Mariette fit quelques objections; elle se croyait en
sûreté, même dans Poleymieux assiégé; elle se sentait
capable de partager les embarras de la situation, elle
s'estimerait glorieuse de souffrir, de mourir même
pour la bonne cause... A quoi le vieux seigneur répondit : — Ne vous faites point illusion : s'il est
possible de braver le danger de loin, il n'est pas facile
de l'affronter de près. Votre sexe n'est point fait pour
les armes. Laissez à un vieux soldat tout le poids d'un
si dangereux honneur. Mon dessein est de renvoyer ma
femme et mes enfants. Prenez donc l'avance, de peur
de grossir le groupe et, par là, le danger. Modeste
vous conduira au village de Poleymieux, chez la veuve
d'un de mes anciens fermiers, femme brave, honnête
et discrète, s'il en fût. Là, vous vous tiendrez cachée,
jusqu'à ce que la question soit décidée. Si je triomphe
(et je l'espère) revenez, oh! revenez : nos cœurs et
nos bras vous sont ouverts. Si je succombe, la bonne
créature ne négligera rien pour vous procurer un
asile. Je suis sûr que si Claude Regny était ici, il

vous en dirait autant. Ma femme, qui se pique comme
vous d'un courage qu'elle n'a pas, sera bien obligée
de sortir aussi. Elle doit comprendre la gravité du
danger, puisque nous allons avoir sur les bras les gens
de nos domaines, c'est-à-dire nos fermiers, nos obligés, ceux que nous avons comblés de bienfaits, ceux
qu'elle a visités et aidés dans leurs maladies, ceux
qu'elle a pansés de ses mains : sortes de bienfaits qui
doivent nécessairement peser sur ces âmes ingrates,
et dont on va nous payer en bonne monnaie. Je vous
le répète : fuyez.

Il fallut obéir. Aussi bien le nom de Blangy avait
fait monter le rouge au front de Mariette et la douleur
à son cœur. Aurait-il découvert qu'elle est à Poleymieux? Elle n'en doute presque pas : la haine a le
regard si perçant ! Et alors quel acharnement ne met-
trait-il pas à l'attaque, dans l'espoir de réduire celle
à qui il a juré une guerre à mort ! Qui sait ? elle entre
peut-être pour quelque chose dans l'expédition qui se
prépare. Ce serait alors un motif de plus pour ne rien
ménager. Et tandis qu'elle espérait trouver ici la sécurité, elle deviendrait elle-même une cause de ruine
pour cette noble et estimable famille. Ces considérations mirent fin à son hésitation. La nuit suivante,
elle sortit en secret du château et se rendit, avec la
vieille fille, chez la fidèle fermière. Elle y fut reçue
avec affection et égard : mais, conformément à l'ordre du sire, elle s'y enferma dans la retraite la plus
absolue. L'événement ne tarda pas à justifier les
craintes du généreux seigneur. Ici nous devons céder
la place à l'histoire.

« Engagé comme mousse dans la marine royale dès l'âge de neuf ans, le jeune Guillin-Dumontet étonna ses chefs par une intrépidité qui rappelait l'enfance des Jean-Bart, des Du Casse, et promettait un héros de plus à la marine française. A seize ans, il fut décoré de la croix de Saint-Louis : fait surprenant, puisque, d'après les règlements de cet ordre, on n'admettait, comme chacun le sait, que de vieux officiers après de longs et glorieux services. Mais Guillin-Dumontet avait mérité cette brillante exception par une action qui était sans exemple. Un incendie s'était déclaré à bord ; malgré tous les efforts le navire allait sauter, l'équipage désespéré n'attendait plus que la mort : le jeune marin s'élance dans la sainte-barbe et parvient seul à jeter les poudres à la mer ; on put alors se rendre maître du feu et le navire fut sauvé. Après avoir passé rapidement par la hiérarchie des grades, Guillin-Dumontet fut longtemps capitaine de vaisseau au service de la Compagnie des Indes. Appelé ensuite à divers commandemants importants, il donna sans cesse de nouvelles preuves de sa bravoure, fit partout respecter son pavillon, et fut souvent cité à l'ordre du jour avec les éloges qui lui étaient dus ; enfin nommé gouverneur du Sénégal, il administra sagement et glorieusement la colonie, et revint en France pour y finir ses jours en repos, après une vie si laborieuse et si bien remplie ; il ramenait avec lui sa jeune femme et deux enfants bien-aimés. M. Dumontet, malgré son âge, était d'une vigueur d'esprit et de corps peu commune, qui s'était entretenue dans ses durs travaux ; il avait conservé dans sa vie privée la brusquerie, la rudesse et ce ton d'autorité irrésistible, dont il avait pris l'habitude dans l'exercice d'un long commandement parmi des gens de mer. Au fond c'était un cœur généreux, facile à émouvoir, plein de pitié pour toutes les misères, de charité pour les pauvres, mais inhabile à exprimer des émotions qui ne s'accordaient pas avec sa dureté apparente. Il lui arrivait souvent même de cacher son nom et sa qualité en faisant ses bonnes œuvres. Dans le cruel hiver de 1789, il fit entretenir jour et nuit dans les cours du château de Poleymieux de grands feux où les pauvres gens venaient se chauffer; et tant que dura ce froid excessif, M. Guillin-Dumontet, sa femme et ses enfants ne cessèrent de porter, de chaumière en chaumière, des secours et des consolations.

« Il était réservé à M. Dumontet, comme à son souverain, d'éprouver en cette occasion l'ingratitude du peuple. On sait comment Louis XVI signala, lui aussi, dans cette saison mémorable, sa bienfaisance et son amour paternel; mais il n'était plus rare alors de voir des malheureux dévaster les maisons charitables où, la veille encore, ils avaient trouvé un asile et du pain. Quand les brûleurs de châteaux, semant l'épouvante, parcoururent la province du Dauphiné, M. Guillin-Dumontet, apprenant ces bruits sinistres, ne put retenir son indignation, et s'écria avec sa franchise hautaine : que les nobles de ce pays étaient des lâches qui se laissaient griller comme des agneaux dans la cuisine de leurs manoirs, quand ils devaient bravement se faire tuer sur la porte, fussent-ils un contre cent. — Je voudrais bien, dit-il, qu'on

m'attaquât! je ferais voir à ces canards de bou-
tasse (1) ce que c'est qu'un vieux loup de mer. —
Ce propos surpris, répandu, commenté, piqua l'orgueil brutal des habitants de Poleymieux; et s'ils
oublièrent les bienfaits du vieux marin, ils prouvèrent
cruellement plus tard qu'ils se souvenaient d'une
provocation, légitime après tout, puisqu'elle ne s'a-
dressait qu'à des scélérats.

« Le château de Poleymieux, au mois de décembre
1790, avait déjà subi les premières atteintes du régime révolutionnaire... On trouve les détails suivants
dans un journal de l'époque, le *Mercure de France* :
« La demeure de M. Dumontet a été l'objet d'une de
ces fouilles inquisitoriales, par lesquelles se signalent
le despotisme des municipalités et l'ardente inquiétude du peuple. Un imposteur dénonce-t-il une maison comme renfermant un arsenal ou une mine pour
faire sautér le pays, ou une contre-révolution, aussitôt la multitude s'ébranle, la garde nationale l'accompagne, des municipaux la suivent ; on investit le toit
d'un citoyen paisible; on enfonce les portes, s'il ne les
ouvre ; on parcourt, dans l'espoir de le trouver coupable, tous les recoins de son domicile ; on sème l'effroi
dans sa famille, trop heureux si l'opération ne s'a-
chève pas par l'incendie ou le pillage, ou du moins
par une arrestation arbitraire. Mais la maison reste
notée et, au premier incident, les frénétiques et les
brigands y portent le ravage. Telle est la police

(1) Terme de marine. Bordage de chêne qui couvrait certaines pièces
de bois à la poupe des galères.

publique qui forme aujourd'hui, en France la sau-
vegarde des citoyens. »

« M. Guillin-Dumontet se plaignit au département
du Rhône, l'un de ceux qui se fiaient encore à la
vaine formule : *la loi et le roi*. Ce corps administratif
blâma cette visite inquisitoriale comme un attentat, défendit formellement de pareilles violences, et en même
temps il invita M. Dumontet à signifier aux municipalités coupables le décret qui les rendaient respon-
sables des dommages. Au surplus, les perquisitions
faites ayant donné lieu de constater que le château
n'était pas à craindre, semblaient le mettre à l'abri
de vexations nouvelles. M. Guillin-Dumontet pouvait
donc se promettre quelque tranquillité.

« Vaines prévisions, précautions inutiles contre la
plus basse tyrannie qui ait jamais pesé sur un peuple.
Le 26 juin 1791, par suite d'instigations secrètement
parties du club de Lyon, l'agitation se répand à Poleymieux, des rumeurs sinistres frappent les esprits ;
les hommes s'échauffent en des conciliabules, les
femmes s'effraient, le génie du mal semble souffler
dans les cœurs une sourde rage. Que va-t-il se passer ?
Partout règne encore un sombre silence.

« C'était un jour de fête ; madame Guillin-Dumontet était allée à la messe avec ses enfants. Au sortir de
l'église, on l'avertit à voix basse qu'un mouvement
d'attaque se prépare contre le château et que de
grands malheurs la menacent, elle et son mari. La
malheureuse femme étonnée, et jusqu'alors sans défiance, ne peut croire à ce qu'on lui dit ; elle repousse
bien loin cet avis, elle se refuse à la nécessité pres-

sante de quitter sa maison, de partir et d'emmener
ses enfants; elle néglige ainsi les précautions que
l'on pouvait prendre encore; elle arrive pourtant
chez elle toute troublée et rapporte l'avis à son mari
qui s'écrie : — Ils ne l'oseront pas!

« Dès ce moment la fuite devient impossible; les
paysans réunis en armes devant l'église, éclatent en
cris de fureur; ils se vantent qu'ils vont marcher
contre le château et n'en laisseront pas pierre sur
pierre. Des inconnus les haranguent; ils s'organi-
sent et se mettent en marche en brandissant leurs
armes.

« M. Dumontet, ne doutant plus de leurs desseins,
oublie son âge, et malgré les blessures dont il est couvert, malgré le petit nombre de domestiques qui
peuvent le seconder, il se prépare bravement à la défense, il revêt son vieil uniforme, parcourt la maison,
en fait fermer et barricader les portes, distribue à ses
gens des fusils de chasse et fait charger les armes. Il
avait retrouvé toute l'énergie de sa jeunesse, tout le
courage et le sangfroid qu'il avait si souvent déployés
devant l'ennemi. Sa femme en pleurs accourt, se jette
à ses pieds et le supplie de se retirer, ou du moins de
se soumettre et de tenter un accommodement; elle lui
présente ses deux enfants qui pleurent et prient avec
elle. Cet assaut livré aux plus chers sentiments de son
cœur lui dut être le plus redoutable; il y résista.
— Non, s'écria-t-il, il ne sera pas dit qu'un homme
qui n'a capitulé de sa vie et que n'ont pu faire trembler les farouches Indiens, se soit soustrait par une
lâcheté aux menaces de quelques centaines de paysans.

— Et il se constitua bravement l'ennemi d'une multitude exaspérée.

« Sur les dix heures du matin, on vit de loin une petite armée s'approcher du château; deux municipalités des environs s'étaient réunies à celle de Poleymieux, toutes décorées de leurs écharpes et suivies de trois cents gardes nationaux. On marchait dans cet appareil contre un seul homme, contre un vieillard ! Une perquisition d'armes cachées servait encore de prétexte à cette incroyable expédition.

« Dans cette extrémité, madame Guillin-Dumontel a retrouvé ce courage du désespoir, ce sangfroid sublime, dont tant de femmes firent preuve au milieu des horreurs de cette époque; elle descend, fait entr'ouvrir la grande porte et se présente seule et calme au-devant de la municipalité; elle demande avec douceur les motifs de ces démonstrations menaçantes. — On veut connaître, dit-on, l'état du château et le nombre d'armes qu'on y cache. — Elle rappelle alors la visite du mois de décembre précédent, les arrêts du département à ce sujet; elle s'explique avec une modération et une présence d'esprit admirables; elle demande enfin à vérifier l'ordre légal qui autorise cette nouvelle violation de domicile. On refuse de le montrer. Elle va retrouver son mari et le supplie encore de tenter les voies de la douceur. Dumontet se présente lui-même; il rappelle à son tour ce qui s'est passé au mois de décembre, sa justification éclatante en cette occasion, les arrêts de l'autorité qui le protégent à l'avenir. Mais, quoi qu'il en soit, pour l'amour de la tranquillité publique, pour n'avoir point à se reprocher les malheurs qui pourront suivre, pour donner une dernière preuve de son obéissance à la loi, il se soumettra, dit-il, pourvu qu'on veuille bien lui montrer l'ordre légal en vertu duquel on agit. Cet ordre n'existait pas ; on répond par des clameurs. — C'est donc une déclaration de guerre, s'écria Guillin indigné, un guet-à-pens provoqué par des haines particulières et de basses vengeances que vous exercez contre moi ? — Oui, répond une voix ; car tu es contre nous ; tu as manifesté l'intention de conserver tes droits féodaux ; tu encourages les nobles du pays à mépriser les lois ; ton frère l'avocat a conspiré avec les princes émigrés, et tu n'as pu ignorer ses machinations. Tu es un aristocrate, un ennemi de la France. — Tu en as menti, misérable ! dit le vieillard en découvrant sa poitrine ; vois ces blessures ! c'est en combattant pour la France que je les ai reçues. Les ennemis de la France, c'est vous, ou plutôt ceux qui vous ameutent et qui vous envoient égorger ses meilleurs soldats.

« La scène se passait à vingt pas du château. Il y avait là un nommé Rosier, deux fois déserteur de l'armée, capitaine de la garde nationale de Chasselay, qui, à ces derniers mots, saute sur Guillin et le prend à la gorge. Le vieux commandant tire un pistolet, se débarrasse de son adversaire et rentre au château dont il fait aussitôt fermer les portes.

« Alors la foule effrayée pousse le cri : *Aux armes!* Des émissaires se répandent dans les campagnes ; trente paroisses s'ébranlent, trente drapeaux se déploient, et deux mille hommes sous les armes viennent assiéger un vieillard, sa femme et deux enfants. Cependant l'ancien gouverneur rassemble ses gens, les exhorte et s'efforce de les animer de son courage ; mais à la vue du nombre des ennemis et des apprêts formidables dont ils sont entourés, quelques-uns de ces hommes faiblissent et demandent la permission de se retirer ; le commandant la leur accorde. Cet exemple gagne les autres ; il s'en vont presque tous. Guillin se retourne et s'écrie, avec l'emportement du style militaire : — Que les lâches qui ont peur s'en aillent ! Quant à moi, la dernière pierre du château croulera sur ma tête ; je me défendrai seul.

« Mais alors un nègre, que le vieux gouverneur avait ramené des Indes, voyant cet abandon et transporté à ces paroles de son maître, se jette à ses pieds en pleurant et jure de combattre à ses côtés jusqu'à la mort. Ce nègre s'appelait Zamor, il était jeune, de grande taille, et d'une force prodigieuse.

« Cependant madame Guillin-Dumontet ne désespérait point d'apaiser la fureur populaire ; elle descend encore une fois parmi cette foule ameutée ; elle représente qu'il suffit d'une députation choisie et nommée par les chefs pour visiter le château et dissiper les soupçons ; on la repousse. Ce n'était pas là le compte de cette populace. Pourtant les municipaux se laissent toucher ; ils calment un moment leurs troupes. On choisit dans le tumulte des députés qui pénètrent dans le château, qui le parcourent dans tous les sens, qui cherchent, fouillent et redescendent, affirmant sur l'honneur qu'ils n'ont trouvé qu'un petit nombre d'armes, de simples fusils de chasse, point de canons, point d'arsenaux contre-révolutionnaires, point de magasin. — Qu'importe ? s'écrie la multitude impatientée; c'est un riche, un noble, un aristocrate, un soutien de la féodalité, un complice de son frère et des princes émigrés ; il mérite la mort, il faut qu'il meure. — Et ces cris sont suivis d'une décharge qui crible de balles les fenêtres du château. C'en est fait, le combat s'engage. M. Guillin-Dumontet armé d'un tromblon fait feu, et la mitraille ouvre une terrible trouée dans la foule ; les paysans étonnés se replient les uns sur les autres, mais leur nombre les rassure et la vue du sang met leur fureur au comble ; ils reviennent à la charge et pressent le siége avec des cris horribles. Tout à coup une femme paraît et se précipite au-devant des baïonnettes, portant deux enfants dans ses bras ; c'est madame Dumontet qui vient une dernière fois demander la vie de son mari ; elle embrasse les genoux de ces furieux : sa jeunesse, son courage, ses enfants qu'elle tient embrassés, rien ne les touche. Point de grâce ! son mari mourra ; on la saisit demi-morte, on la retire de la mêlée, on l'entraîne avec ses enfants pour servir au besoin d'ôtages. Alors la scène devient affreuse ; le tocsin grondait à trois lieues à la ronde ; la mousqueterie épouvantait les environs, les paysans accouraient, et le nombre des assaillants grossissait sans cesse. Tous les villages voisins renforcèrent l'attaque ; mais le vieux marin, son fidèle nègre et deux ou trois domestiques, savamment embusqués derrière les lucarnes d'un avant-corps de logis, nourrissaient un feu si vif et si bien dirigé que les assiégeants ne pouvaient reformer

leurs rangs. Deux hommes n'étaient occupés qu'à
charger leurs armes. Guillin et son nègre étaient
excellents tireurs; les cadavres s'entassaient sous
leurs coups et surtout le terrible tromblon balayait
des files entières.

« Les paysans enfin se lassent, poussent des cris
de rage et désespèrent d'emporter le château par les
armes. Quelques-uns se glissent au pied des murs,
ils y amoncellent des fagots, de la paille, des pièces
de bois et y mettent le feu. La fumée s'élève à flots
épais et les vieilles tours féodales disparaissent glorieusement au milieu de l'incendie. On entendait toujours gronder le tromblon du vieux commandant, et
les balles se faisaient jour à travers les flammes;
mais la porte principale, malgré ses ferrures et ses
bois épais à demi consumés par les flammes, s'écroule
avec fracas; les paysans escaladent les débris et se
précipitent. Guillin et ses hommes font retraite jusqu'au vestibule où ils s'arrêtent pour lâcher une décharge simultanée, qui renverse dans la cour les plus
hardis de ceux qui les poursuivent; ils montent au
premier étage en rechargeant leurs armes. Cependant les portes vitrées du rez-de-chaussée tombaient
l'une après l'autre sous mille coups; la foule se répand
dans les escaliers à la suite des assiégés, dont le feu
rapide, inattendu et toujours meurtrier marque seul
les traces. Ce fut un combat héroïque d'étage en
étage, de chambre en chambre, pied à pied. Guillin-
Dumontet demeurait seul avec son nègre, car ses
domestiques étaient morts en fuyant. Enfin, toutes
les portes étant forcées derrière eux, ils arrivent

en haut des tours sur une étroite plate-forme par une
seule issue facile à défendre. — C'est ici que nous
mourrons, dit Guillin, mais nous n'y mourrons pas
seuls. — Les premiers ennemis qui paraissent à
cette issue roulent au bas des degrés sur les compagnons qui les suivent. Zamor seconde son maître
avec précision, ils ménagent prudemment leurs coups,
les morts obstruent cette ouverture qui demeure infranchissable. Tout à coup Zamor pousse un cri de
rage : il n'a plus de poudre, les munitions sont épui-
sées. — Je n'avais d'autre espoir que de mourir en
vieux soldat, les armes à la main, lui dit froidement
son maître.

« Pour la dernière fois Guillin fait feu de son tromblon, mais une balle l'atteint au front ; il s'appuie
contre la plate-forme et voit son nègre tomber derrière
lui. Quelques gardes nationaux, émerveillés de tant
de courage, parviennent alors jusqu'au vieux commandant ; ils l'exhortent à se montrer, à se rendre,
ils répondent de sa vie ; le sang coulait sur son visage et l'aveuglait ; la foule l'enveloppe, il secoue
la tête et dit : — Je suis perdu ! — Puis se relevant
hardiment, il ramasse ses forces pour ajouter : —
Qu'on m'achève donc et qu'on finisse. — La populace se jette sur lui ; ce fut à qui lui porterait les
premiers coups ; un homme de Couzon lui traverse la
tête d'un coup de fourche ; un vieux paysan de Chasselay lui abat l'épaule droite du tranchant de sa faulx ;
chacun veut lui plonger son sabre dans la gorge ;
toutefois il respirait encore, et pour ajouter aux horreurs de son agonie, on lui crie, on lui répète qu'on

égorgera comme lui sa femme et ses enfants pour
éteindre son infâme race ; enfin un jeune homme de
Curis, plus humain que les autres, l'achève d'un
coup de hache.

« Alors commence une scène qui dépasse en atro-
cité tout ce qui précède; un de ces tableaux qui, à
chaque instant dans les récits de cette époque, for-
cent l'historien à jeter sa plume ou à la tremper dans
le sang. Guillin est à peine mort que ses bourreaux se
précipitent, dépècent le cadavre, s'en partagent les
lambeaux ; les uns lavent dans son sang leurs mains
noires de poudre ; d'autres, chose incroyable et qui se
vit alors souvent ! d'autres y trempent leurs lèvres al-
térées ; on arrache les oreilles, les entrailles fumantes
de la victime, on s'en décore en guise de trophées et
de cocardes ; enfin on emporte sur une pique la tête
détachée du tronc pour la faire figurer à je ne sais
quel indescriptible festin qui se prépare à Chasselay.
Ici véritablement le cœur se soulève, et malgré l'obli-
gation d'exposer ces effets du déchaînement des
peuples, l'écrivain ne saurait se résoudre, dans la
crainte de n'être pas cru, à effrayer la postérité de
pareils détails, s'ils n'étaient exactement consignés
dans la procédure qui fut instruite à Lyon après l'é-
vénement. Les paysans, que la gendarmerie arrivée
trop tard poursuivait à Chasselay, furent arrêtés à
table, dévorant le cœur et le bras de la victime qu'ils
avaient fait rôtir.

« Pendant ces horreurs et tandis que la populace
pillait le château en flammes, madame Guillin-Dumontet s'échappait assistée de deux habitants de Po-

leymieux. Elle fut conduite avec ses enfants dans l'état le plus pitoyable, chez une dame Peillon qui voulut bien la cacher chez elle; mais bientôt les meurtriers inassouvis se ravisent et la poursuivent; on la cherche de porte en porte, en poussant des cris de mort; elle est forcée de quitter son asile, emportant un de ses enfants dans ses bras; l'autre fut confié au dévouement d'une femme de chambre fidèle qui suivit courageusement sa maîtresse. Madame Dumontet erra tout le jour dans la montagne, se cachant dans les bois, les fossés, traquée de gîte en gîte et succombant sous le poids de son enfant à demi-mort. Vers le soir, brûlée d'une soif ardente, les pieds sanglants, expirant de fatigue et d'inanition, elle arrive sur les bords de la Saône et tombe entre les mains d'une troupe de meurtriers qui la poursuivait; elle touchait à ses derniers moments; mais un officier de la garde nationale la défendit au péril de sa vie, à la tête d'un détachement que la ville de Lyon avait envoyé, malheureusement trop tard, à la défense de M. Guillin-Dumontet. Cet officier, M. Valesque, recueillit la malheureuse femme avec les égards et la pitié qu'elle méritait; il la secourut, lui donna sa troupe pour escorte et parvint à la ramener avant la nuit dans Lyon, où elle fut mise en lieu de sûreté. Ce fut là qu'elle apprit le sort de son mari et toute l'étendue de son malheur.

« A la nouvelle de ces affreux événements de Poleymieux, le club central ne sut point déguiser sa joie. La gendarmerie avait arrêté à Chasselay un des principaux acteurs de la scène, au moment où, dit-on, il buvait un verre de sang de la victime ; les agents du club parvinrent à faire remettre cet homme en liberté.

« La veuve du seigneur de Poleymieux, revêtue d'habits de deuil, parut le 13 août 1791, devant l'Assemblée nationale. Au moment où elle racontait l'horrible festin dont nous avons parlé, un cri d'horreur et d'indignation l'interrompit... Une froide discussion succéda à l'unanime émotion de l'Assemblée... A la fin le comité des finances fut chargé d'examiner jusqu'à quel point madame Guillin méritait les secours de la nation (1). »

XIV

A QUELLE SAUCE ON LA METTRA

Eh bien ! l'âme de cette horrible expédition, c'était Blangy. Séide obscur du club des Jacobins, il avait soufflé en secret la fureur de ces cruels paysans ; il avait étouffé en eux tout sentiment de pitié, repoussé toutes les propositions de paix, tous les accommodements, brûlé en un mot ces cervelles étroites du feu qui consumait la sienne. Le mobile principal de sa conduite était l'espoir, la certitude d'envelopper dans les ruines de Poleymieux celle que sa haine poursuivait. Un des domestiques du sire, un de ceux qui par faiblesse, par trahison peut-être, avaient abandonné leur vieux maître, interrogé par lui, avait en effet

(1) *Hist. du peuple de Lyon*, etc., t. I, chap. iv.

révélé qu'une jeune femme dont le portrait répondait à celui qu'en traçait Blangy, était réellement entrée depuis quelques jours au château, qu'elle paraissait y jouir d'une certaine considération et y était l'objet des plus grands égards. On disait qu'elle avait fui la persécution, ou plutôt les troubles de la ville. Et comme Mariette était sortie de nuit, à l'insu des gens de la maison, ce serviteur affirmait qu'elle devait encore y être, cachée sans doute en quelque coin ; et sur cette donnée, le terroriste, l'œil étincelant de fureur, le cœur rempli d'une joie sauvage, avait le premier lancé le cri de mort contre le vaillant chatelain et dirigé les assauts de la foule ameutée.

Hélas! sans le savoir, ou du moins d'une autre façon qu'il ne s'y attendait, il portait un coup terrible à la jeune fille. Aux premières vociférations des paysans, elle pressent le malheur qui va arriver et frissonne de tous ses membres. D'une petite fenêtre de grenier, elle peut suivre les mouvements dont le manoir est le but ; elle voit les bandes de paysans accourir de tous les côtés, armés de faulx, de bâtons, de fléaux, de barres de fer ; elle entend le tocsin aux sons lugubres renvoyés par tous les échos ; des cris de mort, des hurlements sinistres s'y mêlent ; tout annonce une scène de deuil et de carnage, telle que des hommes égarés peuvent en produire. Immédiatement sa pensée se reporte sur cette noble dame de Poleymieux, et elle se figure les transes où elle doit être. Elle sait les dispositions du vieux guerrier ; il a juré de ne pas suivre l'exemple des autres seigneurs, et il est de caractère à tenir parole. Dans son compâ-

tissant émoi, Mariette se repent d'avoir quitté le
château, de n'avoir pas partagé le sort de madame de
Poleymieux; elle délibère si elle n'ira pas la rejoindre;
mais son hôtesse, à qui elle communique cette pensée,
l'en détourne de toute sa force. — Gardez-vous-en
bien, lui dit-elle; ne commettez pas cette insigne
folie. A quoi serviriez-vous là? De quel secours seriez-
vous? Si vous saviez manier le fusil comme M. de
Poleymieux ou comme son nègre Zamor, à la bonne
heure! Mais, faible femme comme vous l'êtes, vous ne
seriez qu'un embarras de plus. Voilà longtemps que
j'entends ces méchants paysans comploter contre le
château. Je ne sais ce qu'ils ont à lui reprocher,
si ce n'est les bienfaits sans nombre qu'ils en ont
reçus. Mais ils lui portent une grande haine. Un si
généreux seigneur! une si bonne dame! c'est vraiment à faire dresser les cheveux sur la tête. Le carme
de l'autre jour avait bien raison de nous le dire : —
L'homme dépravé est le plus méchant des animaux.
— Il a la férocité, et de plus il a l'intelligence et le
raisonnement pour diriger sa haine. Je m'attends à
d'affreuses choses. Mon Dieu! mon Dieu! où allons-
nous?

Les deux pauvres femmes purent ainsi suivre toutes
les phases de l'horrible drame que l'on vient de raconter. Elles virent les paysans environnant le château;
madame de Poleymieux parlementant avec ces êtres
féroces, puis saisie par eux avec ses deux enfants;
puis l'attaque, l'incendie, le pillage; et l'épouvante
ne quitta pas leur cœur, ni les larmes leurs yeux.
Partagée entre les sentiments les plus divers, Mariette

ne savait à quoi se résoudre. Elle avait reconnu
Blangy à la tête du mouvement ; elle le voyait à côté
de Rosier gesticuler, commander, exciter les émeutiers,
et quand celui-ci tomba sous le pistolet du seigneur,
prendre la direction de l'assaut. Quelques autres
clubistes de Lyon, bien connus d'elle pour avoir souvent hurlé à sa porte, secondaient de leur mieux la
criminelle entreprise, en se répandant parmi le peuple
et pérorant de toute la vigueur de leurs poumons. En
vertu de cet ascendant qui est l'apanage de l'audace,
ils avaient saisi l'autorité ; et ces paysans aussi stupides que cruels, oubliant les chefs qu'ils s'étaient
donnés eux-mêmes, obéissaient ponctuellement aux
ordres des délégués des clubs. Mariette avait pâli, à
l'aspect de son ancien amant ; elle se dit que l'attaque
du château de Poleymieux pouvait bien n'être pas le
premier but de Noël Blangy. Avec ce flair particulier
que donne la haine, il aura découvert sa retraite et
sera venu dans l'espoir d'exercer sa vengeance. Il la
croit là, sans doute, et voilà pourquoi il déploie tant
de zèle contre le féodal castel. Puis elle repousse
cette supposition. Le plaisir de détruire une demeure
et peut-être une famille aristocratique, ne suffit-il pas
pour déterminer une pareille expédition ? Ne jure-t-
on pas chaque jour, au club des Jacobins, de couper
le cou à tous les seigneurs et de raser leurs manoirs
au niveau du sol ? Et Blangy, Noël Blangy, ce paisible jeune homme d'autrefois, cet honnête ouvrier,
n'est-il pas devenu un révolutionnaire fougueux, un
terroriste enragé ? Le hasard seul les a donc encore
réunis sur le même point, lui le bourreau, elle la

victime. Mais qu'arrivera-t-il s'il vient à la découvrir ? Ah ! sa chair frissonne à cette seule question. Quels outrages, quels tourments ne devrait-elle pas attendre de la part de ce cruel ennemi, de la part de ces sauvages campagnards? Ivres, comme ils le sont, de fureur, de vin, de sang peut-être, à quels excès ne peuvent-ils pas se porter? Mon Dieu ! mon Dieu ! épargnez-lui un sort aussi horrible.

Elle communique ses craintes trop bien fondées à son hôtesse, que de poignantes douleurs laissaient à peine maîtresse d'elle-même. Attristée autant qu'effrayée des horreurs qu'elle voyait et de celles plus grandes encore qu'elle ne voyait pas, l'ancienne servante de la maison de Poleymieux semblait avoir perdu la tête. — Ah ! monstres ! répétait-elle tout égarée. Ah ! misérables ingrats ! quel souffle d'enfer vous a passé par la tête ! O mon bon maître ! ô ma pauvre maîtresse ! mes chers petits enfants ! que feront-ils de vous? qu'allez-vous devenir? — Et elle aussi voulait s'élancer vers le château, se jeter au-devant de ces féroces paysans et leur dire : Tuez-moi, avant de les tuer. Une jeune fille, sa nièce, qui était entrée à la nouvelle des abominations qui se préparaient, dut lui faire les remontrances qu'elle adressait tout à l'heure elle-même à Mariette, pour l'empêcher de courir à une mort certaine. Par là, la retraite de notre héroïne se trouvait avoir une confidente de plus. Cette circonstance rappela la vieille femme à elle-même. Elle recommanda, ou plutôt elle commanda à sa nièce une discrétion parfaite, puisque si la présence de la jeune étrangère était connue, ce

14

serait encore une victime jetée à la fureur de ces émeutiers. Toutes les trois, palpitantes de terreur, suivirent à travers leurs larmes cette bataille si inégale, si terrible, entre un vieillard et plusieurs milliers d'hommes. Puis, quand le château fut enfin envahi, quand la cessation des coups de feu eut appris que tout était fini, que les acteurs de cette scène barbare commençaient enfin à se disperser, il fallut bien songer à sa propre sécurité. On venait de voir la tête de l'infortuné seigneur fichée au bout d'une pique et portée en guise de trophée.

— Ils ne s'arrêteront pas là, dit la pauvre vieille en tombant à genoux, les mains jointes et en regardant ce sanglant objet avec un frisson d'horreur. O mon cher et bon maître ! ô vénérable seigneur de Poleymieux, est-ce là la récompense de vos bienfaits ? Mais je ne vous plains plus, puisque vous voilà délivré de cette misérable vie, et que vous êtes mort de la mort des martyrs. Et votre noble épouse, et vos chers petits enfants ! Quoi ! leur réserverait-on un traitement aussi affreux ? Miséricorde et justice de mon Dieu, je vous invoque ! Arrêtez, arrêtez, par le tonnerre s'il le faut, la fureur insensée de ces fils de l'enfer. Oh ! que je donnerais volontiers ma vie pour épargner ces exécrables forfaits ! Mon Dieu ! mon Dieu ! n'ai-je tant vécu que pour être témoin de choses aussi épouvantables !...

Tant que le lugubre trophée fut visible, elle l'accompagna de ces exclamations douloureuses, de ses plaintes et de ses larmes. Mais bientôt un tremblement universel s'empare de ses vieux membres ; sa tête tourne, ses paupières s'affaissent et elle tombe sans connaissance. Déposée sur son lit, elle y est saisie d'une fièvre violente, et comprend qu'il lui sera impossible de survivre à la mort de son maître. Aussi se hâte-t-elle de donner à sa nièce les instructions nécessaires.

— Louise, c'est à toi que je remets le dépôt qui m'a été confié. Ton père est un révolutionnaire, je le vois bien, puisqu'il a pu prendre part à ces cruautés. Pourtant, il faut que tu sauves cette jeune femme. C'est une chose sacrée, et tu m'en répondras devant Dieu. Louise, je t'adjure au nom du ciel de veiller sur la jeune étrangère.

— Soyez tranquille, ma tante, répond la nièce. Je vous promets d'y mettre tous mes soins ; j'ose même vous assurer qu'elle sera en parfaite sécurité. Je vais la faire passer dans ma chambre, je lui fournirai tout ce qui lui sera nécessaire, et personne ne saura qu'elle est là.

— Personne? Puis-je y compter? O ma fille, ton père!... ton père !... Est-ce possible? La tête me tourne... Jure-moi devant Dieu qu'il ne saura rien de la présence de cette intéressante fugitive.

—Rien, ma tante, je vous le jure et, de ce pas, je vais accomplir ma promesse.

Les deux maisons étaient contiguës et avaient chacune un petit jardin. Un escalier extérieur prenant dans l'un de ces jardins, conduisait à la chambre qu'occupait la nièce Louise. Cette chambre était exclusivement à son usage. Là était son gîte, son modeste mobilier, et aussi son métier d'ouvrière en soie.

Une alcôve, garnie de rideaux, renfermait son lit. La seule communication avec le reste du logis était une porte que la jeune ouvrière tenait habituellement fermée, afin d'être moins distraite dans son travail, car elle était très-laborieuse : toutes circonstances qui favorisaient singulièrement la retraite momentanée de Mariette. Avant donc que le propriétaire ne fût rentré, les deux jeunes filles s'étaient glissées dans le jardin, avaient franchi la palissade, Mariette était installée dans l'alcôve, et Louise (bien que ce fût un dimanche) se mettait à son métier.

Bientôt un grand tumulte de chants et de cris annonça qu'une partie des glorieux vainqueurs rentraient au village. Nous disons une partie : car les plus jeunes ou les plus furieux s'étaient mis à la poursuite de la châtelaine. Le père de Louise s'avançait, escorté d'une douzaine de ses compagnons, qu'il avait invités à boire. De tout temps les démocrates ont eu soif ; mais la chaleur et la fatigue avaient particulièrement altéré ceux-ci. Leur conversation animée, leurs chants patriotiques attestaient la satisfaction que leur causait la grande victoire qu'ils venaient de remporter. Bientôt Mariette put les entendre ; car une cloison assez mince séparait son alcôve de la chambre où ils s'étaient attablés. Elle frémit quand elle entendit la porte s'ouvrir. C'était le père de Louise qui entrait, attiré par le bruit du métier de sa fille.

— Ohé! Louisette, te voilà à ta besogne, comme nous à la nôtre. Sais-tu ce que nous avons fait du nid d'aristocrates ?

— On me l'a déjà dit, mon père.

— Eh bien! le vieux loup de mer est en morceaux, et nos gens sont à la poursuite de la louve et des louveteaux. Comment! tu n'es pas venue voir?

— Je n'aime pas trop les spectacles de ce genre. Et puis... je prends la liberté de vous le dire : je ne vois pas bien ce que l'on pouvait reprocher à M. de Poleymieux, et encore moins à sa dame.

— Comment! des aristocrates! des ennemis du peuple! des royalistes! des contre-révolutionnaires! Tu aurais donc consenti à vivre éternellement dans l'esclavage?

— En vérité, je n'en ai jamais senti le poids. Il me semble que M. de Poleymieux n'était pas bien dur envers ses fermiers, et que sa dame était bien bonne pour les pauvres et les malades.

— Allons! allons! je vois que tu es toujours dans les idées de ta vieille tante. Mais cela tombera, quand tu auras compris les bienfaits de la liberté. En attendant, je suis bien aise que tu te moques du dimanche, puisque te voilà au travail aujourd'hui.

— Pas pour longtemps. Je n'ai plus que quelques coups à donner pour achever ma pièce, et vous savez que Nibelle doit la porter cette nuit à Lyon. A chaque coup de navette, je demande pardon à Dieu de cette infraction à sa loi. Lui qui connaît le fond des cœurs, sait bien que j'agis par nécessité.

— A propos, dit le paysan révolutionnaire en baissant la voix, viendras-tu un moment? Nous avons là quelqu'un qui ne serait pas fâché de te voir. C'est un brave, celui-là, un ardent; je jure que la nation aurait bientôt fait ses affaires, si elle n'avait que des serviteurs comme lui. Il se nomme Blangy et nous est venu de Lyon, pour diriger l'entreprise. C'est son courage qui nous a soutenus ; sans lui nos paysans s'enfuyaient, tant ce vieil aristocrate montrait d'énergie. A toute armée il faut un chef ; et il n'y a que les gens de ville, je le vois bien, qui aient le toupet et la science nécessaires pour cela.

— Mon père, dit la jeune fille en poussant plus vivement sa navette, je n'ai rien à faire à ce M. Blangy. D'ailleurs ma besogne presse, et puis ma tante est malade.

— Ah ! la vieille bête ! Je parie que c'est cette histoire-là qui lui tourne la tête. Elle aime tant ce qu'elle appelle son vieux maître qu'elle est dans le cas d'en crever. Eh bien ! qu'elle crève ! Comme le dit très-bien ce brave jeune homme : — Il y a un tas de gens qui ne sont pas dans le cas d'apprécier les bienfaits de la liberté. Il faudra bien qu'on s'en débarrasse. — Viendras-tu ?

— Mais encore une fois, mon père, pourquoi faire ?

— C'est que, reprit l'émeutier en parlant plus bas, il cherche quelqu'un, une femme, qui était au château ces jours derniers et qui n'y est plus.

— Est-ce à moi de la lui retrouver ? Voilà qui est drôle, par exemple. Suis-je chargée de lui ramener sa femme ?

— Ce n'est pas sa femme, à proprement parler. Mais il la veut, et il la lui faut. Il y a une récompense.

— Je le remercie de sa récompense. Vous pouvez

lui dire que je n'entends rien à la chasse aux femmes.

— Diable ! trois cents livres ! ce n'est pas rien, et il les donne. Avec cela tu pourrais acheter une chaîne d'or, et moi achever de payer ma vigne.

— Je n'ai pas besoin de chaîne d'or et vous paierez votre vigne comme vous pourrez, mon père. Quant à moi, je ne veux point de ce métier-là. Poursuivre une femme, comme le chien un lièvre ? Jamais ! Et qu'er veut-il faire, de cette femme ? Ce qu'on a fait de M. de Poleymieux, sans doute ?

— Cela le regarde. Mais quand je dis poursuivre, il faut s'entendre : cela ne veut pas dire courir après, comme on court maintenant après celle du vieux loup de mer, mais s'informer si elle ne serait point par ici. On dit qu'elle est entrée cette nuit chez ta tante. Nous en sortons, elle n'y est pas, et la vieille nous a lancé plus de malédictions et d'anathèmes qu'il n'en faudrait pour tuer un bœuf sur place. Pourtant elle n'a pas nié formellement que cette étrangère ait passé chez elle. Malgré ses faux-fuyants et ses phrases entortillées, j'ai cru deviner le fait. Eh bien ! si peu que tu y mettrais de bonne volonté, tu retrouverais la trace : car il n'est guère possible que la créature soit sortie de Poleymieux sans qu'on l'ait vue. Et je te le répète : il y a trois cents livres de...

— Quand il y en aurait trois cent mille ! répliqua vivement Louise. Je vous en prie, mon père, n'insistez pas là-dessus. Je ne m'avilirai jamais jusqu'à livrer une personne de mon sexe.

— Bon. Mais tes idées changeront. Tu deviendras patriote, je l'espère. Les niaiseries dont ta grand'tante

a rempli ta tête s'en iront petit à petit... Nous allons vivre sous un autre régime, ma chère; à bas les
seigneurs ! à bas les riches ! vivent les petits ! c'est
ce qu'il faut crier désormais. J'aurais été bien aise
que tu fisses acte de présence; mais enfin puisque
cela ne te plaît pas, ainsi soit.

On devine sans peine quelle impression ce court
dialogue fit sur Mariette, qui entendait tout du fond
de son alcôve. Son persécuteur est là, à deux pas
d'elle. Déjà elle entend sa voix qui domine toutes les
autres dans le *Ça ira*. Et la voilà abandonnée à la
garde d'une jeune inconnue, de la fille d'un révolutionnaire ardent ! Et sa présence dans le village est
soupçonnée ! Et le moindre incident peut la trahir,
la livrer aux plus ignominieux outrages et à un sort
pareil à celui de cet infortuné seigneur ! Un étrange
abattement est la conséquence de ces réflexions. En
attendant, Louisette fait retentir son métier, comme
si une puissante nécessité l'y obligeait. En réalité,
elle ne veut que tromper son père, jusqu'à ce qu'elle
puisse pourvoir au salut de l'étrangère confiée à ses
soins. A peine est-elle assurée qu'il est réuni aux
buveurs qu'elle ferme doucement sa porte à clé,
et vient trouver Mariette pâle de découragement et
tourmentée de l'inquiétude la plus vive. Elle se jette
à son cou et lui dit :

— Ne craignez rien, chère amie, (il faut bien que
je vous donne ce nom) ; je vous prends sous ma sau-
vegarde, et, Dieu aidant, il ne vous arrivera rien de
fâcheux.

— Le croyez-vous, bonne Louise ? Je ne doute

certainement pas de la sincérité de votre cœur. Mais
le danger est bien grand, et surtout bien voisin. J'entends, à travers cette mince cloison, la voix de celui
qui fut mon ami d'enfance, et qui est aujourd'hui mon
plus cruel ennemi. Votre père vient de vous le dire :
ma présence au village est connue, soupçonnée du
moins. On va commencer des perquisitions, je n'en
puis douter : car la haine de ce malheureux jeune
homme est aussi sagace qu'obstinée et... Oh ! tenez,
il me semble qu'il me flaire d'ici, que son odorat de
chien de chasse lui révèle ma retraite. Mon Dieu !
mon Dieu ! quel malheur serait le mien ! Et comment
l'éviter ?

— Ne vous montez pas la tête. Cela ne sert à rien
de se désespérer. Plus vous êtes près de lui, plus
vous en êtes loin. La part que mon père vient de
prendre à cette affreuse expédition, (et aurai-je assez
de larmes toute ma vie pour l'expier ?) vous servira
de garantie contre les perquisitions que vous redou-
tez. De mon côté, je suis bien décidée à tout braver,
à tout souffrir, à tout entreprendre, pour vous tirer
d'embarras. Mais enfin quel motif a donc ce Blangy
de vous persécuter ainsi ?

Mariette raconta son histoire et l'étrange ténacité
que cet ancien ami mettait à la tourmenter. La colère
de l'amant désappointé se joignait ici à la fureur du
révolutionnaire ; et si le dernier de ces motifs avait
pu, à lui seul, causer l'horrible forfait qui venait de
se commettre, que devait-ce être des deux réunis ?

— Oh ! le goût du sang ! ajouta-t-elle en étouffant
ses sanglots de peur d'être entendue ; il paraît que

cela donne le vertige. Vous dirai-je que ce jeune
homme en avait une telle horreur, quand il était
petit, qu'il ne pouvait supporter de voir saigner un
poulet? Grand Dieu ! quel chemin il a fait depuis, et
qu'on va vite dans cette voie ! Non, Louise, non, ma
chère enfant, il ne s'arrêtera pas qu'il n'ait vu couler
mon sang, qu'il ne l'ait bu, qu'il ne s'en soit enivré,
qu'il n'ait dépecé ma chair en lambeaux, comme il
vient de le faire sur ce noble et infortuné seigneur...
Mon Dieu ! mon Sauveur ! suis-je donc destinée à ces
horreurs ?...

Comme pour appuyer ces sinistres prévisions, la
voix de Blangy entonna je ne sais quelle chanson républicaine : une de ces mille productions informes
que la révolution enfanta, et où les vœux les plus
atroces s'exprimaient dans un langage incorrect et
violent. D'ordinaire on les adaptait à quelque air
connu du peuple, afin de les rendre plus faciles à retenir. Le refrain de celle-ci était :

> Et j'entends me faire un collier
> Des boyaux d'un aristocrate.

L'entrain avec lequel Blangy chantait cette hideuse
ritournelle indiquait assez la joie, ou plutôt la fureur
qui le possédait. Car au fond il n'était pas joyeux :
il n'avait pas trouvé celle qu'il cherchait. Après
trois ou quatre couplets de son chant patriotique, il
s'arrêta subitement et revint à l'objet qui lui tenait
au cœur.

— Trois cents livres ! dit-il en frappant sur la table. Je les promets à celui qui m'amènera Jeanne-

Mariette Deslauriers, jolie blonde, âgée de dix-neuf à vingt ans. Je sais de source certaine qu'elle est venue dans ces parages.

— Je suis sûr aussi qu'une jeune femme est entrée secrètement au château, dit un des buveurs. Je passais moi-même par hasard, pendant la nuit du dix au onze de ce mois, quand je vis un des serviteurs du *feu* sire, *feu* Zamor (il passa sur toutes les lèvres un sourire atroce), conduire en silence par la petite poterne un être vivant, en qui j'ai pu reconnaître une femme. La poterne se referma sans bruit. Je ne fis pas attention alors à cet incident; mais ce que dit le citoyen Blangy me le remet parfaitement en mémoire.

— Plusieurs personnes, dit un autre, affirment avoir vu une étrangère se promener avec la dame, à la nuit close. Mais cela ne prouverait rien : *feu* Guillin voyait beaucoup de monde. Cependant le signalement se rapporterait assez au portrait que l'on nous fait.

— Elle aura été rôtie, cria un troisième. Je parierais qu'on retrouvera dans quelque coin ses os calcinés.

— Mais non, reprit un des municipaux, puisqu'on l'a vue dans le village.

— Alors, répliqua Blangy, il n'y a rien de plus facile que de s'en assurer. Il fait encore jour : qu'on fasse partout une enquête domiciliaire ; une femme ne s'échappe pas comme une souris.

— Je ne le cache pas, dit le père de Louise, mes soupçons se portent sur ma tante, une vieille femme

qui a servi le château soixante ans. Et je suis sûr que
tout Poleymieux la nommerait unanimement comme
la seule capable de faire cela. Mais je sors de chez elle,
et il n'y a personne. Bien plus, elle est malade d'a-
voir vu la tête du loup de mer, son maître, au bout
d'une pique. Il faut bien passer quelque chose aux
vieillards. Mais, citoyen Blangy, quel intérêt si grand
attaches-tu donc à retrouver cette fillette ?

— C'est mon secret, l'ami. Trois cents livres à
celui qui me rapportera sa tête au bout d'une pique !
Et je l'inviterai de plus à la manger avec moi à la
sauce piquante, comme ceux de Chasselay vont le
faire des membres de votre aristocrate.

— Ils l'ont promis, dit une voix, et je ne doute pas
qu'ils ne tiennent parole. Il y a assez de temps qu'ils
crient contre Guillin-Dumontet.

— Cuite au vin blanc, reprit Blangy, la tête que je
poursuis ne serait pas mauvaise. Elle ne manque pas
de cervelle. Mes amis, mes amis, point de sensiblerie,
point de vaine pitié. Un patriote doit tendre à son
but à travers tous les obstacles. Il y a bien des têtes
à abattre, si l'on veut asseoir sur une bonne base la
future république.

— Beaucoup ! beaucoup ! dit un convive. Mais
j'espère qu'on ne s'en fera pas faute. Et d'abord, que
chacun se débarrasse de son seigneur ; c'est tout naturel et tout simple. Cela fera déjà une belle affaire
et une grande place vide...

La conversation continua quelque temps sur ce
ton. Mais Mariette ne la suivait plus : en entendant dire
que sa tête devait cuire au vin blanc, elle était tom-

bée sans connaissance. Fort heureusement, le bruit
du métier que Louise venait de reprendre empêcha
son faible cri de parvenir à l'oreille des patriotes. En
s'approchant discrètement, la jeune ouvrière la voit
appuyée contre son lit, pâle et évanouie. Elle la secoue tout doucement et la rappelle à elle. Le tumulte
de la chambre voisine paraissait augmenter, à mesure
que le vin et le patriotisme échauffaient les têtes. Mariette étourdie, égarée, avait peine à reprendre son sangfroid. Un affreux malaise l'avait envahie subitement ;
elle se figurait (puissance étrange de l'imagination !)
que sa tête cuisait dans du vin blanc ; elle entendait
le pétillement de la flamme, le bouillonnement du li-
quide, et souffrait à peine moins qu'elle n'eût souffert
si elle avait pu subir, vivante, un si horrible martyre. Cependant la voix de Blangy, sonore, retentissante, comme celle d'un maître qui veut dominer le
bruit d'une classe turbulente, finit par rappeler son
attention. Le terroriste répétait sa promesse (elle
était menteuse : car il n'avait rien) et provoquait
tous ses frères et amis à commencer l'enquête. On
était en verve, le clubiste avait gagné l'estime générale par son habileté et son éloquence, personne ne
pouvait se refuser à une demande aussi raisonnable.
— Eh bien ! soit ; la jolie blonde de dix-neuf ans !
cria le propriétaire de la maison. — Le cher homme
était moins désintéressé que sa fille, et désirait fort
avoir de quoi payer sa vigne. — Oui, la blonde ! la
jolie blonde ! répétèrent une douzaine de voix. Entre
tant de chasseurs, il est difficile qu'elle échappe.
— Quelques-uns ajoutèrent de vilaines plaisante-

ries, et l'on descendit pour commencer l'opération.

— Laissez-les dire, laissez-les faire, dit Louise à la pauvre fugitive qui tremblait de frayeur. Je vous crois en sûreté ici, au moins pour le moment. Laissons-les courir partout où vous n'êtes pas, dans l'espoir qu'ils ne s'aviseront pas de venir où vous êtes. Certes, je m'effraie de voir mon père devenu tout à coup si révolutionnaire ; mais à quelque chose malheur est bon : du moins on ne soupçonnera pas qu'il recèle chez lui la victime qu'on cherche.

— C'est bon pour un instant, chère amie ; mais vous ne pouvez pas indéfiniment me garder ici. Le moindre incident peut trahir ma présence. Et qu'arrivera-t-il, si votre père me découvre ?

— Je n'ose répondre. Moi qui croyais mon père, sinon grand ami du roi et des seigneurs, au moins honnête et juste, je suis confondue, attérée, du rôle que je lui vois prendre. C'est comme votre Blangy ; il ne marche pas, il se précipite dans cette voie funeste et atteint du premier bond au fond même du crime. Tuer ! voler ! je me figurais que ces crimes étaient à une distance infinie de chez nous, et les voilà à notre seuil ! N'importe : je vous sauverai ou cela ne sera pas possible.

— Oh ! non, cela n'est pas possible, reprit Mariette en larmes. Toutes vos ressources n'y pourraient suffire.

— Point de découragement, encore une fois. N'avez-vous personne chez qui vous voudriez être ? aucun asile ? aucun pays où vous puissiez vous croire en sûreté ? Si vous retourniez à Lyon ?

— Lyon est inhabitable pour moi. J'ai fui devant
les insultes quotidiennes dont j'étais l'objet. Calomniée dans les journaux, diffamée dans l'opinion publique, méprisée de mes voisins, abandonnée de mes
amies et de mes connaissances, je n'y ai plus aucun
point d'appui. Mon seul défenseur, l'abbé Regny,
vient d'être arrêté, m'a-t-on dit au château, pour
avoir combattu vivement la nouvelle constitution imposée au clergé. Grâce à l'influence que Noël Blangy
a prise sur les Jacobins, il n'est pas un d'eux qui ne se
croie obligé de m'injurier en passant. Que retournerais-
je faire à Lyon? Vous venez d'entendre dans quelles
dispositions Blangy est à mon égard. Rentrer à Lyon,
ce serait m'exposer à mille avanies et à une mort certaine.

— Je pense à une chose, alors. Je sonderai mon
père. Il ne m'est pas possible de le croire aussi méchant qu'il paraît l'être. Évidemment, c'est une concession qu'il a cru devoir faire à la circonstance. C'est
par peur, par entraînement qu'il a agi, et non par
conviction. Il a voulu hurler avec les loups. Mais je
persiste à croire que son cœur n'est pas gâté, qu'il
n'est révolutionnaire qu'en apparence.

— Et puis?

— Je le prierais alors de vous garder jusqu'à ce
que l'orage soit passé, c'est-à-dire jusqu'à ce que
votre persécuteur soit parti. Je suis sûre que notre
village rentrera alors dans son calme habituel : car,
vraiment, M. Guillin-Dumontet n'était point haï, et
sa dame encore moins. Il a fallu les excitations partiés
de Lyon pour soulever une pareille tempête et pro-

duire un crime aussi affreux. Quand ce vent funeste
aura cessé de souffler, le calme renaîtra de lui-même.

— Ah ! répartit Mariette avec un geste d'incrédu-
lité, il n'y a guère à s'y fier. On ne revient pas facilement d'une démarche aussi accusée. Il est certains
crimes horribles qui ne permettent plus à ceux qui
les ont commis de reculer. — On glisse aisément
dans le sang, dit souvent le bon abbé Regny, mais
on ne s'en relève pas aussi vite, quand on y est tombé.

— Je suis fâchée de vous le dire, ma chère amie, mais
votre père peut être considéré comme acquis à la
cause du désordre, d'autant plus que la cupidité s'en
mêle. Et c'est bien là la raison pour laquelle les habitants des campagnes donnent si généralement dans
ces idées : c'est qu'on leur promet de grands avantages,
le partage des biens seigneuriaux, et à quoi ne se ré-
soudraient-ils pas pour agrandir leurs domaines ?

— Je le vois trop bien. Très-certainement c'est là
le piége pour mon père. Il a la manie d'acheter des
propriétés, et ne peut que difficilement les payer. Vous
avez vu què l'espoir de gagner trois cents livres l'a
séduit et lui a tourné la tête.

— Trois cents livres qu'il n'aurait pas, que vous ne
gagneriez pas en me livrant : car celui qui les promet
est loin de les avoir. Il meurt de besoin, au contraire,
depuis que le travail a cessé. A moins que le club
des Jacobins ne lui ait promis cette somme, ce que
j'ai peine à croire, puisqu'il ne compte guère que des
gens ruinés et des va-nu-pieds parmi ses membres.

— Revenons à notre affaire. Puisque vous pensez
qu'il n'y a pas à se fier à mon père, nous aviserons à

un autre moyen. Seulement il faudrait savoir où vous désirez aller.

— Je suis propriétaire en Dauphiné. Un oncle m'a légué une petite fortune dans cette province, et je serais bienheureuse de vous la faire partager, si...

— Merci! merci! ne parlez pas de récompense; ce que je fais n'en vaut pas la peine. Et encore n'êtes-vous pas hors de péril, bien que j'aie grand espoir que vous en sortirez. C'est donc en Dauphiné que vous voudriez aller?

— Oui, mais je serais seulement contente d'être à quelque distance d'ici, hors de la portée de mon persécuteur. Une fois à Villefranche, par exemple, je n'aurais plus d'embarras. Je connais un des magistrats de la ville, qui est même mon parent. Procurez-moi les moyens de parvenir en cette ville, et vous m'aurez sauvée.

— C'est peut-être plus difficile que vous ne pensez. Tous les paysans de la contrée sont à la poursuite de madame de Poleymieux, et vous auriez de la peine à échapper à leur surveillance. Peut-être feriez-vous mieux de retourner à Lyon. Nous avons ici un commissionnaire qui y va tous les trois jours, avec une petite charrette attelée d'un âne. C'est un brave homme qui ne partage point les opinions du temps. Il part vers minuit. Je pense qu'il ne refuserait pas de vous recevoir, de vous cacher dans sa voiture, de... Ho! qu'est-ce que ces cris? Qu'y a-t-il donc encore?...

Louise court se mettre à la fenêtre et se retire aussitôt en disant :

— Vite! vite! cachez-vous. C'est votre persécuteur qui revient avec mon père.

16

Mariette s'empressa de se retirer au plus profond de son alcôve. Bientôt elle entendit les voix des buveurs, qui paraissaient respirer la joie et, par-dessus toutes, celle de Blangy riant aux éclats.

XV

RETOUR VERS LE PASSÉ

Quelque modeste que fût l'existence de Mariette au sein d'une ville comme Lyon, un certain bruit pourtant s'était fait autour d'elle. Les deux articles du journal, le mariage manqué, l'attention que lui avait prêtée le club des Jacobins, celle dont les patriotes l'honoraient presque chaque jour en passant devant sa porte, tout cela l'avait mise en relief, et avait procuré à son nom une sorte de célébrité. Ces diverses raisons firent que sa disparition ne passa point inaperçue. Quelques lignes du *Courrier de Lyon* donnèrent encore plus d'importance à ce fait. Elles étaient ainsi conçues : « L'ex-fiancé du muscadin G. D. D. ne s'est point noyée, comme on l'avait dit. Cédant à la manie de la classe aristocratique (à laquelle, par une étrange vanité, elle croit appartenir) elle a simplement émigré. On ignore encore si c'est à l'extérieur ou à l'intérieur. C'est là un exemple dangereux. Il serait à souhaiter qu'on appliquât ici la loi qui ordonne la saisie des biens des émigrés. Si chacun se met à suivre une pareille voie, nos villes et nos campagnes seront bientôt désertes. Ce ne serait pas seu-

lement la classe noble, le chatelain brouillé avec ses
fermiers, le grand seigneur justement détesté de ses
vassaux, qui iraient ainsi porter sur la terre étrangère
leurs pénates et leurs moyens d'existence ; mais aussi
le simple villageois, l'artisan, l'ouvrier, tous ceux que
des préjugés stupides attacheraient à un ordre de
choses condamné et rendraient ennemis du grand
mouvement qui s'opère. *Caveant consules.* Avis à
qui de droit ! »

Cet article éveilla encore l'attention sur le logis vide
du quai Saint-Clair. Quelques mains démocratiques
prirent la liberté de coller sur sa porte différents avis :
Appartement à louer... Maison à vendre... Proprié-
taire à pendre... Saisie au nom de la loi... Mort
aux émigrés... Loyer d'une ci-devant soubrette... et
autres gentillesses de ce genre. De temps en temps
un jeune patriote lançait une pierre contre la porte,
puis contre les fenêtres ; un carreau volait en éclats
aujourd'hui, un autre demain. Puis le châssis se
trouva peu à peu brisé, de manière à laisser entrer le
premier gamin venu. Divers dégâts s'ensuivirent. Les
tapisseries furent souillées, les meubles salis, quelques-uns mutilés. Cette maison déserte devint le
point de réunion des jeux des enfants du quartier.
Comme nul n'avait soin d'y veiller, personne ne s'en
inquiétait. Quelques vieilles femmes disaient seulement en passant :

— C'est dommage : une maison si proprette ! Que
dirait la mère Deslauriers, si elle revenait au monde ?
On devrait bien nous la donner. La nation a tort de
la laisser *inculte.* — En attendant, la dévastation con-

tinuait. On s'enhardit peu à peu à monter l'escalier,
et à recommencer en haut ce qu'on avait fait en bas.
Les images attachées aux murs disparurent une à
une. Le lit de Mariette se trouva un beau jour sans
rideaux. La courte-pointe s'en alla la nuit suivante ;
le matelas et l'oreiller suivirent la même route. Le
vieux fauteuil de la grand'mère déguerpit aussi, et,
après lui, toutes les chaises. La commode ne partit
pas, mais seulement son contenu et sa serrure. Une
glace, deux vases d'albâtre, la vaisselle, divers autres
meubles, lassés sans doute de se trouver sans maître,
s'en procurèrent tour à tour. La vieille servante
ayant eu vent de ces ravages, essaya de s'installer au
logis pour les empêcher ; mais elle fut si bien injuriée,
houspillée, bousculée, menacée, qu'elle sentit que
sa vie n'était pas en sûreté ; force lui fut de se retirer.

C'était quelque chose de curieux et de triste que
cette maison se dégarnissant d'elle-même ; mais le plus
curieux et le plus triste c'était de voir la joie du public méchant et l'indifférence du public honnête. —
C'est bien fait, disait le premier ; pourquoi s'en allait-
elle ? Le bien des émigrés appartient à la nation, au premier venu. — C'est drôle, disait l'autre. En un clin-d'œil
le logis de cette fille va être dépouillé. Pourvu qu'on ne
finisse pas par le démolir ! — La police, bien entendu,
laissait faire ; elle avait, comme l'on dit, bien d'autres
chiens à étriller. D'ailleurs la municipalité était formée de Jacobins ; et si elle eût le temps de s'occuper
d'un si mince détail, c'eût été pour approuver l'acte
de justice révolutionnaire, par lequel les patriotes du

quartier Saint-Clair préludaient aux grandes mesures
qu'on allait prendre.

Une seule personne prenait un intérêt sympathique
à ce pillage, ou plutôt à celle qui en était la victime :
c'était Reine Deluze. Quoi qu'elle fît, Reine ne pouvait
se défendre d'attachement pour cette pauvre ouvrière,
si noble de sentiment, si élevée au-dessus de sa condition ; et la persécution dont elle était l'objet n'avait
fait qu'augmenter son estime et son affection pour
elle. Sans qu'on s'en aperçut au sein de sa famille,
elle suivait de loin tout ce qui concernait Mariette ;
elle écoutait ce qui pouvait se dire en sa présence,
elle provoquait des explications, recueillait des renseignements, et se convainquait de plus en plus
que les articles du *Courrier* devaient n'être que de
pures calomnies. Et son bon cœur la pressait d'entreprendre la tâche de réhabiliter cette intéressante victime, au moins dans l'esprit de celui qui avait d'abord
fondé sur elle l'espoir de son bonheur.

René était guéri, mais le corps des volontaires venait d'être dissous. Ainsi, au moment où il se dispo-
sait à reprendre les armes pour la défense du droit,
pour la conservation de l'ordre social ébranlé, le jacobinisme lui en ôtait le moyen. Ce fut pour lui
comme un coup de foudre. Mille projets lui passèrent
alors dans la tête. La conduite de la nouvelle municipalité faisait la joie des révolutionnaires et l'effroi
des honnêtes gens. Châlier déployait une audace toujours croissante ; ses harangues n'étaient plus qu'une
déclaration de guerre incessante aux nobles, aux prêtres, aux riches ; qu'une provocation aux plus mau-

vaises passions populaires. Déjà on parlait tout haut
de l'abolition de la royauté et de la proclamation de
la république. Des clubs organisés dans tous les quartiers de la ville répétaient les diatribes de Châlier, et
souvent les dépassaient. De leur côté, la noblesse et
la haute bourgeoisie s'efforçaient de donner un con-
tre-poids aux tendances de la démagogie ; on se réunissait, on discutait, on délibérait ; mais malheureusement aucune résolution positive, énergique, ne
sortait de ces séances brûlantes, tandis que les jacobins traduisaient chaque jour plus visiblement leurs
doctrines en émeutes et en mesures oppressives.

Or René était un des membres les plus actifs de ce
qu'on appelait alors le parti contre-révolutionnaire.
Plus les moyens d'agir lui manquaient, plus son ardeur semblait croître. Ainsi une chaudière exposée à
un feu ardent bout d'autant plus que la vapeur a
moins d'issue au dehors. Il se proposait d'abord de
renouer le complot royaliste, dans le but de sauver
Louis XVI et sa famille : projet inexécutable depuis
qu'il avait échoué. Il songea ensuite à un coup de
main contre les principaux démagogues de Lyon ;
mais il ne tarda pas à se convaincre que le parti avait
jeté de trop profondes racines pour être extirpé par
la mort même de ses chefs. Il tourna ensuite les yeux
vers l'émigration. Deux ou trois de ses amis, qui
étaient passés dans les États-Sardes, lui écrivaient de
temps en temps et l'entretenaient des plans que formaient les princes et les nobles exilés. Son zèle l'eût
volontiers porté de ce côté-là ; déjà même il avait pris
ses dispositions pour partir, quand un événement do-

mestique vint couper court à ce projet. Sa mère avait
éprouvé une attaque d'apoplexie, dont elle ne mourut
pas d'abord, mais qui la laissa paralysée d'un côté.
René aimait beaucoup sa mère, et il en était tendrement aimé. Comme aîné de la famille et héritier du
nom, il avait occupé la première place dans le cœur
maternel ; et si madame Deluze avait si vivement repoussé son mariage avec la jeune Deslauriers, il n'y
fallait voir, et il n'y avait vu lui-même, qu'une preuve
de plus de l'intérêt qu'elle lui portait. L'ardeur mili-
tante du jeune homme se trouva donc tout à coup
déconcertée. En s'enfuyant, en s'exposant aux périls
de la guerre, il sentait bien qu'il porterait le coup
mortel à cette existence si chère. Rongeant donc son
frein, comme le coursier généreux dont on contient
l'impétuosité, il souffrait doublement, et du malheur
qui le frappait ainsi que toute sa famille, et de la triste
situation où était la France.

Au milieu de ces sollicitudes et dans le vide que
lui procuraient ses loisirs forcés, il écoutait avec attention tous les bruits qui couraient dans la population si agitée de Lyon. Au sein des réunions qui se tenaient chaque jour au café de la place des Terreaux,
les rumeurs du jour trouvaient habituellement un
écho. On recueillait tout, on ramassait tout ; mille
incidents, auxquels on n'eût pas prêté la moindre attention dans les temps ordinaires, prenaient tout à
coup de l'importance, à raison de la préoccupation générale. C'est ainsi que le fiévreux, couché sur son lit
de douleur, perçoit cent bruits qu'il n'entendrait pas
s'il était bien portant. Or Réné, qui se rendait là plus

rarement depuis la maladie de sa mère, trouva un soir le cercle fort occupé d'un événement récent, à savoir de la dévastation du domicile d'une jeune femme absente. Cette jeune femme c'était Mariette ; mais on ne la nommait pas, on ne désignait même pas le quartier qu'elle habitait, en sorte que René ne put soupçonner de qui il s'agissait. L'officier qui racontait le fait en témoignait sa vive indignation ; il s'étonnait que, dans une ville comme Lyon, de telles injustices ne soulevassent pas la réprobation universelle. — Que fait donc la police ? s'écriait-il. Y en a-t-il encore une ? La ville est-elle livrée au pillage ? Les habitants y sont-ils, oui ou non, sous la protection de la loi ? Quant à moi, je rougirais d'être citoyen d'un pays où une personne quelconque, à plus forte raison une femme isolée, peut être soumise à de si lâches vexations. — Chacun approuvait ce langage et partageait cette indignation, Deluze encore plus que les autres. Il n'en sentait que mieux le malheur de voir sa patrie tomber chaque jour plus visiblement sous le coup du jacobinisme. Plusieurs membres du cercle ajoutèrent diverses circonstances au récit de l'officier. La nouvelle de l'horrible événement de Poleymieux commençait à se répandre. Mais les rumeurs étaient encore trop vagues pour qu'on pût rien y saisir de certain, si ce n'est que le château avait été attaqué par une nuée de paysans décidés à ne pas se retirer avant que tous les habitants ne fussent égorgés et le castel réduit en cendres. Quelqu'un affirma que la jeune femme en question était précisément près de madame de Poleymieux ; et, pendant que son domicile était livré à une odieuse dévastation, sa personne était probablement exposée à partager le sort de l'infortuné Guillin-Dumontet et de sa noble épouse. Ce fut une explosion de murmures et de témoignages de sympathie.

— Où en sommes-nous ? s'écria René dans la chaleur de son indignation. Quoi ! nous laisserons-nous mener comme un troupeau de moutons par Châlier, Vitet, Chirat et compagnie ? Sommes-nous des hommes ? Souffrirons-nous qu'on nous écorche ? Aujourd'hui c'est le tour d'une femme, demain ce sera le nôtre. Si on laisse passer impuni l'acte de vandalisme exercé contre cette pauvre créature, ces scélérats en deviendront plus hardis et oseront davantage. J'ouvre un avis : c'est que nous nous constituions en redresseurs de torts. L'esprit de la ville n'est pas encore assez gâté pour que nous ne trouvions pas un point d'appui dans l'opinion publique.

— Sans doute, répondit un membre ; mais la police est vendue aux Jacobins, ou au moins paralysée par la frayeur. La municipalité prend décidément le parti des révolutionnaires, et Chirat est procureur-général-syndic du département. Que peut-on espérer avec de pareils éléments ? A qui s'adresser pour demander le redressement d'un tort ?

— Essayons pourtant, répliqua Deluze. Notre démarche mettra du moins en saillie l'injustice, et c'est quelque chose que de ne pas laisser sommeiller l'opinion. Ne fissions-nous que jeter à la face de nos administrations jacobines un reproche de lâcheté ou d'inertie, ce serait déjà beaucoup. Prenons d'abord des informations, recueillons tous les renseignements possibles, assurons-nous des détails, puis dressons une plainte et présentons-la à l'administration. Par là du moins on apprendra que, s'il est des hommes prêts à commettre l'injustice, il en est aussi qui peuvent prendre fait et cause pour l'opprimé.

L'assemblée goûta la proposition. On nomma trois hommes de bonne volonté pour aller à l'enquête, et il fut décidé que tous les membres du club signeraient une pétition, s'il y avait lieu. Deluze fut naturellement le premier des trois délégués. Une heure après, des avis plus positifs arrivaient sur l'attentat de Poleymieux : trois à quatre mille paysans accourus de toutes les localités voisines, assiégeaient le seigneur, qui seul et sans secours, ne pourrait évidemment longtemps résister. On racontait mille propos horribles échappés à ces rustres féroces. Le sang de Deluze bouillonnait dans ses veines. Il aurait voulu que tout ce qui restait du bataillon des volontaires (quelques-uns avaient déjà émigré) courût au secours du vieux commandant ; lui-même s'offrait à faire partie de la bande. Sa proposition trouva peu d'échos : on était dispersé, et avant qu'on fût réuni, et surtout arrivé, Poleymieux ne serait plus qu'un tas de ruines. Ensuite de quel œil la municipalité verrait-elle une expédition entreprise en dehors de ses ordres? De plus, quelle figure cinquante ou cent volontaires feraient-ils en présence de ces masses de campagnards furieux ? Il y eut bien d'autres objections encore plus ou moins solides, et que René s'efforçait de réfuter au fur et à mesure qu'on les produisait. — Et nous attendons

les ordres d'un Vitet, d'un Châlier, pour agir? s'é-
criait-il. Autant vaudrait demander grâce au tigre
pour la brebis qu'il égorge. N'est-ce pas une preuve
de l'état d'abâtardissement où nous sommes tombés
que nous n'osions défendre un malheureux sans la
permission de ceux même qui se font ses bourreaux?
Et que dirons-nous quand le même sort nous frap-
pera? car l'ennemi est à nos portes et n'attend que
le signal pour les enfoncer. — Ces réflexions étaient
justes, personne ne le contestait; mais la plupart
sentaient qu'il était déjà bien tard pour essayer de
remonter le torrent. Le but à atteindre était clair
pour tous, mais on différait sur les moyens. Brave et
généreux par nature, Deluze aurait voulu l'action,
l'action unanime, persévérante, l'action à tout prix.
Mais ce n'était point là la disposition du plus grand
nombre. Plus tard cette opinion prévalut; on sait ce
qu'elle a coûté de sang et de ruines à la seconde cité
de France.

Aussitôt qu'il fut rentré chez lui, René communiqua à sa sœur Reine la commission dont il s'était
chargé, en la priant de l'aider dans ses recherches.
Nous avons déjà dit que cette jeune fille avait conservé pour Mariette un sincère attachement; et si elle
n'en parlait plus par égard pour sa mère, pour ses
sœurs, pour son frère lui-même, elle n'avait rien ra-
battu de son affection ni de ses regrets. En entendant
René détailler avec tant de précision les odieux ravages dont il se proposait de poursuivre la réparation,
elle ne put s'empêcher de sourire.

— Elles ne seront pas longues, tes recherches,

répondit-elle ; elles sont toutes faites, et je m'étonne que pas un de tes amis n'ait su te les épargner. Mais laisse à d'autres le soin de les poursuivre : car tu ne voudras sûrement pas t'en mêler.

— Est-ce donc une femme indigne d'intérêt? Elle est, assure-t-on, chez le sire de Poleymieux, du moins elle y était : car tu sais sans doute le bruit qui court ?

— On vient à l'instant même de le rapporter à mon père, et j'en frissonne encore d'épouvante. Nous n'avons osé en parler à notre mère, pour ne pas aggraver son état. Mon Dieu! que deviendrons-nous? Où allons-nous ?

— Nous allons à l'abîme. Mais que veux-tu ? Il n'y a plus que des lâches; on ne sait plus vouloir, on ne sait plus agir... Enfin, la personne en question ne peut être qu'honnête et digne, puisqu'elle était chez madame de Poleymieux. Je ne crois pas qu'il y ait ici-bas une femme qui porte plus haut que cette dame le sentiment de sa dignité. Sois bien convaincue qu'elle n'eût jamais ouvert sa porte à quiconque eût eu la moindre tache sur son nom.

— En effet, la pauvre victime, dont tu t'es constitué le défenseur, est réellement très-bonne, très-pieuse, et digne du plus vif intérêt. Mais...

— Mais quoi ? Elle est mariée peut-être? Elle a des parents capables de prendre sa défense? Que ne le font-ils, alors?

— Elle n'a personne, elle est absolument seule au monde, et c'est sans doute pour cela qu'on l'insulte si aisément. C'est par les faibles que la révolution doit commencer; le tour des autres viendra. M. de Poleymieux d'ailleurs n'est déjà pas si faible.

— Cette femme enfin, quelle est-elle?

— Mariette Deslauriers, répondit Reine en regardant son frère entre les deux yeux. C'est elle que poursuit la haine d'un homme qui fut ton rival, et qui ne lui pardonne pas de t'avoir préféré à lui. Je t'assure que cette jeune fille est digne du plus grand intérêt.

Cette révélation fut pour René comme un coup de foudre. Cependant il essaya de douter, de se persuader que sa sœur avait été trompée, ou que peut-être elle voulait encore le sonder sur ce sujet.

— Qui te l'a dit? Qu'en sais-tu? Il peut y avoir bien d'autres femmes persécutées par les Jacobins.

— Sans doute. Mais tous les détails que tu m'as donnés se rapportent si bien à Mariette Deslauriers que je suis forcée de croire, jusqu'à preuve du contraire, que c'est d'elle qu'il s'agit. J'ai visité moi-même son logis; il est dans un état de dévastation complète. J'ai du reste des raisons de croire qu'elle s'est rendue chez M. de Poleymieux, sur la recommandation, m'a-t-on dit, du vénérable abbé Regny, à cette heure prisonnier.

— Si cela est, je n'ai plus qu'à me dégager de ma parole. Voilà ce que c'est que de s'engager étourdiment dans une affaire, avant d'avoir pris ses précautions. Je vais alors de ce pas m'en ouvrir à mes deux collègues, leur confesser mon embarras et les prier d'agir sans moi, s'ils le jugent à propos. Non, je ne peux me mêler de cela : non, non, je ne le puis.

— C'est à toi à voir. Mes idées là-dessus sont absolument opposées aux tiennes, tu le sais parfaitement. Je
ne discuterai donc plus. C'est une affaire de sentiment ;
je n'essaierai pas de mettre le doigt entre l'écorce et
l'arbre.

— C'est une affaire d'estime, reprit vivement René.
Quand je courtisais cette jeune fille, je ne considérais
que sa personne, ses attraits, son esprit, les qualités
que je croyais voir en elle ; je l'isolais de son passé,
ou plutôt je ne m'en occupais pas : j'agissais en
étourdi... comme aujourd'hui. Mais quel sort étrange
me ramène encore sur les pas de cette créature ?

— Il y a peut-être autre chose là-dedans qu'une
aveugle destinée. La Providence te remet sur la voie
que tu n'aurais peut-être pas dû abandonner si vite.
Ne te fâche pas. Je ne te dis rien de neuf en ceci ; je
te l'ai répété jusqu'à ce que tu m'aies eu imposé silence,
et d'une façon que je ne saurais oublier.

— Aussi bien pourquoi t'obstinais-tu à me rejeter
sans cesse ce nom, cette image, que je devais absolument bannir de ma mémoire ? Tu savais bien qu'il
ne m'était plus possible d'aimer la fille d'un révolutionnaire, d'épouser une soubrette. N'en aurais-tu pas
été aussi humiliée que ta mère, que tes sœurs, que moi-
même ?

— Oui, si le fait eût été prouvé. Mais, avant d'agir,
de rompre si brusquement, il fallait examiner ; le caractère de cet infâme journal t'était connu. Il t'a assez
prouvé depuis, j'espère, qu'il fait métier de diffamation, Tous les jours il reçoit des démentis, et s'il n'en
reçoit pas davantage encore, c'est qu'on dédaigne,

maintenant que son caractère est connu, d'entrer en discussion avec les Jacobins qui le rédigent et qui le lisent. Que si cette pauvre enfant est restée sous le poids d'une lâche calomnie, c'est qu'elle n'a eu personne pour prendre en main sa défense. Et c'était à toi, laisse-moi te le dire, te le répéter pour la dixième fois, c'était à toi à prendre des informations, à remonter à la source de ces assertions mensongères, calomnieuses ; et je suis convaincue, je sais que tu serais parvenu à savoir la vérité. Je le sais.

— Que veux-tu dire ? Aurais-tu appris quelque chose de nouveau là-dessus ?

— De nouveau pour moi, non. Je n'ai jamais douté un seul instant de l'innocence de Mariette Deslauriers. Le vice, je te le répète, ne saurait prendre à ce point le masque de la vertu. Le respectable échevin, M. Imbert-Colomès, n'eût point honoré une soubrette de son affection ; et le si digne abbé Regny n'eût point couvert de sa protection (je n'ai su ceci que plus tard) une personne dont la conduite eût été blâmable.

— Ces raisons ont peu de valeur. Le vice peut parfaitement singer la vertu ; les hommes les plus graves, les plus estimables, peuvent être trompés.

— Admettons cela en général. Cependant il paraît difficile, dans ce cas particulier, qu'un homme comme M. Imbert n'ait rien su de l'inconduite d'une jeune fille qu'il connaît depuis sa naissance, qu'il a aimée, qu'il a suivie, pour ainsi dire, pas à pas ; qu'il ait pu la recevoir chez lui, la visiter chez elle, sans que la voix publique lui ait jamais rien rapporté des désordres, tout au

moins des légèretés dont elle se seraitrendue coupable.
Il est non moins invraisemblable qu'un saint prêtre
comme l'abbé Regny se soit intéressé à une personne
peu édifiante, mal famée dans son quartier, et que
jamais aucun écho de la rumeur publique ne soit
venu frapper ses oreilles. Mais, d'un autre côté, n'oublie pas que ton rival évincé, jusque-là, assure-t-on,
honnête et paisible ouvrier, est devenu, depuis, un
révolutionnaire ardent, un clubiste fougueux, un
ami de Laussel, un lieutenant de Châlier. Cette circonstance donne vite la clé de l'énigme. Mariette
Deslauriers est tombée victime d'une basse vengeance.

Le ton ferme et convaincu dont parlait sa jeune
sœur frappait René ; jamais il ne l'avait vue si animée,
si éloquente, même quand elle plaidait cette cause.

— Quoi ! reprit-il, entends-tu donc réveiller mes
anciens sentiments pour elle ? la rétablir dans mon
estime ?

— Ce ne serait que justice. Car persuade-toi bien
que tu es le principal auteur de son infortune. — Je
me serais consolé de tout perdre, a-t-elle dit à quelqu'un
qui me l'a rapporté, de tout perdre, même l'amour
de M. Deluze, s'il m'avait gardé son estime. — Tu le
vois : son mal, sa plaie saignante, c'est de penser qu'on
a réussi à la noircir dans ton esprit. Elle se serait con-
solée de ton abandon, bien qu'immérité, s'il avait eu
une autre cause. Compromise par une rupture aussi
subite, elle voit avec tristesse que la calomnie en a
pris une nouvelle force. On dit : « René Deluze l'aimait trop pour la laisser, s'il n'eût constaté que le

Courrier disait vrai. » Et le *Courrier* passe pour
avoir dit la vérité ! Et la pauvre enfant reste accablée
sous le poids du déshonneur ! Et, encore, elle s'en consolerait si celui qui avait promis de l'épouser conti-
nuait à l'estimer, bien qu'il ne remplît point sa promesse. Car enfin elle sent parfaitement qu'un homme
de ta condition doit être délicat dans le choix d'une
femme, qu'il peut retirer sa parole dès qu'un bruit désagréable s'est fait autour de celle qu'il comptait épouser. Mais ce qui lui pèse, c'est que ces bruits t'aient
paru fondés ; c'est que tu croies avoir été le jouet de son
hypocrisie ; c'est que tu t'imagines avoir eu affaire à une
personne vicieuse, gâtée, corrompue ; tandis qu'elle
n'apportait en tout cela qu'une intention pure, un
passé irréprochable...

— Comme tu raisonnes ! Ne dirait-on pas que tu
as en main des preuves irréfragables de ce que tu dis ?
que le *Courrier* a été pris en flagrant délit de calomnie ? que Mariette reste inattaquable, irréprochable
dans ses mœurs ? Et tu ne te demandes pas si tu n'es
pas aveuglée toi-même par ton bon cœur ? si tu ne
prends pas tes désirs pour des réalités ? Quoi donc !
as-tu sondé le terrain ? as-tu établi une enquête ?

— Non. Mais ce qui me rassure, c'est que tu vas le
faire toi-même. Je ne doute pas un instant que la
mission que tu as assumée ne...

— Te moques-tu de moi ? répliqua vivement René.
Te figures-tu que j'irai me mêler de cette jeune fille,
s'il m'est démontré que c'est vraiment d'elle qu'il est
question ? Ce serait le comble du ridicule. J'ai agi sans
réflexion. C'est une nouvelle leçon que je m'inflige à

16

moi-même, et qui m'apprendra à être plus sage une
autre fois.

— Mais enfin, s'il t'était prouvé que Mariette a été
la victime d'une calomnie? que la haine seule a dicté
les deux articles du journal? Si une rétractation était
imposée au calomniateur? Si, du moins, un autre journal rétablissait la vérité, réhabilitait la mémoire de
cette pauvre fille, de manière à effacer complétement
le scandale : qu'en dirais-tu?

— Ce sont pour moi autant de suppositions en l'air.
Mais... pourquoi t'obstines-tu à réveiller ainsi des
sentiments à peine endormis? Je l'ai aimée, je ne le nie
pas ; je l'aime, je l'aimerais encore, c'est un aveu que
je dois à la vérité. Va! j'ai assez souffert de ce premier amour brisé, de ce premier lien rompu ; ma plaie
a longtemps saigné, elle saigne encore. Dans les com-
mencements, j'essayais en vain d'écarter cette image,
d'étouffer mes regrets, de combattre l'instinct puissant
qui me ramenait toujours de ce côté-là : il y avait
quelque chose de plus fort que ma volonté, un entraînement qu'il ne m'était pas possible de dominer. Mais
enfin mon énergie a triomphé ; je suis resté maître
du champ de bataille. Pourquoi donc, encore une
fois, rouvrir ma blessure? Pourquoi raviver la lutte?
C'est une manie inexplicable de ta part. Laisse-moi
donc en repos, je te prie, et ne me fatigue pas par des
troubles sans fruit.

— Eh! pourquoi suis-je moi-même toujours poussée
vers ce sujet singulier? Pourquoi s'impose-t-il ains ,
tout à la fois avec la force d'une passion, avec la gravité d'un devoir? Si tu as enfin trouvé la paix, moi

je suis encore dans le trouble. Pourquoi l'image de cette vertu sereine, douce, simple, s'est-elle si profondément gravée dans mon esprit que je ne puisse l'écarter? Et sais-tu ce qui m'y a le plus attaché? C'est le calme avec lequel elle a vu ses espérances brisées, son nom flétri, son existence empoisonnée. Au lieu de se livrer au désespoir, comme cela était naturel, comme je l'eusse fait moi-même, elle a humblement baissé la tête sous le coup qui la frappait. Perdre un époux, une alliance honorable, c'était beaucoup; mais perdre son honneur, c'était cent fois plus, c'était tout. Car que reste-t-il à une femme, quand elle a perdu l'honneur? Eh bien! habituée à voir en tout la main de la Providence, elle s'est résignée, elle s'est en quelque sorte recueillie dans l'asile de sa conscience, et là, sûre de son innocence, elle a dit : —Dieu m'avait donné ces biens, il me les a ôtés, que son saint nom soit béni! — Sans aucun doute elle a versé des larmes; toi, qui es plus fort qu'elle, tu en as bien versé; mais ces larmes étaient celles de la soumission; elle n'a point murmuré contre son sort; elle n'a point maudit ses persécuteurs; elle s'est vue raillée, méprisée, abandonnée par ses amies et ses connaissances; elle a vu sa grand'mère mourir de chagrin; et, plus grande que son infortune, elle est restée debout, elle n'a point faibli, elle a embrassé la croix, comme autrefois Marie, sa glorieuse patronne. Dis-moi : où est la vertu, si elle n'est pas là? Et, à cette heure, la voilà expulsée de chez elle par la haine des Jacobins; son logis est dévasté, ses meubles pillés; abritée chez un seigneur, elle aura... qu'aura-t-elle vu? qu'aura-t-elle enduré? nous n'en savons rien, nous le saurons bientôt. O mon ami, laisse ce cri s'échapper de ma poitrine : tu pourras trouver une femme d'une plus haute naissance, d'une fortune plus brillante; mais d'un cœur plus noble, d'une vertu plus solide, jamais.

René ne pouvait s'empêcher de convenir de la justesse de ces raisons. Pour la première fois, la question changeait de face à ses yeux, ou plutôt elle se replaçait sur le terrain d'autrefois, sur celui qu'elle n'aurait jamais dû quitter. Cependant tout reposait encore sur une hypothèse. Si les articles du *Courrier* n'étaient que pures calomnies, Mariette était bien vraiment telle qu'on la dépeignait. Mais si c'était le contraire, il ne restait plus que la séduction exercée par elle sur Reine : séduction contre laquelle l'âme généreuse de celle-ci n'était pas de force à tenir. Le pauvre jeune homme était donc suspendu comme entre deux forces contraires : pressé d'un côté par une affection toujours vivante, et par le besoin de réparer une injustice; retenu de l'autre par l'incertitude, par la crainte de tomber à faux, et d'ajouter un nouveau ridicule à ceux que cette malencontreuse affaire lui avait déjà attirée.

— C'est une thèse de rhétorique que tu soutiens là, ma chère amie, reprit-il après un moment de réflexion. Tant que tu ne m'auras pas donné des preuves certaines de la vérité de ce que tu avances, je devrai rester où je suis.

— Assurément. Pourtant c'est, ce me semble, une question de justice pour toi. Ta conviction est ébran-

lée. La Vierge de Fourvières, au pied de laquelle cette
généreuse enfant alla (je sais ceci de science certaine)
déposer immédiatement ses larmes silencieuses et le
fardeau de ses douleurs, la Vierge, dis-je, me semble réclamer de toi un acte de réparation. Tu es
homme, tu as du cœur ; le trait qui a blessé Mariette
Deslauriers t'a atteint du même coup ; tu peux ce
qu'elle ne peut pas ; pourquoi ne t'occuperais-tu pas
de cette question ? pourquoi ne porterais-tu pas la
lumière dans cette œuvre de ténèbres ? Que si cela te
répugne, eh bien ! laisse-moi agir. Je ne sais quel
instinct me dit que je réussirai à dissiper le nuage. Y
consens-tu ? me le permets-tu ?

— Oui... de bon cœur.

— Et s'il t'est démontré que tout est faux dans les
assertions injurieuses de cette feuille, que Mariette
a toujours été pure dans sa conduite, que feras-tu ?

— Je n'aurai point d'autre femme qu'elle.

XVI

L'ALCOVE

— Les sauvages n'ont pas si mauvais goût, disait
Blangy à ses compagnons ; ceux qui se sont avisés de
participer à leurs repas de chair humaine, attestent
qu'elle est d'une saveur délicieuse. Attendons ce que
ceux de Chasselay en diront ; et s'ils confirment le
fait, voilà une table ouverte, un banquet auquel
tous les patriotes pourront s'asseoir.

—Mais, maître, reprit l'un des convives, on a une répugnance instinctive pour des mets de ce genre.

— Affaire d'habitude, mon garçon. J'avais sous moi un ouvrier anglais, du nom de Cornwall, qui avait été fait prisonnier avec l'officier, son maître, chez je ne sais plus quelle peuplade de l'Amérique du nord. Pendant trois mois que dura leur détention, ils avaient pour nourriture habituelle de la chair humaine. Tout d'abord leur cœur se souleva et ils refusèrent de manger; mais la faim les força à surmonter leur dégoût, et ils finirent par trouver tant de délicatesse à ces morceaux qu'ils les préféraient ensuite à tout autre. Ainsi en sera-t-il de nous. Encore les sauvages n'ont-ils pas nos assaisonnements. Le vin blanc! le vin blanc! Je suis sûre qu'*elle* sera bonne, délicieuse, cuite au vin blanc.

Un frisson d'horreur saisit encore la pauvre Mariette, quand elle entendit répéter ce vœu inhumain. Et le ricanement féroce qui l'accompagnait ajoutait encore un poids à ce vœu de cannibale. Ah! c'était ici que la malheureuse jeune fille avait besoin de cette vertu de résignation et de courage, dont Reine Deluze faisait en ce moment même un si juste éloge. Essuyant donc la sueur de détresse qui inondait son front, elle leva ses yeux humides vers le ciel et dit tout bas, avec un sentiment d'inexprimable angoisse: — Notre-Dame de Fourvières, ayez pitié de moi.

— Vous ne la tenez pas encore, reprit un des buveurs. Et quand vous la tiendriez, vous vous laisseriez sûrement toucher; une femme qu'on a aimée! Ah! bah! il y a toujours là quelque chose qui remue.

— Je l'ai aimée, et je crois que je l'aimerais encore, répartit le terroriste : oui, cuite au vin blanc et à point, je l'aimerais, je la goûterais, je la savourerais mieux que jamais. Je ne la tiens pas encore ; mais si vos patriotes ne me trompent pas, elle doit être dans le village, et la surveillance que nous venons d'établir l'enserre comme un réseau d'où il lui sera difficile d'échapper. Va ! tu ne sais pas, toi, quel plaisir il y a à se venger d'une amante infidèle. Que vous avait fait ce vieux pelé de Poleymieux ? Qu'aviez-vous à lui reprocher ? Il vous avait, dit-on, fait du bien ; il n'était pas dur avec ses gens ; si son langage sentait un peu le soldat, on devinait cependant qu'un cœur d'homme battait dans sa poitrine. Mais il s'élevait au-dessus de vous ; mais il exerçait de prétendus droits féodaux ; mais il se croyait fait d'une autre pâte que le commun des hommes : voilà ses torts, et vous les lui avez fait justement expier. Recevez-en mes compliments. Moi, mon ami, j'ai de plus intimes griefs : c'est une affaire toute personnelle, une de ces questions qui tiennent au fond des entrailles et en remue toutes les fibres. Cette femme m'a blessé, percé de part en outre ; elle m'a dédaigné, repoussé pour un muscadin, un muscadin qu'elle n'aura pas, qu'elle n'aura jamais, je le jure. Après avoir longtemps nourri mes espérances, elle les a soudain brisées, flétries, anéanties, comme on écrase une fleur entre ses mains ; elle a changé subitement le jour le plus pur en une nuit affreuse, la paix la plus profonde en trouble le plus large, l'amour le plus dévoué en ressentiment le plus amer. Elle a... Oh ! je

sens que la langue ne saurait fournir d'expression à la
haine qui me dévore. L'enfer me mettrait en main
tous ses tourments que je n'hésiterais pas à les lui verser sur la tête.

Les auditeurs, frappés de ce langage brûlant et de
la physionomie et des gestes du jacobin, restèrent
silencieux. Et elle entendait tout cela ! Pas une syl-
labe de ces phrases sataniques ne lui échappait.
Mais la terreur qu'elle ressentait tout-à-l'heure, avait
fait place à des sentiments bien différents. — Pitié ;
pitié pour lui, mon Dieu ! murmurait-elle. Il appelle
sur ma tête tous les supplices de l'enfer, et moi j'appelle sur la sienne toutes les miséricordes du ciel.
Pardonnez-lui, Seigneur, comme je lui pardonne.
Vous avez été témoin de la sincérité de mon cœur ; ce
n'est point par mépris, par dédain, par aucun motif
indigne, que j'ai refusé sa main ; j'ai usé de la liberté
qui était mon droit ; je n'ai blessé en rien les lois de
la conscience et de la justice. Mais, ô Maître souve-
rin de toutes les volontés ! épargnez-lui le crime qu'il
médite ; ne souffrez pas qu'il se souille d'un forfait
aussi odieux. Et c'est pour lui que je vous le demande,
encore plus que pour moi. Je voudrais qu'il pût lire
dans mon cœur ; il verrait quelle compassion sincère
et tendre j'éprouve pour lui, et quelle affection je lui
ai conservée malgré son indigne conduite... — Ainsi
priait-elle. Ce qui n'empêchait pas les larmes de couler de ses yeux, peut-être autant de commisération
que de frayeur.

Cependant la situation se compliquait. Louise, entendant les horribles propos de Blangy, commençait à

trembler elle-même. Comment sortir de cette position ?
Avec cette surveillance dont on parle, comment prendre la fuite ? Un délire infernal a tourné toutes les
têtes ; son père lui-même, enivré comme les autres
du venin révolutionnaire, tient un langage qui la fait
frémir. Jamais elle ne se serait doutée qu'un homme
pût se transformer si complétement et en si peu
de temps. L'espoir qu'elle avait fondé sur sa con-
nivence s'évanouissait donc. Bien plus, elle sentait sa
propre personne compromise : car si on vient à découvrir qu'elle a procuré un asile à la malheureuse fugitive,
il est bien difficile, il est presque impossible qu'elle ne
subisse pas aussi la rage de ces forcenés. Voilà les
soucis qui la travaillent pendant qu'elle reprend sa
navette. Il faut continuer à faire illusion à son père.
Le jour baisse ; conserver plus longtemps cette jeune
fille dans ce secret asile, c'est à quoi il ne faut pas
penser. Que fera-t-elle donc ? Elle demande conseil à
sa propre sagesse, et sa sagesse ne répond rien.

— Ma chère enfant, lui dit alors Mariette, il est
temps de prendre une décision et de vous tirer d'embarras. Je serais au désespoir de vous compromettre
pour moi. Il me vient une pensée : c'est de me livrer
moi-même à mon persécuteur. Je ne puis me persuader qu'il soit aussi méchant qu'il en a l'air ; il y a ici
la fanfaronnade du vice. Je suis persuadée qu'en me
présentant subitement devant lui, je l'étonnerais, je
lui ferais baisser le ton, et probablement changer d'i-
dée.

— Ne vous y fiez pas. Ils sont ivres, et le vin est un
mauvais conseiller, qui rend méchants ceux-mêmes

qui ne le sont pas. Oh! pour tout au monde, n'allez pas
faire cette sottise, au moins maintenant. Passez ici
cette nuit. Je vous apporterai tout-à-l'heure à manger ; vous pourrez vous reposer dans mon lit, et peut-
être la Providence nous viendra-t-elle en aide.

— Mais j'ai peur pour vous. Si ces méchants viennent à découvrir ce que vous avez fait, il est à craindre qu'ils ne vous le fassent payer cher.

— Eh! qu'importe? Avez-vous seule du courage?
M'envieriez-vous l'honneur de souffrir pour la gloire
de Dieu ? Ce serait, de votre part, une bien mauvaise
jalousie, et je ne vous en crois pas capable.

Mariette tout émue se jeta au cou de sa bienfaitrice
et l'embrassa tendrement. Ce fut sa manière de lui té-
moigner sa reconnaissance. En ce moment, un incident attira ailleurs l'attention de Louise : une voisine
vint lui annoncer que sa grand'tante était mourante
et demandait à la voir. La pauvre femme, ébranlée
par les cruels accidents de la journée, n'avait pu
résister à de si vives émotions. Elle touchait à son
dernier moment. L'image sanglante de son bon maître passait sans cesse devant ses yeux, ou plutôt y
restait clouée; elle la contemplait, effarée, haletante,
pendant qu'une fièvre ardente éteignait en elle les
restes de sa vie. Le curé du lieu, à peine moins épou-
vanté, lui avait donné, à la hâte, les derniers sacre-
ments. La terreur pesait tellement sur toutes les
âmes que presque personne n'était venu offrir à la
mourante un dernier témoignage d'attachement. Cependant elle était aimée et vénérée de tout le village;
mais ces jacobins hurlants, débraillés; cet horrible

assassinat de l'homme le plus honoré de la contrée, faisaient trop bien comprendre que le temps était arrivé où les méchants devaient triompher et les bons trembler.

Quand Louise arriva près de sa tante, deux vieillards seulement priaient au pied de son lit; un homme et une femme, ses amis d'enfance. Seuls ils avaient osé braver le péril qui s'attachait désormais à de pareilles démonstrations. La fidèle servante recueillit ses forces pour recommander à Louise d'être toujours bien sage, de se tenir en garde contre le funeste esprit qui commençait à se manifester, de rester inviolablement attachée à la religion, parce qu'on allait, disait-elle, lui faire subir de violents assauts. La jeune fille lui promit qu'il en serait ainsi. Ensuite, l'agonisante lui demanda ce qu'elle avait fait de son précieux dépôt, et ajouta qu'elle avait cru pouvoir en parler à la mère Cécile et au père Nibelle (les deux vieillards qui étaient là), parce qu'elle connaissait leur discrétion et leurs bons sentiments. On peut imaginer de quel souci cette communication déchargeait le cœur de Louise; elle aurait au moins des aides pour travailler au salut de son amie. A peine ces confidences étaient-elles achevées, que la malade ferma les yeux et s'affaissa dans une extrême faiblesse. Pourtant elle faisait encore effort, et des lèvres et de la main, pour détourner le spectre sanglant, sous le poids duquel elle semblait écrasée. Ce fut dans cette suprême angoisse qu'elle rendit le dernier soupir, victime de son attachement à ses maîtres.

Pendant que ceci se passait, le danger augmentait

pour Mariette d'une manière étrange : le père de Louise entrait, accompagné d'un homme en qui il lui fut facile de reconnaître Blangy. Il s'en fallait bien qu'il fût ivre : la passion qui le tourmentait avait amorti l'effet du vin, ainsi qu'il arrive souvent dans les émotions violentes. Mariette, tremblante comme une poule qui sent le renard près d'elle, crut sa dernière heure venue.

— Voilà ! dit l'hôte en montrant au jacobin le travail de sa fille. Voyez si c'est bien fait. Louisette commence : il n'y a guère que six mois qu'elle s'adonne à ce genre de travail.

Blangy considéra un moment l'ouvrage qui était sur le métier et dit :

— C'est passable. Le tissu est un peu serré ; voilà encore quelques nœuds dans la soie ; mais avec le temps, cela se corrigera. Et combien en peut-elle faire par jour ?

— Je ne saurais vous le dire. C'est tantôt plus, tantôt moins : car elle a notre ménage à soigner. Mais je crois que si elle avait un meilleur prix, elle mettrait plus grand cœur à l'œuvre. Enfin, qu'en dites-vous ?

— Je dis que si elle veut consentir à se mettre en quête de ma fugitive... je pourrai lui procurer de meilleures conditions, au moins à la reprise des travaux. Pour le moment tout languit ; les aristocrates ont juré, paraît-il, de nous faire mourir de faim. On n'achète plus de soie, par conséquent, on n'en fabrique presque plus. N'importe : si elle me *la* livre, je vous tiendrai parole.

— Vous avez donc bien envie de l'avoir, citoyen ?

Il me semble que dès qu'elle n'a pu épouser son muscadin, vous devez être satisfait.

— Satisfait? Au vin blanc! cuite au vin blanc! reprit le terroriste avec un ricanement amer. Je ne serai satisfait que quand je la verrai là, devant moi, en morceaux fumants. C'est une façon de me venger. Rendez-moi le service de me la trouver, et vous aurez sujet d'être contents de moi.

En ce moment, le mince rideau qui cachait la petite alcôve vint à remuer. Sans l'énergie de caractère de Mariette, elle aurait poussé un cri qui l'eût perdue. Elle se contint, elle offrit son sacrifice à Dieu et retint son haleine, épouvantée de ce qui pouvait survenir. Elle croyait déjà voir le bourreau détourner le rideau, entrer et exécuter le cruel projet qu'il se plaisait à exprimer. Encore une fois, elle ne respirait plus d'angoisse; mais son cœur battait si fort, que ces hommes eussent pu l'entendre, s'ils avaient prêté l'oreille. Il y eut un instant de silence, pendant lequel la prisonnière jugea, à certains mouvements, que Blangy examinait le travail de Louise. Les minutes lui paraissaient longues comme des siècles. Enfin, le jour étant à peu près éteint, les deux révolutionnaires sortirent, et elle put respirer en liberté. Une heure environ s'écoula encore, mais qui lui sembla une heure de jouissance, par comparaison à l'état d'anxiété qu'elle venait de subir. Elle eut alors le loisir de songer à la proposition qu'on venait de faire, à l'occasion de Louise : elle se demanda si cette jeune fille serait assez lâche pour accepter un pareil marché, livrer quelqu'un à une mort certaine pour une douteuse ré-

compense? Dans sa frayeur, elle penchait d'abord
pour l'affirmative; elle ne connaît pas cette ouvrière,
elle ne sait pas jusqu'à quel point elle est accessible
à l'appât du gain... Mais bientôt elle repousse cette
odieuse supposition. N'a-t-elle pas vu tout à l'heure
éclater la noblesse de ce caractère? Est-il possible
de suspecter la sincérité d'une parole aussi spontanée,
aussi émue? Si on avait voulu la trahir, ce serait
déjà fait: qui empêchait Louise de céder à la promesse de trois cents livres, et de dire à son père: —
Je tiens celle que vous cherchez; faites-vous payer
et nous la livrerons? — Mais dans ces situations pénibles, les idées sinistres sont toujours celles qui pré-
dominent, et les pensées contraires ne semblent
apparaître que pour créer une illusion d'un moment,
et replonger ensuite l'âme dans de plus profondes
ténèbres. Mariette, qui voit l'absence de la jeune
fille se prolonger (le temps lui semblait d'une inter-
minable longueur), va jusqu'à s'imaginer qu'elle l'a-
bandonne à dessein, jusqu'à ce que la faim ou le malaise la force à se trahir elle-même. Des sueurs
d'agonie lui coulent sur la figure; elle est près de
défaillir, et, sans aucun doute, elle fût morte de
frayeur, si le ciel n'eût pris pitié d'elle.

La jeune ouvrière revint enfin. Elle expliqua la raison de sa longue absence, raconta les recommanda-
tions suprêmes, l'agonie et la mort de sa tante: récit
qu'elle accompagna de ses larmes, puis elle ajouta:

— Vous avez été son dernier souci. Elle m'a fait
promettre que je ne négligerais rien pour pourvoir à
votre sûreté, et je tiendrai parole. Mais maintenant

j'ai un auxiliaire, deux auxiliaires même ; et avec
eux, Dieu aidant, j'espère remplir le vœu de cette
bonne tante. En attendant, mangez ce pain, ce peu
de viande que j'ai caché pour vous. Excusez-moi : je
ne saurais faire mieux ; j'ai besoin de précautions infinies pour échapper à l'œil de mon père. Je ne sais
s'il se doute de quelque chose ; mais son regard est si
scrutateur, m'accompagne tellement dans tous mes
mouvements, que je soupçonne qu'il se défie de moi.
En tout cas, il paraît que votre persécuteur a si bien
captivé nos patriotes, que tous sont prêts à vous saisir, partout où ils vous trouveront.

— Veilleront-ils toute la nuit ? Leur zèle, ce me semble, se relâchera enfin, et ils finiront par aller dormir.

— Je l'espère sans y compter. Malheureusement,
les campagnes sont sillonnées de bandes qui sont à
la poursuite de madame de Poleymieux. Il est donc
à craindre que l'on ne vous prenne pour elle ; ce qui
double le péril. Mais espérons que Dieu s'en mêlera.
En attendant, mangez, réparez vos forces ; vous devez
avoir besoin, depuis si longtemps que vous n'avez
rien pris.

Un vieux misanthrope, ennemi particulier des
femmes, me disait un jour : — Savez-vous ce qui m'a
réconcilié avec cette moitié du genre humain ? C'est
l'histoire attentive de la première révolution. La
femme y a toujours le beau rôle, depuis la reine Marie-Antoinette, madame Elisabeth, madame de Lam-
balle et tant d'autres nobles dames qui portèrent si
dignement leur tête sur l'échafaud, jusqu'à ces hum-

bles créatures, paysannes, ouvrières, servantes, femmes de tout âge et de toute condition, qui montrèrent
un si sublime dévouement au service des prêtres, des
nobles, de toutes les victimes de ce drame terrible.
Depuis lors, j'ai compris qu'il y a dans le cœur de la
femme une corde divine, celle de la pitié ; que cette
corde n'a besoin que de l'occasion pour se tendre jusqu'à l'héroïsme, et que si nul homme ne sait jusqu'où
il peut descendre, en fait de cruauté, nulle femme ne
sait jusqu'où elle peut monter en fait de sacrifice. —
Opinion juste au fond et que des millions de faits
confirment.

Louise, la pauvre ouvrière, serait une preuve à
l'appui. Elle ne connaît pas la malheureuse fugitive
qu'un hasard remet entre ses mains ; rien ne l'oblige
à risquer sa vie pour elle ; un acte de trahison peut
même la rendre riche, elle qui est pauvre, très-pau-
vre. Néanmoins elle résiste à cette tentation toujours
si séduisante ; elle couvre l'infortunée de sa protection, et, à cette heure, elle livrerait sa propre vie plutôt que de compromettre une inconnue recommandée
à sa charité. C'est que la religion est vivante dans son
âme ; c'est que sa conscience lui impose le devoir de
faire à une autre ce qu'elle voudrait qu'on lui fît ; et,
appuyée sur le roc ferme de la foi, elle peut braver
toutes les puissances humaines, plutôt que de commettre un acte coupable.

Une nouvelle alarme vint encore les troubler toutes
les deux : le père de Louise rentrait dans sa chambre,
accompagné de Blangy, qui semblait ne plus vouloir
le quitter. Sans l'obscurité de la pièce, qu'une fai-

b!e lampe éclairait à peine, on aurait pu voir l'inquiétude dans les traits de la jeune ouvrière. Elle se
crut trahie, cette fois. L'œil de Blangy s'attachait
sur elle, en particulier, avec une attention que d'autres causes pouvaient sans doute expliquer, mais
qu'elle attribua, elle, à la méfiance.

— Nous sommes déjà venus chez toi, petite, lui
dit son père, pendant que tu assistais ta vieille tante
à son dernier soupir. Voici un contre-maître en soie-
ries. Nous avons examiné ton travail, et il en est assez
content, moins certains détails qu'il t'expliquera lui-
même. Selon lui, tu pourrais gagner davantage dans
la maison qu'il sert.

— Que je servais, reprit ici le terroriste ; car depuis
trois semaines tous les travaux sont interrompus. Les
aristocrates ont résolu d'affamer le peuple pour le
réduire, et ils tiennent parole. Mais je persiste à croire,
citoyen, que ta fille trouverait facilement de meilleures
conditions, si le travail reprend. Je répondrais bien
de lui faire gagner un cinquième, un quart même en
plus, pouvu qu'elle évite certaines petites choses.

Ici le Jacobin entra dans des détails techniques
qui seraient étrangers à nos lecteurs. Puis quand il
eut fini, il s'arrêta un instant, et cédant à un autre
courant d'idées, il reprit :

— C'était sa façon de travailler à elle... exactement
cela... je dis exactement, absolument. Quand elle
avait douze ans, treize ans, voilà ce qu'elle faisait,
pas autrement, au point que je crois revoir son ouvrage. J'étais son guide alors... Elle était orpheline,
gaie, gentille à croquer, toujours de bonne humeur...

17

Tout m'intéressait en elle... Puis un tour de la roue de fortune a changé tout cela, et voilà mon amour devenu de la haine.

— Pas autant que vous le croyez, citoyen. Bah! on voit bien que vous vous faites un peu illusion à vous-même. Si par hasard elle reparaissait devant vous... ici... à cette heure...

— Enfer! enfer! s'écria le terroriste, dans un accès de subite fureur. Ne dis pas cela, frère, ou dis-le en me la montrant : car alors je lui épargnerais le supplice du feu, en la dévorant à belles dents. J'ai pu le faire et je ne l'ai pas fait! Folie! Je veux manger sa chair, je veux boire son sang. J'y ai plus de droit, moi, que vous n'en aviez à déchiqueter, à dévorer le marin aristocrate. Qu'entends-je? que signifient ces cris? S'ils avaient fait mon affaire!...

De grands cris en effet s'élevaient de la rue. L'hôte courut mettre le nez à la fenêtre et s'informa de ce que c'était.

— On est sur ses traces, lui répondit son voisin. Ceux de Chasselay ont appris qu'elle s'est enfuie du côté de la Saône, et on va battre la campagne. Il faut que la louve suive le loup et que les louveteaux passent par-dessus.

Par l'effet de sa préoccupation, Blangy prit le change et crut que c'était de sa victime qu'on voulait parler. Il s'élança hors de la chambre, avec l'agilité de l'animal féroce qui sent sa proie. Il se trompait: on parlait de madame de Poleymieux. Il encouragea les patriotes à ne rien négliger pour l'atteindre, et leur demanda en même temps de vouloir bien se sou-

venir que lui aussi avait une prise à faire. On lui
promit de continuer à monter la garde, en réitérant
l'assurance que celle qu'il cherchait était certainement entrée au village et n'en était probablement pas
sortie.

Quand Louise rentra dans l'alcôve, elle trouva la
fugitive couchée sur son lit, dans un état de faiblesse
capable d'alarmer. Non que Mariette manquât de
courage ; mais la contrainte où elle avait dû se tenir
avait exigé d'elle de tels efforts que la mesure de ses
forces s'en était trouvée excédée. Elle était pâle, elle
suait, elle tremblait ; c'étaient les transes de l'agonie.
Par quel étrange hasard, ou plutôt par quel secret
dessein de la Providence, cette pauvre créature était-
elle mise à de si rudes épreuves ?

XVII

RÉPARATION

L'entretien de René avec sa sœur avait suscité dans
l'esprit de l'ex-volontaire une foule de réflexions. Le
sujet était, pour ainsi dire, repeint à neuf. En reprenant
un à un tous les raisonnements de sa sœur, il y
trouvait beaucoup de justesse et de bon sens. Oui,
c'est lâcheté, à lui, d'avoir si brusquement lâché
prise, d'avoir précipité dans un abîme de douleurs
une femme à laquelle des liens aussi sacrés l'atta-
chaient. Qui l'obligeait à trancher si vite une si grave
question ? Qui l'empêchait de remonter à la source de

ces accusations? Le caractère des Jacobins lui était-il
tellement inconnu qu'il ne pût les supposer capables
de toute sorte de crimes? Une diffamation! une réputation perdue! Qu'est-ce que cela pour des écrivains
qui salissent chaque jour de leurs injures le roi, la
reine, les noms les plus purs! Faut-il qu'il ait reculé,
lui, devant l'attaque d'un anonyme? qu'il ait cru d'em-
blée aux dénonciations d'un folliculaire? Un peu de
patience pouvait dissiper le nuage, laisser à la calomnie le temps de tomber, à l'opinion publique le moyen
de se détromper, et rendre enfin à lui le calme, et
à cette infortunée son honneur et ses droits. Pourquoi n'y a-t-il pas pensé? Quel vertige l'a saisi tout à
coup? Ses parents, il est vrai, en ont été la principale
cause. Sa mère, sa mère surtout, l'a jeté dans cette
voie oblique, fausse, si peu compatible avec le sentiment de loyauté et l'énergie de caractère dont il se
fait honneur. Mais, comme le dit Reine, n'y a-t-il pas
moyen d'en revenir? Le mal est-il sans remède? En
vérité, plus l'abîme où cette malheureuse a été précipitée est profond, plus est impérieux le devoir de l'en
retirer. Qu'il doive ou ne doive pas l'épouser, son
honneur, sa conscience exigent qu'il travaille à rétablir
dans ses biens, à réhabiliter dans sa réputation une
femme qui ne doit ses infortunes qu'au malheur de
l'avoir aimé.

Un nouveau trait de lumière vint encore illuminer
ces ténèbres aux yeux du loyal jeune homme. Il était
près de sa mère, justement quelques instants après
son entretien avec Reine. Madame Deluze allait mal;
si son mari, si ses enfants se berçaient encore d'illu-

sion sur son compte, nous ne le savons; mais elle ne
s'abusait plus; un instinct secret lui disait que sa
dernière heure ne pouvait tarder. Alors les vains
fantômes, dont l'âme la plus saine est souvent remplie, disparaissaient les uns après les autres ; toute
sa vie passée se reproduisait dans sa mémoire avec
cette netteté, cette vérité, qui est le résultat et comme
le reflet des clartés de l'autre monde. Chose étrange !
le souvenir de Mariette avait pris place dans ces idées
importunes, tenaces, obsédantes, qui revêtent presque
la forme du remords. Ai-je dit presque? C'était un
remords, une sensation douloureuse qui s'attachait à
ce nom devenu onéreux, persécuteur. La pensée du
compte terrible que tout vivant doit rendre, et qui lui
semblait imminent pour elle, se mêlait aux réminis-
cences dont l'image de cette jeune fille était comme
escortée. Elle trouvait sa propre conduite envers elle
dure, injuste peut-être, dictée par l'orgueil. La sévérité avec laquelle elle avait repoussé l'idée de voir
son fils allié à une roturière, à une fille d'ouvrier, lui
paraissait maintenant exagérée, mal fondée en droit,
puisqu'enfin c'est la vertu, la piété, beaucoup plus
que la naissance et l'égalité de conditions, qui forment
le bonheur des mariages. Chose surprenante ! madame
Deluze avait été la première à soupçonner la calomnie
et la main d'où elle était partie ; son œil plus pénétrant avait comme deviné le mystère, et, bien qu'elle
s'appuyât sur cette base pour empêcher une union
qui lui déplaisait, en réalité elle n'y avait qu'une
médiocre confiance. Son orgueil était satisfait,
son esprit n'était pas convaincu. Certains rensei-

gnements qu'elle avait reçus plus tard, quelques mots
échappés çà et là à des personnes de sa connaissance,
avaient confirmé ses premiers soupçons. Il était donc
presque évident pour elle que Mariette Deslauriers
avait été victime d'une cruelle injustice, et aujour-
d'hui sa conscience prend une part de la responsabilité. Il lui est pénible de penser qu'elle a coopéré à
cette persécution ; qu'en accueillant avec tant de vivacité des calomnies auxquelles elle croyait à peine,
elle avait détourné son fils d'en rechercher la source ;
que c'est elle qui a déterminé son mari à écrire sur-le-
champ, à briser une affaire déjà si avancée, à faire
une démarche sur laquelle il est toujours si difficile
de revenir : enfin elle s'accuse d'avoir rendu le mal
irréparable, en défendant qu'on parlât davantage
devant elle de la *chétive* ouvrière du quai Saint-Clair.

— Chétive ! pensait-elle dans l'amertume de son
âme. De quel droit lui appliquais-je cette expression de mépris ? Elle l'était peut-être un peu plus
que moi aux yeux des hommes ; mais combien elle
était plus grande devant Dieu ! Ah ! est-il ici-bas une
créature qui puisse s'estimer quelque chose ? Et que
sont, à l'heure où je me trouve, les vaines distinctions, les différences de rangs, que les lois sociales et
l'orgueil humain ont établies parmi les hommes ?
Tout ce que j'ai appris du courage avec lequel cette
jeune fille supporte l'infortune, me démontre une
grande âme, une vertu éprouvée. Aurais-je accepté,
moi, de telles adversités avec autant de résignation
et de patience ? Chétive ! c'est moi, c'est moi qui
mérite ce nom, et il ne tomba jamais plus juste. Plût

au ciel que je n'en méritasse pas encore un plus dur.
J'ai persécuté, j'ai ruiné cette pauvre enfant. Marâtre
avant d'être mère, je l'ai écartée du sein de ma famille, où elle avait cent fois droit d'entrer. Sous prétexte de maintenir mon fils dans son rang, je l'ai
contrarié dans un amour légitime, j'ai compromis son
existence, empêché peut-être son bonheur. Voilà où
m'a conduit l'orgueil. Et qui sait jusqu'à quel point
je porterai tout à l'heure la peine de ma conduite ?

Telles étaient les réflexions que faisait madame Deluze, pendant les longues heures que lui créait la souf-
france. Or, elle n'était pas femme à emporter ce fardeau dans l'autre monde. Quoi qu'il en coutât à son
amour-propre de se contredire elle-même sur ce sujet,
elle cherchait cependant l'occasion d'en parler à son
fils.

— René, lui dit-elle en entrant brusquement en
matière, sais-tu ce qu'est devenue la petite Deslauriers ?

Un coup de tonnerre dans un ciel serein eut
moins surpris René que cette apostrophe de sa mère.
Il crut d'abord qu'elle était en délire. Cependant, devinant à son regard qu'elle avait son bon sens et qu'elle
attendait une réponse :

— Vous savez bien, ma mère, répondit-il, que
j'ai dû la perdre de vue; Vous m'avez vous-même défendu de prononcer son nom devant vous.

— Ce fut mon tort, mon enfant, et je t'en demande
pardon.

— Pardon? Mais ma mère, vous n'avez agi que
dans mon intérèt. Je n'ai jamais été assez injuste

pour vous supposer un autre motif que l'honneur de notre famille.

— C'est vrai, mon ami ; mais il y avait un motif qui devait passer avant celui-là : ton bonheur.

— Je conviens que mon rêve d'avenir s'est trouvé fauché par la racine. Le sacrifice m'a été pénible, parce que j'aimais beaucoup cette jeune fille, et que je l'estimais autant que je l'aimais. Avant l'article du journal, votre opposition me contrariait cruellement ; mais, depuis, j'en avais pris mon parti. La question était complétement retournée ; refoulant en moi une affection mal éteinte, j'avais fini par comprendre que votre sollicitude maternelle avait vu plus clair que moi.

— Je ne sais. Cet article du journal a servi mes désirs, mais je ne puis dire qu'il ait jamais obtenu mes convictions. Même dans le moment, il me laissa des doutes... Mon fils, il fallait remonter à la source ; il fallait... Ah ! ce souvenir m'est lourd, il m'étouffe.

Elle eut un moment de faiblesse, après lequel elle reprit :

— Est-il trop tard ? J'ai entendu dire que cette pauvre enfant a beaucoup souffert. Le sais-tu ?

— J'en ai ouï parler. Mais, ma mère, pourquoi ces pensées-là vous troublent-elles ? Ce qui est fait est fait.

— Ne me dis pas ce mot cruel. Non : ce qui est fait peut se défaire, ou plutôt ce qui a été défait peut se refaire. Je le souhaite, je te le demande...

— Les raisons qui vous inspiraient sont restées les mêmes. Mariette n'est point remontée dans sa condition; sa...

— Oh! ne retourne pas ce glaive dans ma plaie.
Si la situation n'a pas changé, ma manière de voir
est bien différente. Au point où me voici, mon cher
fils, les objets n'ont plus la même face. Puisse le ciel
ne pas me faire un crime d'avoir attaché quelque prix
à ce qui n'est rien, absolument rien, en présence de
l'éternité! Après t'avoir fait un devoir d'abandonner
cette jeune personne, je voudrais pouvoir t'en faire
un de retourner à elle... Mais, je le sens, ce serait trop
exiger de toi. Cependant le vœu de ta mère, et j'ose
dire son vœu suprême (car mon terme approche,
ne nous faisons point d'illusions, mon fils) son vœu,
dis-je, serait que tu te donnasses la peine d'éclaircir
ce mystère; que tu prêtasses, ou par toi, ou par
d'autres, quelque appui à cette pauvre abandonnée;
et, enfin, si ces assertions se trouvaient calomnieuses,
comme j'ai des raisons de le croire, que tu lui ren-
disses ton affection et la prisses pour épouse. En tout
ceci, mon cher enfant, ne vois qu'un conseil timide-
ment exprimé, ou plutôt un cri de ma conscience pour
qui c'est un besoin de vous faire, à tous deux, une
amende honorable. Oh! du moins, fais-moi une promesse, René, et une promesse qui ne t'engage à rien.
Le veux-tu?

— Parlez, ma mère.

— C'est de faire savoir à cette jeune fille que madame Deluze a regretté en mourant l'opposition qu'elle
a faite à son mariage. Me le promets-tu?

— Ma mère, je n'y vois pas de nécessité. Mariette
ne vous impute certainement pas sa mésaventure.
Elle n'a que faiblement connu votre opposition à mon

mariage, et ne s'est point méprise sur la raison qui
nous l'a fait rompre ; puisque tout était décidé, que
le jour même était fixé, quand ce malencontreux article est venu tout brouiller.

— C'est vrai. Cette observation me soulage. N'importe, mon enfant : promets-moi de lui faire savoir
que je regrette de l'avoir contrariée, et que mon dernier vœu a été que les choses eussent tourné autrement.

— Je vous le promets. Reine ne demandera pas
mieux que de lui faire parvenir cette nouvelle.

— Pauvre petite Reine ! Elle est la seule de nous
qui ait bien jugé. Son simple bon sens voyait plus clair
que notre orgueilleuse prudence. *Heureux ceux qui
ont le cœur pur parce qu'ils verront Dieu !* c'est-à-
dire la volonté, l'ordre de la Providence. Mon fils, je
t'abandonne la dernière solution de la difficulté. Je
crois que ton choix était bon, qu'il pouvait te rendre
heureux. Maintenant la chose est-elle possible comme
elle l'était d'abord, c'est une question où tu es seul
juge. Pour moi, je te remercie d'avoir soulagé ma
conscience ; daigne le ciel t'en tenir compte ! Mais
tâche de te conduire en ta vie comme tu voudrais l'a-
voir fait à l'heure de ta mort.

Cet incident ajouta encore un nouveau poids aux réflexions de René Deluze. Se serait-il jamais attendu à un
tel retour de la part de sa mère ? Quoi ! ce caractère si
hautain, cette âme si impérieuse et si fière s'était dépouillée de sa morgue aristocratique au point de
souhaiter que son fils épousât une *chétive* ouvrière,
une *fille de rien*, comme on se plaisait naguère à

l'appeler? Il faut donc que la mort ait de terribles
clartés! Les jugements de Dieu sont donc bien différents des jugements des hommes! De tous les événements qu'il eût pu rêver, celui-ci était certainement
le plus éloigné de sa pensée.

Il était à peine rentré dans sa chambre, soucieux
et pensif, quand Reine revint à lui.

— Enfin! dit-elle d'un ton de triomphe, tout vient
à point pour qui sait attendre. Il me semblait bien
qu'à la fin le jour se ferait. Voici une lettre de M. Imbert-Colomès. Mais, auparavant, laisse-moi te lire
celle que je lui avais écrite :

« Monsieur, depuis que des événements à jamais
déplorables vous ont déterminé à quitter cette ville,
l'état des choses n'a cessé d'empirer. L'anarchie fait
chaque jour des progrès; les Jacobins dominent et
impriment partout la terreur; les honnêtes gens tremblent et fuient; le désordre règne, dit-on, dans toutes
les administrations, et bientôt le séjour de Lyon deviendra dangereux pour les amis de la religion et du
roi. Mon père est bien préoccupé de cette situation;
je crois même qu'il n'est pas éloigné de suivre votre
exemple et de se retirer dans sa terre du Forez, en
attendant de sortir peut-être de France.

« Mais ce n'est pas de cela que je veux vous entretenir. Un incident fâcheux est venu porter le trouble chez nous. Le mariage de mon frère avec Mariette
Deslauriers était décidé, le jour même était pris, quand
le misérable journal de Champagneux, comme vous
l'avez su sans doute, a publié sous le voile de l'anonyme, un article diffamatoire sur cette jeune fille. Cela

a fait du bruit et attiré sur mon frère un certain ridicule.
Cédant peut-être trop vite à un mouvement d'indignation, avant de s'être donné la peine de vérifier si les accusations étaient fondées ou non, mon père a brisé l'affaire
et jeté cette pauvre Mariette dans un embarras des plus
grands. L'intérêt que vous portez à cette chère petite
(car c'est vous qui avez décidé son choix), la connaissance particulière que vous avez de sa famille, me font
croire que personne ne peut mieux que vous savoir la
vérité. Je vous envoie donc l'article sous ce pli, en vous
priant de me dire confidentiellement s'il y a là-dedans
quelque fondement. Il m'est impossible de dissimuler que cette rupture m'a fait beaucoup de peine. J'a-
jouterai même que, par le seul fait de l'amitié que vous
témoignez à Mariette, je suis portée à croire que si cette
jeune ouvrière a eu le malheur de naître d'un père
révolutionnaire, elle est cependant au moins restée
honnête et pure dans ses mœurs. M. Imbert-Colomès
aurait-il pu éprouver quelque intérêt pour une *soubrette*? Aurait-il conseillé à mon frère de l'épouser?
Ou bien aurait-il pu ignorer complétement sa mauvaise conduite? Voilà des mystères dont je serais
bien heureuse d'avoir de vous-même l'éclaircisse-
ment, etc.... »

Voilà ce que j'écrivais, reprend Reine, et voici la
réponse que je reçois à l'instant.

« Pardon, chère Reinette, du retard que je mets à
te répondre; il n'est, hélas! que trop justifié par les
événements et par les mille soucis qui me préoccu-
pent. Je vais donc directement au but et réponds
sans hésiter que l'article du *Courrier* est une pure

calomnie. 1° Le Deslauriers, ami et complice de Sauvage, se nommait Philippe, et non Philibert, et n'a-
vait de commun que le nom avec le père de Mariette,
honnête ouvrier et brave homme, s'il en fut jamais.
Les dossiers du tribunal peuvent en faire foi. Ce qui
aura occasionné la confusion ce sont les initiales *Phil.*
qui conviennent également à Philibert et à Philippe.
2° La conduite de Mariette a toujours été irréprochable. Je l'ai suivie d'assez près pour pouvoir l'attes-
ter. L'abbé Regny peut joindre ici son témoignage au
mien. Je regrette de n'avoir pas eu connaissance à
temps des accusations de l'anonyme; il est certain
que j'aurais exigé une rétractation. Je n'ai point à
juger les motifs de ton père dans une affaire qui ne
regarde que votre famille; mais je regrette comme
toi qu'on ait agi si précipitamment dans une question
aussi grave, et où il était si facile de parvenir à la
vérité. Il n'y avait pour cela qu'à me consulter. Néanmoins, pour être tardive, la réparation est encore
possible. J'écrirai demain au *Courrier*. Adieu chère
petite; sois toujours bonne et sage, etc... »

— Tu le vois donc, continua Reine, j'avais raison
de ne pas désespérer. Ne dusses-tu jamais épouser cette
chère victime, je m'estimerais toujours heureuse d'a-
voir contribué à réparer, en partie du moins, l'injure
qu'on lui a faite. Le mal, je le sais bien, est plus facile
à faire qu'à guérir. Bien des gens qui ont lu le premier article, ne liront pas le second; beaucoup, en
lisant celui-ci, garderont encore leurs fâcheuses impressions; mais du moins la partie honnête et sensée
de la population accordera quelque chose au nom

respecté de M. Imbert-Colomès. O mon ami! je ne
puis te dire combien ce résultat me fait de bien au
cœur.

Deux jours après, on lisait en effet dans le journal
diffamateur les lignes suivantes :

« Nous recevons de Trévoux la lettre que nous
allons insérer. Mais auparavant nous ferons remarquer au citoyen Imbert que nous agissons que par
un motif d'impartialité, et non en vertu des menaces
qu'il a l'air de nous adresser. Que l'ex-échevin, expulsé par la volonté du peuple, prenne la défense
d'une fille ci-devant fiancée à un muscadin de ses amis,
c'est chose toute simple. Mais qu'il nous permette
de lui dire que nos colonnes restent ouvertes à
tout patriote ami de la vérité. Nous n'avons point
garanti les assertions de notre correspondant ; nous
garantissons encore moins les rectifications du magistrat dépossédé. Entre ces deux autorités, que le
lecteur choisisse. En attendant, voici la lettre, à qui
l'on peut justement appliquer la locution populaire
de *moutarde après dîner*.

« Monsieur le Rédacteur, je prends seulement
aujourd'hui connaissance de l'article anonyme inséré
dans votre numéro du 20 avril passé, et relatif à
une jeune fille si clairement désignée que personne
n'a pu s'y tromper. La prétendue soubrette n'est autre
que Mariette Deslauriers, petite-fille d'Ambroise
Deslauriers et fille de Philibert Deslauriers. La connaissance personnelle que j'ai de cette famille, qui a
été longtemps au service de la mienne, et la qualité
de curateur que j'ai exercée à l'égard de la personne

en question, me donnent le droit et m'imposent le devoir de rectifier des assertions de tout point erronées. D'abord Philibert Deslauriers ne fut ni l'ami ni le complice de Sauvage. Votre correspondant a, volontairement ou involontairement, confondu ici *Philibert* Deslauriers avec *Philippe* Deslauriers. Les actes du greffe sont là pour le prouver. En second lieu, j'atteste sur ma responsabilité personnelle que Mariette Deslauriers est une jeune fille de conduite exemplaire, qui n'a mérité en aucune façon la qualification injurieuse qu'il a plu à votre correspondant de lui donner. Tous ceux qui la connaissent joindront ici leur voix à la mienne, et s'étonneront qu'un journal qui se dit sérieux, admette avec tant de légèreté des assertions dont il n'a point vérifié l'exactitude, et qui ne sont, en résumé, que de viles calomnies. Je vous prie, monsieur le rédacteur, et au besoin vous requiers, sous la peine édictée par la loi, d'insérer cette réclamation dans votre plus prochain numéro. — Imbert-Colomès, ancien magistrat. »

Sans doute l'effet de la rétractation ne pouvait être ni aussi sûr, ni aussi prompt, ni aussi général que celui de la calomnie : mais enfin c'était une réparation. Dès ce moment, on ne pouvait plus renouveler contre Mariette Deslauriers des accusations aussi nettement démenties; dès ce moment René Deluze n'avait plus à craindre d'encourir la mésestime ou les railleries de ses amis; il semblait même que l'honneur de cette jeune fille, vengé par une autorité aussi grave, allait ressortir plus éclatant, plus pur, du temps même que la calomnie avait duré et de la touchante

résignation avec laquelle la victime avait supporté son
infortune. Eh bien ! l'âme de René se trouvait aussi
soulagée que celle de sa sœur ; elle l'était même plus,
beaucoup plus, puisque la question l'intéressait et
que son honneur semblait lié à celui de Mariette.
Mais la personne à qui cette nouvelle fit le plus de
bien, fut incontestablement madame Deluze. Les
larmes lui vinrent aux yeux, quand on lui lut la lettre
de M. Imbert et l'article du journal. Elle porta sur
son fils un regard de tendresse, et murmura tout bas :
— Voilà la pensée qui va embaumer mes derniers
instants.

XVIII

NOUVEAUX PÉRILS

— Eveillez-vous, éveillez-vous, chère amie ! dit
Louise à la malheureuse prisonnière ; ne vous laissez
pas aller à un abattement qui serait d'autant plus
malencontreux qu'il s'agit du moment décisif. Où est
donc votre courage ? Vous me paraissiez tout à l'heure
si forte et si résignée ! Avez-vous donc perdu toute
confiance en Dieu ?

— Non, chère enfant, je n'ai point perdu confiance
en Dieu, mais je l'ai toute perdue en moi-même. Il me
semblait aussi que mon sacrifice était fait. Mais, en
entendant cet affreux langage, j'ai senti la terreur en-
vahir tout mon être et mes forces m'abandonner. Eh
bien ! puisqu'il faut subir ce sort affreux, subissons-le.

— Ce ne sera qu'à la dernière extrémité. Commen-
çons par faire ce qui est possible, et laissons à Dieu
le soin du reste. La Providence, qui est toujours attentive au bien de ses élus, me suggère une idée qui
peut réussir. Vous allez sortir cette nuit, dans deux
ou trois heures, avant que la lune soit levée.

— Et comment sortir ? Vous ne songez pas que la
surveillance la plus stricte est exercée partout.

— Si j'en crois à mes oreilles, Poleymieux est presque désert : on poursuit la châtelaine, qui a été aperçue, paraît-il, errant dans les montagnes. C'est là
que les attentions sont dirigées. Il n'y a guère que
Blangy qui songe particulièrement à vous ; les autres
sont uniquement occupés de cette dame, excités en
cela par nos femmes patriotes, lesquelles seront fort
aises de lui faire expier sa supériorité. Nibelle part
cette nuit pour Lyon. Je dois lui donner ma pièce de
soie, que je viens d'achever. Personne ne vous soupçonne ici, car personne ne se défie de mon père. Vous
vous fourrerez dans sa petite voiture sans qu'on s'en
aperçoive. C'est un homme sûr, le meilleur ami de
ma vieille tante. Du reste, il est tellement inoffensif,
on est tellement habitué à le voir faire son petit commerce qu'il passera à travers toutes les bandes, sans
éveiller la moindre attention. Il est prévenu et s'est
montré tout disposé à vous rendre ce service.

La confiance de Mariette n'était pas aussi grande
que celle de sa libératrice. Mais comme il n'y avait
pas d'autre moyen de salut, il fallait se résigner à
tenter celui-là. Entre minuit et une heure, le père
Nibelle passa en effet devant la porte. L'obscurité

était aussi grande qu'elle peut l'être dans une nuit d'été sans lune. Les habitants de Poleymieux, toujours agités à l'occasion des événements de la journée, étaient pour la plupart sur pied. Les plus furieux et les plus valides battaient la campagne ; de temps en temps on entendait leurs cris, qui servaient sans doute de signe de ralliement ; et c'était lugubre, ces clameurs lointaines d'une meute humaine acharnée sur une victime. Mariette glissée furtivement sous la toile qui couvrait la charrette du père Nibelle, fut ensevelie sous des étoffes, des paniers, et divers autres objets. Elle put traverser ainsi des groupes de femmes et de jeunes filles, mêlés de quelques hommes. Les uns adressèrent un bonjour au père Nibelle, d'autres lui donnèrent des commissions verbales, plusieurs lui souhaitèrent bon voyage. Il répondit à tout avec son calme ordinaire, s'arrêta plusieurs fois pour entendre des explications : moments que la fugitive trouvait démesurément longs. Pendant une de ces stations, elle entendit la voix de Blangy qui pérorait dans un groupe de femmes.

— Voici votre heure, leur criait-il, l'époque où vous releverez vos têtes humiliées ; le temps prédit par le démocrate Jésus, où les premiers seront les derniers et les derniers les premiers. On va demander compte à ces créatures hautaines des préséances qu'elles s'arrogeaient ; on saura si la nature les a créées différentes des autres. Je vous ferais frémir si je vous déroulais toutes les horreurs qui se sont commises dans ces orgueilleux manoirs. Eh bien ! commencez par quelques actes expiatoires ; que l'exemple de Poleymieux soit suivi, et l'on verra bientôt ces contempteurs de la justice baisser leur front dans la poussière. Femmes, vous vous montrerez, je l'espère, dignes de l'ère qui se prépare; vous apprécierez les bienfaits de la liberté. Secouez les sots préjugés, les vaines terreurs dont vous avez été jusqu'ici les esclaves; secondez vos maris dans l'œuvre d'émancipation. Comme ils ont mangé le loup, mangez la louve, et que le nom de Poleymieux devienne la terreur des aristocrates.

Quelques hommes applaudirent; les femmes se turent; elles n'étaient point encore à la hauteur de ces doctrines anthropophages. Puis l'orateur se rapprocha de Nibelle et conversa un moment avec lui. Mariette sentait, pour ainsi dire, son souffle. Un instant même il se tint appuyé contre la toile, et les cerceaux plièrent sous la pression. Il était à un demi-pied de sa victime, et que serait-il arrivé s'il l'avait su? On frémit à le penser. Plus morte que vive, Mariette se demandait si ce père Nibelle l'oubliait, ou s'il s'entendait avec l'ennemi.

— Vieillard, demanda Blangy, tu connaissais cette vieille femme qui vient de mourir?

— Depuis soixante-dix ans, au moins. Nous sommes nés sous deux toits voisins, nous avons joué ensemble dès le berceau, et j'ai grand regret de la voir partir la première.

— T'a-t-elle dit qu'elle a reçu chez elle une jeune fille sortie du château?

— J'ai assisté à son dernier soupir, et vous comrenez sans peine qu'on ne songe guère qu'à soi dans des moments pareils.

— Mais, enfin, tu as ouï parler de cette femme?

— Je ne dis pas non : tout le village en parle, et il est bien difficile qu'elle échappe à tant de surveillants.

— En tout cas, si tu entends parler d'elle ou si tu la vois, je te serai obligé de me le faire savoir.

— Je vais droit à Lyon ; je rentrerai après-demain et je verrai Louisette, dont je porte ici la commission. Il n'y a pas de doute que je lui raconterai ce qui me sera arrivé dans le voyage.

— Oh ! si tu pouvais me la retrouver, je te récompenserais grandement.

— Merci de la récompense ! Cela n'en vaudrait vraiment pas la peine.

Par quel oubli, encore une fois, par quelle fatale indolence, ce vieillard laissait-il la proie à portée de la griffe du tigre ? Et songer qu'un mouvement, un souffle un peu plus fort, un léger accès de toux (et la toux devient facilement un besoin dans un cas pareil) pouvait tout trahir, et causer un horrible crime et un extrême malheur ! On se mit enfin en marche, on sortit de Poleymieux, et la fugitive put secouer le poids qui l'accablait et respirer en liberté. — Ha ! ha ! ne vous fâchez pas, répondit l'honnête conducteur au reproche qu'elle lui faisait. J'avais mon but en faisant cela ; je voulais mieux tromper, mieux écarter les soupçons. C'est surtout quand on est bien inquiet qu'il faut paraître calme, et il est bon d'aller lentement dans les lieux d'où l'on est pressé de sortir. Si

j'avais piqué ma pauvre bourrique, tout le monde
aurait couru après moi, parce qu'on sait bien que ce
n'est pas mon usage et qu'on se serait douté de quelque chose. Allons! allons! l'expérience vous viendra
avec l'âge. En attendant, usons de précautions et de
détours ; nous ne sommes pas encore hors de péril.

Toute cette nuit, toute la journée suivante, la charrette erra de vallée en vallée, de colline en colline. Il
ne s'agissait plus d'arriver à Lyon, mais de perdre ses
traces, d'éviter les patriotes mis en éveil. Déjà le bruit
des événements de Poleymieux était répandu partout, à
la stupéfaction des uns, à la grande joie des autres.
Tous les patriotes s'agitaient. Comme Blangy le clubiste était resté sur le théâtre même du crime, tant
pour y soutenir l'ardeur que pour la raison connue
du lecteur, les autres terroristes de Lyon, ses amis,
s'étaient disséminés dans les alentours pour lancer les
paysans à la poursuite de leur proie. A chaque instant
donc notre vieux conducteur en rencontrait, tantôt
isolés, tantôt en groupes. Fort connu dans ces con-
trées, il n'excita d'abord aucun soupçon ; mais à mesure qu'il s'éloignait de son point de départ et qu'il
prenait des chemins moins fréquentés, il commençait
à attirer l'attention. On se regardait, on chuchotait,
on l'interrogeait même ; son air bonhomme, ses réponses simples et adroites détournèrent d'abord le
danger ; mais il sentait lui-même qu'il ne pourrait pas
toujours soutenir ce rôle, et qu'arrivé enfin dans une
localité où il serait tout à fait inconnu, il verrait sa
voiture visitée et la prisonnière appréhendée au corps.
Ces réflexions le décidèrent à prendre un autre parti

— Ne bravons pas plus longtemps la fortune, dit-
il à Mariette, comme ils arrivaient en un endroit écarté
où il était sûr de n'avoir pas de témoin. Vous voyez, à
mi-côte, cette maisonnette isolée, à demi-cachée sous des
arbres ? Elle est habitée par un jeune ménage que je
connais très-particulièrement, puisque la femme est
petite-nièce de la mienne. Ce sont de paisibles cultivateurs, établis là depuis un an, vivant loin du bruit
et dans la plus parfaite pratique des devoirs chré-
tiens. Vous êtes fatiguée, rouée de cette marche pénible ; mon âne commence à se lasser ; je vais vous
déposer là. Je ne craindrai nullement de dire à ces
braves gens qui vous êtes ; et je compte sur leur fidélité et leur dévouement comme je compte sur le mien
propre. Là, vous attendrez que les poursuites des patriotes aient cessé : ce qui ne peut tarder, puisqu'ils
trouveront bientôt la dame qu'ils cherchent, ou qu'ils
se lasseront de la chercher. Ensuite il n'est pas possible que les autorités de Lyon ne s'émeuvent pas, en
apprenant les horreurs qui se sont passées. La garde
civique viendra certainement, et vous offrira une protection autrement sûre que celle du vieux Nibelle.

Ces raisonnements étaient justes : il fallut y ac-
céder. On entra avec toutes les précautions possibles
dans la maisonnette, où la fugitive fut accueillie avec
un cordial empressement. Toutes les recommanda-
tions étant bien faites, le vieux conducteur alla faire
paître son âne à une demi-heure de là, pour ne pas
éveiller de soupçons. On donna à Mariette la chambre
du dessus, une petite pièce proprette, tranquille, qui
donnait sur la montagne. Là elle résolut d'attendre un

jour ou deux, jusqu'à ce qu'elle pût s'assurer que les
patriotes avaient pris ou manqué leur victime. Mais,
que de réflexions tristes l'assaillirent! Son esprit
préoccupé, effrayé, avait peine à surmonter ses cruelles
impressions. Tous les sons que l'écho lui apportait,
c'étaient les sinistres clameurs des buveurs de sang.
Si de temps en temps une forme humaine apparaissait, de près ou de loin, elle frissonnait comme si
ç'eût été Blangy. Rien ne pouvait lui ôter de l'esprit
que ce forcené finirait par découvrir sa retraite ; il a le
flair du chien de chasse et la férocité du tigre. Toute
la journée se passa ainsi. Quand le soir vint, un peu
de courage rentra cependant dans cette âme éprouvée. Elle prit un modeste repas avec les habitants de
la chaumière, jouit de leur innocente société, et alla
ensuite goûter le repos dont elle avait si besoin après
tant d'agitation.

Mais, vers le milieu de la nuit, elle fut réveillée par
un bruit qui se faisait en bas. Tremblante, elle se lève
et entend une voix de femme et les gémissements d'un
enfant. C'étaient la femme de chambre et le plus jeune
des enfants de madame de Poleymieux, qui venaient,
eux aussi, chercher un refuge contre les poursuites
des patriotes. Elles se reconnurent et s'embrassèrent
en mêlant leurs larmes. Toute la journée, cette fidèle
servante avait erré à travers les vallées et les montagnes, et arrivait, exténuée de fatigue, de chaleur et de
faim. Outre la sollicitude que lui inspirait l'enfant
confié à ses soins, elle était encore inquiète de son
maître dont elle ignorait le sort, et de sa chère maîtresse, errante, comme elle, devant la meute des ter-

roristes. En apprenant la mort cruelle de M. de Poleymieux, elle tomba évanouie. Mais bientôt elle
reprit ses sens, et il fallut aviser à la situation. On
délibéra, et la conclusion fut qu'on devait modérer
toute impatience et attendre que l'orage fût passé. —
A quoi vous servirait de faire autrement? disait le
jeune couple. Vous ne pouvez être d'aucun secours à
madame de Poleymieux, ni elle à vous ; vous ne la
sauveriez pas, et vous vous perdriez avec cet enfant.
Le bon sens dit qu'il vaut mieux conserver ce qu'on
tient, que de tout risquer. Cet avis fut écouté. Après
avoir donné à manger à cet innocent que la faim dé-
vorait, on le jeta sur un lit, où il s'endormit bientôt
d'un profond sommeil. Les autres essayèrent d'en
faire autant, mais l'anxiété ne le permit pas. Ou si
l'accablement commençait à triompher de la nature,
le repos dura peu. Au point du jour, la maisonnette
était entourée d'une douzaine de paysans armés de
fourches; la nouvelle fugitive avait été aperçue par
un enfant qui l'avait dénoncée.

Ainsi, Mariette avait inutilement cherché à échapper à son sort. Ce n'était pas elle, il est vrai, que la
troupe avait en vue ; mais il se trouvait là un habitant
de Poleymieux qui était au courant de ce qui la regardait, et connaissait la récompense promise par
Blangy à celui qui la lui ramènerait. Nous ne savons
s'il avait parlé des *trois cents livres* à ses compagnons, ou s'il se les réservait prudemment; mais il
parvint à persuader que cette jeune femme était une
amie de la dame de Poleymieux, qu'il l'avait vue au
château quelques jours avant l'attaque, qu'elle devait

être au courant de ce qui s'y était passé, et qu'on ferait bien de s'assurer de sa personne pour avoir les
renseignements nécessaires. Interrogée par celui qui
s'était fait chef de la bande, Mariette ne put nier
qu'elle avait été au château de Poleymieux ; mais elle
protesta qu'elle n'avait connaissance d'aucun complot,
d'aucun projet qui menaçât en rien l'ordre public.
N'importe : elle fut décrétée d'arrestation. L'enfant
endormi fut enlevé par un de ces sauvages, et les
deux dames reçurent ordre de se mettre en marche.

C'était un soulagement pour notre héroïne de ne
pas voir la sinistre figure de Blangy parmi celles qui
l'escortaient. La plupart même de ces physionomies
n'avaient rien de repoussant ; on voyait des paysans
honnêtes qu'un souffle d'orage avait soudain arrachés
à leurs paisibles occupations, pour en faire des révolutionnaires d'un moment. Beaucoup d'ailleurs cé-
daient à une impression réelle de crainte ; on avait
fini par leur persuader qu'ils couraient les plus grands
dangers, s'ils ne parvenaient à se défaire de leurs
seigneurs. A mesure qu'on s'éloignait du château dévasté, le mouvement devait décroître. Mariette espérait donc que l'on ne tarderait pas à la relâcher. Cependant elle se trompait ; à peine avait-on avancé
d'une demi-lieue, qu'une nouvelle bande plus forte,
et surtout plus furieuse, arriva. La présence des deux
femmes et du *louveteau*, fut saluée par de violentes
acclamations. On entonna des chants patriotiques.
Le chef même de la nouvelle troupe fit un ou deux
tours de danse autour des victimes. Mariette reconnut
en frissonnant un lyonnais nommé Ducerf, ami de

Blangy, clubiste furieux et parent d'un des assassins du soldat suisse. C'était pour elle un arrêt de mort.

— La justice populaire ne fait point de quartier, s'écriait l'énergumène; elle ne connaît pas les vains ménagements, les égards d'une stupide sensibilité. Son travail est celui d'un chirurgien extirpant un cancer; il tranche, il arrache, jusqu'au dernier fil; il aime mieux enlever beaucoup de bonne chair que d'en laisser un peu de mauvaise. A quoi bon les interrogatoires, les procédés judiciaires, les lenteurs? Jamais on ne s'est repenti d'avoir immolé, par précaution, un être suspect. Amis, cette viande de louveteau ne serait pas de mauvais goût; que vous en semble? Êtes-vous en appétit? Si cela est, nous pouvons faire comme nos camarades de Chasselay et de Poleymieux. Le voulez-vous?

Cette proposition trouva des échos. Les plus échauffés de la bande acclamèrent; la plupart se turent; mais pas un n'essaya de prendre la défense de l'enfant menacé. Déjà l'on allait se mettre en devoir de le mettre à mort, le clubiste avait tiré une longue lame, aiguë, affilée, un couteau de boucher: car le scélérat exerçait ce métier.

— Ce doit être un morceau savoureux, criait-il en brandissant son arme. Ce petit garnement a été finement éduqué, nourri délicatement de viandes succulentes et de gibier; sa chair vaudra, je l'espère, un peu mieux que celle de son vieux père. Et puis, voilà deux créatures assez belles et assez potelées : qui nous empêchera d'en goûter aussi? Mais, pour cela, il

nous faut un endroit commode, et on ne tue le veau
qu'à la boucherie.

Le bourreau indique du doigt une maison isolée
qui pouvait être distante d'une demi-lieue. On se mit
en marche pour s'y rendre. La femme de chambre,
épouvantée, frémissant d'horreur, supplie qu'on l'é-
gorge si on le juge à propos, mais qu'on épargne cet
innocent. Elle objecte qu'il ne peut être coupable ;
qu'on ne saurait lui reprocher sa naissance, puisqu'elle
n'a pas dépendu de lui ; elle en appelle à Dieu, à l'humanité, à tout ce que le cœur humain renferme de
bons sentiments. Ses supplications comme ses arguments semblaient faire peu d'impression, au moins
sur le meneur ; car, pour rendre justice à la vérité,
nous devons dire que plusieurs de ces paysans, assez
entraînés pour donner la chasse aux aristocrates, ne
l'étaient point assez pour se nourrir de leur chair.
Quelques-uns, sous un prétexte ou sous un autre, restèrent en arrière, ou tirèrent de côté et disparurent.
L'œil du clubiste restait habituellement fixé sur Mariette, qu'il avait vue plus d'une fois et qu'il recon-
naissait sans doute. Mais eût-il encore hésité, l'habitant de Poleymieux aurait levé toutes ses incertitudes ;
car, s'approchant de lui, il lui dit à voix basse :

— Est-ce bien sérieusement, citoyen Ducerf, que
vous avez fait cette menace ? Quoi ! vous égorgeriez,
vous rôtiriez ces trois personnages ?

— Et je les mangerais. Pourquoi non ?

— C'est qu'il y a, là, un morceau qui vous rapporterait bien davantage... autrement.

— Ce petit, veux-tu dire ? Oui, si on le tenait à

part, en une bonne cage, la mère en donnerait sans
doute un prix.

— Ce n'est pas cela que je veux dire. C'est de la
fille Deslauriers que je parle.

— Eh bien ?

— Eh bien ! elle vaut une certaine somme : trois
cents livres. Et cela est toujours bon à prendre.

— Comment cela? Explique-toi.

— Noël Blangy la poursuit, il a promis cette somme
à qui la lui livrerait. Si vous vouliez, nous partage-
rions.

— Badaud ! répliqua Ducerf avec un geste de mépris. Où diable les pêcherait-il, ses trois cents livres?
Il n'a pas trois cents sous à sa disposition : car il crève
de faim. Es-tu assez stupide pour croire à de telles
promesses ?

Cette révélation rabattit singulièrement de l'ardeur
du patriote de Poleymieux. Il se gratta l'oreille et
cessa de chanter. On affirme même qu'il se sépara
peu à peu de la bande et disparut. Cependant on approchait du but, c'est-à-dire de la maison où devait
se consommer la boucherie. La troupe avait bien
diminué ; mais, comme celle de Gédéon, elle n'avait
gardé que les braves. On peut juger quels fris-
sons d'horreur éprouvèrent les deux femmes en entrant dans cette ferme isolée. On la trouva déserte.
Les propriétaires, avertis par la rumeur, s'étaient en-
fuis, abandonnant tout à la merci des dévastateurs.
Immédiatement (suivant l'invariable usage des patriotes), on descendit à la cave. Un tonneau de vin s'y
trouvait ; on se mit en devoir d'en tirer parti. Mais

auparavant, en prévision de l'effet que pouvaient
produire d'abondantes libations, on lia les deux pri-
sonnières et on les installa dans la chambre voisine,
fermée à clé. Quant à l'enfant, on crut inutile de
prendre cette précaution à raison de son âge ; on l'enferma pourtant, mais on lui laissa la liberté de ses
membres. Puis on se mit à boire. Le voisinage des
deux pièces, permettait aux femmes d'entendre tous
les propos des buveurs, et nous attestons qu'ils furent
horribles. Plus le vin déliait les langues, plus le
cynisme et la cruauté de langage augmentaient. Ce
n'était pas seulement la mort, c'étaient d'affreux outrages qui attendaient les victimes. Cependant Mariette restait calme. Etait-ce que l'habitude finissait
par émousser en elle la sensibilité ? Non. Le sentiment de la piété s'était réveillé en elle avec une vivacité inaccoutumée. Elle se souvenait de sa patronne,
de l'auguste Reine des vierges, de celle à qui on ne
recourt jamais en vain dans les heures de tribula-
tion.

— Pas de douleur exagérée, dit-elle à sa compagne ;
plus notre position est triste, plus la Providence nous
accorde d'attention. C'est souvent quand le péril semble le plus près, qu'il est le plus éloigné. Dieu nous
viendra en aide. Toute ma vie j'ai eu une grande confiance en Notre-Dame-de-Fourvières ; mais j'avoue
qu'en ce moment elle est sans bornes ; un je ne sais
quoi me dit que nous ne subirons pas le sort horrible
dont on nous menace. O Marie, ma consolation et
mon étoile ! je suis bien sûre que vous ne me délaisse-
rez pas. Ce n'est point votre usage d'abandonner ceux

qui ont recours à vous. Comment nous sortirons d'ici, ma sagesse serait bien embarrassée de le dire ; la vôtre ne sera nullement embarrassée de le faire. Je me remets donc entièrement entre vos mains, moi, ma compagne de douleurs et ce pauvre innocent, encore ignorant des maux qui le menacent. Il m'est impossible de croire que vous ne vous laisserez pas toucher. Je ne veux donc plus avoir de souci, et je m'endors sous vos ailes.

Rien ne relève une âme accablée par le malheur, comme l'exemple du courage et de la confiance en Dieu. La femme de chambre se trouva tout à coup soulagée, et se sentit envahie par les sentiments que Mariette exprimait. Si bien que, la séance des patriotes se prolongeant, les deux chères créatures n'étaient pas loin de se laisser aller à un demi-sommeil. Le vin commençait à agir ; la mêlée des voix, des chants, des cris, produisait une confusion inexprimable. Toutefois, le projet homicide apparaissait toujours à travers les vapeurs du vin, comme l'orbe sanglant de la lune reste visible à travers les brouillards de la nuit. On pouvait entendre un certain bruit dans le foyer ; des mains attentives y disposaient le bois ; le cliquetis des instruments de cuisine formait aussi un avertissement sérieux, sur lequel les captives ne pouvaient guère se faire illusion. A chaque instant un de ces signes précurseurs, et surtout les coups donnés contre la porte venaient ébranler leurs nerfs ; quelque patriote, plus attentif encore, avait soin de crier par le trou de la serrure : — *A la broche, les dames ! à la broche !* — Ce qui faisait frissonner la femme de cham-

bre et sourire Mariette : car elle ne pouvait s'imaginer
que sa patronne la laisserait subir les infâmes violences qu'on semblait lui réserver. Chose étrange ! à
mesure que le péril devenait plus imminent, sa confiance grandissait. En levant les yeux au ciel, il lui
semblait voir une étoile, une brillante étoile, luire
dans un nuage sombre. Elle souriait en la contemplant.
Elle se souvenait de plus d'une circonstance où,
pour être allée verser, à Notre-Dame-de-Fourvières,
son vase de douleur, elle en avait rapporté la joie et
la consolation ; et elle pensait qu'aujourd'hui encore,
il en serait ainsi.

Le tonneau était fort avancé, et il ne restait plus
guère de tête aux patriotes. Deux ou trois seulement,
ayant moins bu que les autres, étaient encore capables de se souvenir qu'il y avait quelque opération à
faire. Ducerf, lui, était complètement ivre ; les yeux
lui sortaient de la tête, et sa langue embarrassée ne
pouvait plus que bégayer sa pensée. En vain lui rap-
pelait-on qu'il avait, là, trois prisonniers à rôtir : il
répondait : — Rien ne presse ; nous avons le temps,
buvons toujours. — C'est qu'en effet rien ne le gênait ; le terrain était libre ; personne ne pouvait contrarier l'exécution de son projet. Puis une autre idée
lui était venue : comme il serait long et désagréable
de couper la gorge à ces trois personnes, de les em-
brocher et de les rôtir, ne vaudrait-il pas mieux mettre le feu à la maison et les griller d'un seul coup ?
Ce ne fut pas sans peine qu'on démêla cette pensée à
travers ses phrases pâteuses et incohérentes. Les
uns approuvèrent, les autres persistèrent dans le pro-

jet primitif ; la raison de ceux-ci était que de la chair ainsi grillée sentirait la fumée et ne serait pas mangeable. Nous laissons au lecteur le soin de suppléer à ce que nous ne saurions dire. Une discussion s'ensuivit, bruyante, confuse, impossible à suivre, comme il arrive parmi des ivrognes. Tout laissait croire que cette troupe abandonnée aux fumées du vin se trouverait incapable d'une opération quelconque, s'il ne lui arrivait du renfort. Or, ce renfort arrivait.

Quelle pâleur déteignit les joues de Mariette, quand, jetant un regard vers la fenêtre, elle aperçut un homme à la tête d'une nouvelle bande, et qu'elle reconnut cet homme pour Blangy ! Son courage l'abandonna encore, et un voile jaune descendit sur ses yeux. Le flair de limier, dont il était doué, ne l'avait donc pas trompé ! Le cruel avait retrouvé la trace de sa victime ! Averti, on ne sait par qui, de la fuite de Mariette, il s'était mis à sa poursuite ; et de renseignements en renseignements, il avait fini par aboutir à son terme. Elle est là ! un patriote détaché de la bande vient de le lui apprendre. On se dispose à l'immoler, à la rôtir... sans lui. C'est injuste ; le premier droit sur elle lui appartient. Le gibier est à celui qui l'a levé, qui l'a poursuivi et réduit aux abois. A mesure qu'il approchait, il recueillait les paysans épars, les engageait à le suivre, les *invitait à dîner*. Douze ou quinze avaient obéi à sa voix et marchaient avec lui. Tous chantaient à gorge déployée, et l'écho des montagnes renvoyait les éclats de leurs voix. Quel feu brille dans les yeux du terroriste ! Elle est là ! Impossible, absolument impossible qu'elle lui échappe. Il

devine que c'est son ami Ducerf qui a fait cette cap-
ture; c'est un service qu'il n'oubliera pas. Pourvu
qu'elle ne soit pas encore à la broche ! Pourvu qu'il
puisse la revoir vivante, la percer de son regard, rire,
rire encore, rire longtemps, rire à loisir, puis lui poser le couteau sous la gorge, puis... Oh ! nous reculons
devant les fantaisies que se permet cette imagination
dévergondée. Si la méchanceté d'un révolutionnaire
ne connaît pas de limites, la plume de l'écrivain est
forcée d'en admettre.

L'entrée de Noël fut à peine remarquée de Ducerf,
tant il était appesanti par le vin ! Les nouveaux venus
se hâtèrent de visiter le tonneau qu'on avait ex-
trait de la cave, et d'en absorber le reste. Quant à
Blangy, il entr'ouvre la porte ; il regarde, il s'assure
qu'elle est là ; elle !... aussi belle, aussi digne, aussi
modeste que jamais. Il la regarde, il fait entendre son
souffle agité, puis un sourd murmure, puis un rire
bruyant. Il voudrait attirer sur lui un coup-d'œil de
sa part, il n'y réussit pas ; elle a baissé ses paupières,
elle se recueille, pour offrir à Dieu son dernier sacrifice. La porte se referme alors, mais non sans que le
tigre ait dit assez haut pour être entendu : — Oui, je
le crois : elle sera bonne... cuite au vin blanc.

XIX

QUE FAIRE?

Toute la ville de Lyon était maintenant occupée des
sinistres événements de Poleymieux. Les divers inci-

dents de ce drame lugubre étaient racontés, commentés, dans les sens les plus divers. Ce qu'il y avait d'honnêtes gens se sentait révolté de ces scènes de cannibales ; on se demandait en tremblant où conduirait un ordre de choses qui débutait par de telles atrocités. Les révolutionnaires, au contraire, applaudissaient à ces mesures d'une *salutaire rigueur* ; on louait les paysans de leur énergie ; on saluait, dans son premier acte, la sanglante tragédie qui allait s'ouvrir. Dès le soir, tous les clubs retentirent des éloges des gens de Poleymieux, de Chasselay, de Lucenay, etc... Chalier débita à cette occasion une de ces harangues mêlées de sentimentalisme et de fureur démocratique, où l'on ne savait de quoi s'étonner le plus du mauvais goût littéraire ou de l'odeur du sang. Ses émissaires, et Blangy en particulier, furent comblés de louanges ; on savait que Blangy avait décidé et dirigé l'attaque du château ; on lui attribuait même l'acte de vengeance exercé sur le vieil aristocrate, et toutes les voix acclamèrent, toutes les mains applaudirent. Il fut décidé qu'une ovation lui serait faite à son retour.

Mais nulle part l'agitation causée par cette triste tragédie ne fut plus grande que dans la famille Deluze. Chaque rumeur venant de ce côté y retentissait comme un glas funèbre. Outre l'intérêt qu'excitait le vénérable Guillin-Dumontet, (frère de Guillin de Pougelon, l'ami intime du notaire Deluze), on savait enfin que Mariette était compromise dans ces graves événements. Inutilement avait-on cherché à écarter cette supposition ; des renseignements certains ne permet-

taient pas d'en douter. La pauvre fille avait été enveloppée dans l'horrible émeute ; comment, jusqu'à
quel point ; là était l'incertitude. Mais quels bruits
affreux couraient à cette occasion ! Combien de traitements plus odieux les uns que les autres, lui auraient été infligés! Les contradictions abondaient, il
est vrai, dans ces récits ; cependant pouvaient-ils être
sans fondement? Et, en admettant même la supposition la plus favorable, ne trouvait-on pas encore d'indi-
gnes outrages, la captivité, la menace d'une mort
cruelle? René s'émut au dernier point de ces nouvelles affligeantes. Maintenant il se regardait comme
chargé du sort de cette infortunée victime. Au motif d'un amour plus pur et plus vif que jamais, se
joignait une sorte de remords qui lui reprochait d'ê-
tre la cause de tant de malheurs. C'est lui qui, par son
irréflexion et une rupture inconsidérée, a été l'auteur
de ce qui se passe. Ces supplices infligés à une innocente sont autant de voix qui crient contre lui. Ce n'est
plus seulement pour lui une affaire d'attachement et
d'honneur, mais de justice. Il doit en conscience réparer le tort qu'il a fait. Par une singulière coïncidence, divers témoignages viennent lui confirmer tout
ce qu'a dit M. Imbert. Plusieurs personnes attestent
que le Deslauriers, ami de Sauvage, n'avait de commun que le nom avec le père de Mariette. L'abbé Regny écrit de sa prison qu'il est bien surpris qu'on ait
ajouté foi aux grossières calomnies du *Courrier*. Champagneux lui-même, que Deluze a rencontré, n'a pas
craint d'avouer qu'il avait été trompé, et qu'il sait de
bonne part que la jeune fille a toujours mené une

bonne conduite. C'est tout un foyer de lumière qui
vient dissiper subitement les nuages amassés autour
de cette tête virginale; et la confusion que René en
éprouve n'a d'égal que son désir de venger cette gloire
outragée.

Mais que faire? A qui s'adresser ? Il revient à la
pensée qu'il avait eue, aux premiers bruits de l'insurrection : de faire appel à ses anciens camarades, les
volontaires, d'en former une petite troupe et d'aller à leur tête combattre les paysans ameutés. Il
sait combien ces bandes indisciplinées sont lâches devant un ennemi sérieux, avec quelle facilité elles
fuient à la première attaque. Hélas! ce projet est
inexécutable. La plupart des volontaires, de ceux du
moins sur lesquels il aurait compté, ont quitté Lyon;
quelques-uns même ont déjà émigré. Que serait d'ailleurs une poignée d'hommes contre des nuées d'insurgés? Car la renommée qui grossit tout, dépeint les
campagnes tout en feu, les villages tout en armes. Ce
serait folie, témérité inutile. Rebuté de ce côté, Deluze s'adresse à la municipalité, et apprend qu'on
vient d'expédier un corps de la garde civique dans la
direction de Poleymieux, sous la conduite de l'officier
Valesque. Cette nouvelle le rassure. Valesque est in-
telligent et brave. Malgré la différence de nuance politique, René compte qu'il saura faire son devoir, s'il
arrive à temps. Mais arrivera-t-il? Poleymieux sans
doute est en état de résister à une attaque de paysans.
Si, comme le dit l'abbé Regny, Mariette y est enfer-
mée, on peut croire qu'elle y sera en sûreté, au moins
jusqu'à l'arrivée des civiques. René se décide donc

à se rendre lui-même à Poleymieux, à se jeter dans la place, si cela est possible, et à se mettre jusqu'au bout au service du vieux seigneur et de sa fiancée.

Il allait partir, encouragé par sa propre mère, qui, malgré sa faiblesse et le peu d'espoir qu'elle avait de revoir son fils, le pressait de courir prendre en main la défense de l'innocence persécutée. Mais il était trop tard. Des renseignements nombreux et précis lui apprirent que Poleymieux n'était plus qu'un tas de ruines, que le brave Guillin avait succombé dans la lutte, que ses féroces ennemis l'avaient dépecé et dévoré, et qu'on ne savait ce qu'étaient devenus Madame Guillin, ses enfants et les gens de service. Cette nouvelle accabla René. Quel a été le sort de Mariette? Où est-elle? Vit-elle encore? Ce qui le fait trembler, c'est qu'il a aussi appris que l'émeute de Poleymieux a été excitée et dirigée par Noël Blangy, son ancien rival, aujourd'hui clubiste forcené et ennemi juré de la malheureuse jeune fille. Or, de quoi un tel homme n'est-il pas capable? Que ne peut pas un amour désappointé, blessé au vif? On frémit à y penser. Tout laisse donc croire que la pauvre fugitive aura subi les outrages et les tortures dont on parle. Que faire, encore une fois? Sortir de Lyon, s'en aller vers Poleymieux, rejoindre Valesque et sa troupe, s'informer, par toutes les voies possibles, de ce que sont devenues les personnes enfermées au château, et ne pas s'arrêter qu'il n'ait retrouvé les traces de Mariette : voilà le plan qui se propose de lui-même à l'esprit de René et qu'il adopte aussitôt.

Une crise de madame Deluze l'empêcha cependant

de l'exécuter sur-le-champ. La maladie avait fait des progrès alarmants; malgré les soins empressés des médecins, la paralysie était devenue à peu près générale. La tête seule avait encore conservé un reste de facultés; la malade voyait ce qui se passait autour d'elle; elle avait la perception distincte des paroles qu'on lui adressait, bien qu'elle ne pût y répondre; quelques signes laissaient seuls entendre qu'elle avait compris. Mais la mort paraissait peu éloignée. Le tendre attachement que René professait pour sa mère dut faire taire tout autre sentiment. Il se résigna donc à attendre, à refouler dans son cœur les soucis amers, les inquiétudes dévorantes, qui lui venaient d'une autre source.

XX

DE CHARYBDE EN SCYLLA

Quand Mariette Deslauriers avait si grande confiance en Notre-Dame de Fourvières; quand, sous la griffe même de son ennemi, elle avait la hardiesse de dire à sa mère : — Encore même que je marcherais au milieu des ombres de la mort, j'espérerais toujours, parce que vous êtes avec moi (1) — c'était singulièrement braver le péril et fronder la sagesse humaine. Car, enfin, que lui restait-il, sinon à tendre le cou ? A moins qu'un ange ne descendît du ciel, et bien vite

(1) Ps. 22.

encore, quel secours pouvait-elle attendre? Et pourtant elle ne tremblait pas, elle craignait beaucoup
moins que quand elle était encore invisible pour son
bourreau. Les âmes pures ont ainsi de ces sortes
d'intuitions ; le ciel les fortifie par certaines assu-
rances qui les placent au-dessus de tout émoi, de
toute défaillance de la nature. Pendant que la femme
de chambre, presque hors d'elle-même, tremblait
comme une feuille de peuplier, serrait contre son
sein l'enfant confié à sa garde, Mariette restait dans
une paix profonde, ne s'attristait point, ne pleurait
pas, ne sentait pas même son cœur battre plus fort
qu'à l'ordinaire. Si on lui eût demandé comment elle
pourrait échapper à la mort, elle aurait répondu : —
Je n'en sais rien, mais Dieu le sait, et Marie aussi.
C'est dans le défaut absolu de toutes ressources humaines que la Providence aime à déployer son pouvoir. La vierge de Fourvières en a fait bien d'autres
et je ne pense pas que son bras soit raccourci. —
L'instant d'après prouva que son instinct pieux ne
l'avait pas trompé.

Tout à coup un grand bruit, un tumulte confus
succéda aux chants bachiques et révolutionnaires des
patriotes. — Les voilà ! criait-on, nous sommes perdus:
sauve qui peut ! — Et, joignant l'action à la parole,
ils déguerpirent au plus vite de la maison, qui dans
une direction, qui dans une autre. On sait comment
une alarme subite fait cesser immédiatement les effets
de l'ivresse. A part un très-petit nombre, tous retrou-
vèrent leurs jambes devant le péril qui les menaçait.

La femme de chambre étonnée de ce changement si

prompt se traîna, quoique liée, vers la fenêtre, et vit avec une inexprimable satisfaction un petit corps de troupes s'avancer à marche forcée.— La garde! les nationaux ! s'écria-t-elle dans le transport de sa joie. Chère amie, on vient à notre secours. O mon Dieu, soyez béni à jamais ! nous sommes sauvées !

Qu'était-il donc arrivé? Une chose bien simple : le propriétaire de la maison, instruit de ce qui s'était passé à Poleymieux et voyant arriver des bandes d'insurgés, jugea bon de s'enfuir avec sa femme et ses quatre enfants, estimant que toute résistance serait inutile, et qu'il valait encore mieux perdre ses biens que sa vie. Ayant appris dans sa fuite qu'un corps de troupe s'avançait au secours du sire de Poleymieux, (bien trop tard, hélas !), il avait dépêché ses enfants dans diverses directions, et s'était mis lui-même en marche avec sa femme, dans l'espoir de rencontrer ce corps et de lui faire connaître les événements. Il eut le bonheur de réussir. Aussitôt M. de Valesque détacha quinze hommes et quelques gendarmes sous la conduite d'un lieutenant, et c'était ce détachement qui arrivait.

En entendant le cri de ses compagnons, Blangy sort et se rend compte de la vérité. C'est en vain qu'il fait appel à ses gens, qu'il cherche à ranimer leur courage, en leur représentant le petit nombre de leurs ennemis : tous ces braves s'enfuient, se dispersent, sauf deux ou trois qui avaient roulé sous la table dans un état d'ivresse complète. Furieux alors et grinçant les dents de rage, il délibère en lui-même sur ce qu'il doit faire. Son premier instinct est de se défendre,

comme le vieux seigneur lui en a donné l'exemple ;
mais il n'est pas dans un château et il n'a point d'armes. Sa seconde pensée est de se précipiter sur son
infidèle et de l'égorger ; au moins sa vengeance sera
satisfaite, et, s'il doit périr, elle aura péri avant lui.
Ses yeux lancent la flamme, son sang bout dans ses
veines ; une joie horrible, infernale, éclate dans ses
traits. Tirant le couteau affilé, qu'il a déjà rougi du
sang du sire de Poleymieux, il lui dit en frémissant :
— Toi, du moins, tu me seras fidèle. A l'œuvre, in-
terprète sacré de ma douleur, de ma haine et de ma
vengeance ! Perce ce sein criminel, et que le destin
décide de moi. — A ces mots, il s'élance contre la
porte et veut l'ouvrir ; mais elle résiste, les deux femmes avaient fait pousser le verrou par le petit garçon,
qui avait seul les mains libres. Voyant cela, le terroriste entre en fureur ; il blasphême, il s'emporte en
imprécations, puis il se jette contre l'obstacle, dans
l'espoir de le faire céder. La porte était très-faible en
effet, n'étant formée que d'une planche en fort mauvais état. S'apercevant qu'elle plie, il s'arme d'une
énorme pêle à feu et frappe dessus à coups redoublés.
Une portion vole en éclats ; il peut déjà entrevoir sa
victime par l'ouverture, et lui lancer ses menaces et ses
regards foudroyants. Elle, reste calme, toujours confiante au bras qui doit la sauver. Les coups se multi-
plient, se précipitent ; bientôt le forcené pourra atteindre le verrou, le tirer, se ruer sur la malheureuse prisonnière, et assouvir enfin sa vengeance. Elle n'a pas
l'air d'en avoir souci, tandis que sa compagne est demi-
morte de frayeur et que l'enfant pousse des cris lamen-

tables. Cependant que font les soldats ? Ne se doutant
de rien, ils poursuivent les fuyards, ils en arrêtent,
ils les interrogent. Déjà le verrou est tiré, et le tigre
se jette sur sa proie : encore un instant, et c'en est fait
de Mariette. Fort heureusement, dans le transport de
sa fureur et pour manier plus librement sa pêle, il
avait laissé son couteau sur la table de la cuisine.
Mais au moment où il revient le chercher, trois hommes vigoureux l'enchaînent dans leurs bras. Ce sont
le propriétaire et ses deux fils. Inutilement se débat-
il sous leur vigoureuse étreinte : il est prisonnier, il
est lié et réduit à l'impuissance. Peu après, les soldats entrent; les gendarmes qui faisaient partie du détachement lui mettent les menottes ; il est pris quand
il croyait prendre.

Ainsi la Reine du ciel avait justifié l'espoir de sa
servante. Dégagée de ses liens, Mariette s'empressa,
par un intime mouvement du cœur, de remercier sa bienfaitrice. Le lieutenant, qui commandait le
détachement, voulut recueillir les détails de ces affreux
événements. Elle les raconta, mais sans nommer,
sans accuser personne, pas même Blangy, le boute-
feu de cette sanglante expédition. Il fut ainsi condamné
à être encore témoin d'un acte de magnanimité de la
part de cette noble créature. Son regard fixé à terre,
le froncement de ses sourcils, ses lèvres serrées témoi-
gnaient assez de l'étendue de son supplice. On demanda ensuite à Mariette si elle voulait être conduite
à Lyon ; elle répondit que non, mais qu'elle serait re-
connaissante si on avait la bonté de la protéger jusqu'à ce qu'elle fût hors de la portée du mouvement

insurrectionnel : ce qui lui fut accordé volontiers.
Elle ajouta qu'elle n'accusait personne, qu'elle n'a-
vait point été témoin oculaire de ce qu'elle venait de
raconter, conséquemment que son témoignage ne pouvait être invoqué en ce qui concernait le sac de Poleymieux. Elle redoutait d'être citée dans le procès
qui ne manquerait pas d'avoir lieu. S'apercevant
qu'on serrait fortement Blangy dans ses fers, elle pria
le gendarme de ne pas y aller si fort. — C'est une de
mes anciennes connaissances, dit-elle, un voisin, un
ami d'enfance : je vous serai reconnaissant des égards
que vous aurez pour lui. — Ce trait d'héroïque charité était de nature à amollir une âme d'airain ; on ne
saurait dire cependant quel effet il produisit sur celle
du terroriste. Il serra un peu plus ses sourcils et ses
lèvres, et ce fut tout.

La femme de chambre et l'enfant furent ramenés
à Madame Guillin-Dumontet, arrachée, elle aussi,
d'une manière non moins providentielle, à la fureur
des paysans. Blangy fut conduit, enchaîné, à Lyon,
et jeté en prison. L'historien nous a dit plus haut
qu'un des principaux meneurs de l'affaire de Poleymieux fut saisi et incarcéré, mais que le parti des
clubs parvint à obtenir son élargissement : c'était
Blangy. A mesure que le temps marchait, le terrorisme prenait de l'empire sur la malheureuse cité.
L'épouvante était à l'ordre du jour. Chalier et ses consorts parlaient avec une audace incroyable, fermaient
la bouche aux honnêtes gens, encourageaient les méchants, intimidaient les autorités, paralysaient la police. Malgré les charges accablantes qui pesaient sur

lui, Blangy sortit de prison, blanc comme neige, et reçut dans son club une ovation enthousiaste.

Le premier besoin qu'éprouva Mariette, après sa
miraculeuse délivrance, fut de se soustraire à tous les
regards et de chercher une solitude où elle pût vivre
en paix et ignorée de tous. Les biens dont elle avait
hérité de son oncle étaient situés en Dauphiné ; elle
pensa donc à s'y retirer, et prit en effet cette direction.
Après avoir remercié et récompensé, aussi généreuse-
ment qu'il lui fut possible, les deux soldats qui lui
avaient servi d'escorte, elle s'engagea, seule, à pied,
dans ce long. et dangereux voyage. Le lecteur se souvient que le Dauphiné n'était pas moins agité que le
Lyonnais. Bien des châteaux y avaient été aussi sac-
cagés et brûlés. Peut-être même les têtes y étaient-
t-elles plus échauffées, ainsi que notre héroïne pût
s'en apercevoir dès qu'elle y fut entrée. Les paysans,
préoccupés de complots imaginaires formés par les
seigneurs, étaient en armes et arrêtaient tous les
étrangers, pour les soumettre à des interrogatoires et
quelquefois les jeter en prison. Dans toutes les villes
et dans les moindres bourgades, des clubs étaient organisés ; des démagogues, pour la plupart appartenant
aux classes les plus infimes de la société, tenaient
partout le haut bout : les plus honnêtes familles trem-
blaient devant un cordonnier, un boucher, un porte-
fai , installés subitement orateur, ou maire, ou commandant de garde nationale. Cinq ou six fois notre
pauvre fugitive dut comparaître devant ces grossiers
démocrates, et dire d'où elle venait, où elle allait et
pourquoi. C'était à grande peine qu'elle échappita

aux questions insidieuses qu'on lui posait. Plusieurs fois elle fut fouillée, sous prétexte qu'elle pouvait porter des correspondances d'aristocrates. Pour se dérober à ces inconvénients, elle évitait autant que possible les villages ; mais le danger ne s'en présentait pas moins ; il devenait peut-être même plus grand, parce qu'elle tombait alors aux mains des patrouilles, pour qui elle était d'autant plus suspecte qu'elle s'éloignait davantage des lieux habités. A la fin, elle devait tomber dans le péril qu'elle cherchait à fuir, et c'est ce qui arriva.

Le second jour, comme elle contournait une bourgade, elle fut arrêtée par une demi-douzaine de patriotes en quête d'aristocrates déguisés ou d'émigrés partant pour la terre étrangère. Le Dauphiné étant voisin de la Savoie, devenait comme la grande route de ceux qui fuyaient les *douceurs* du nouveau régime. La contenance digne et modeste, l'air noble, les façons distinguées de la jeune voyageuse, pouvaient facilement la faire prendre pour une femme de haut rang. Les événements de Poleymieux commençaient d'ailleurs à être connus, et produisaient une agitation extrême chez les paysans démocrates et une terreur panique chez tous ceux que leur nom, leurs opinions ou leur fortune rattachaient à l'ancien ordre de choses. Interrogée par le chef de la patrouille si elle n'est point une *ci-devant*, cherchant à franchir la frontière, elle répond qu'elle n'est rien moins que cela, mais simplement la fille d'un ouvrier de Lyon, naguère ouvrière elle-même, et se rendant dans un petit domaine qu'elle possède aux environs de Grenoble. La simplicité de ses réponses, son air de bonne foi l'auraient sans doute encore tirée d'embarras, si l'un des membres de la patrouille, après l'avoir considérée attentivement, n'eût dit : — Ou j'ai la berlue, ou c'est là Mariette Deslauriers, demeurant quai Saint-Clair, à Lyon. Ai-je deviné ?

Mariette rougit, baissa les yeux et ne répondit pas. Sur de nouvelles instances, elle est forcée de déclarer que c'est vrai.

— Parfait ! reprend le patriote. La citoyenne aurait eu mauvaise grâce à le nier : car je suis Antoine Lussy, autrefois ami de son père, Philibert Deslauriers, et je l'ai vue, elle, naître et grandir jusqu'au moment où j'ai quitté la ville, faute d'ouvrage. Jeune fille, cela te rafraîchit-il la mémoire ?

— Je me souviens de vous en effet.

— Or, continua l'ex-ouvrier, je sors tout fraîchement de Lyon, et j'ai ouï dire des choses étranges sur ton compte. Ici encore je ne saurais me tromper : je les tiens du personnage intéressé, de Noël Blangy.

Les joues de Mariette se colorèrent d'un vif incarnat, en entendant prononcer ce nom redouté. Est-il donc dit qu'elle ne pourra sortir du filet tendu sous ses pas ? Par quel malheureux hasard retombe-t-elle encore dans le péril qu'elle croyait avoir évité ? Nul doute que ce nouveau patriote ne donne des nouvelles à Blangy. Il est vrai que celui-ci est prisonnier ; mais ne saurait-il pas se tirer d'embarras, à l'aide de l'ascendant qu'a pris son parti ? Ensuite ne pourra-t-il pas commettre à quelque autre le soin de sa vengeance ? Toutes ces pensées occupent l'esprit de Mariette, pendant que Lussy raconte toute l'histoire à ses compagnons. Il est bien entendu qu'il la brode à sa manière. C'est une aristocrate qu'on a trouvée là ; elle s'est moquée de son amant de la manière la plus impertinente, en le sacrifiant à un ennemi du peuple, à un muscadin ; elle était protégée par l'ex-échevin Imbert, celui qui a commandé le massacre des patriotes à l'affaire de l'Arsenal ; elle passe pour être très-fine, très-rusée, et il y a cent à parier contre un qu'elle est porteuse de quelque commission verbale à des nobles ou à des émigrés, etc., etc. A toutes ces raisons débitées du ton le plus positif, Mariette aurait pu opposer la simple vérité ; elle ne le fit pas. Un silence dédaigneux fut toute sa réponse. Et comme le chef de la patrouille lui demandait si elle avait quelque observation à faire : — Elle s'en gardera bien, répliqua Lussy ; car j'obtiendrais immédiatement contre elle les témoignages les plus accablants. Je ne veux pas d'autre preuve que la manière dont elle est jugée à Lyon. Le *Courrier* du citoyen Champagneux l'a d'abord habillée de belle façon ; j'ai lu l'article et je puis dire qu'il est frappé de main de maître. Je le retrouverai au besoin. Ensuite, allez voir comment son logis a été traité. J'étais à Lyon la semaine dernière. En passant sur le quai Saint-Clair, je fus fort surpris de voir la maison de la vieille mère Deslauriers sans portes ni fenêtres, dans un état de dégradation pitoyable. Un de mes amis, Pierre Ducerf, m'en donna l'explication. — C'est cette jeune fille, m'a-t-il dit, qui en a été la cause : les patriotes ont été si indignés de sa conduite à l'égard du brave Blangy, qu'ils

ont voulu le lui faire sentir. Il est vrai qu'elle avait
déguerpi, et c'était sage à elle : car il est probable
qu'elle aurait bien pu ne pas sortir saine et sauve de
leurs mains. Le bruit courait qu'elle était partie pour
l'émigration, et je ne doute pas qu'elle ne soit précisément en route dans cette fin.

La conclusion fut qu'elle serait arrêtée jusqu'à
nouvel ordre. On prendrait des renseignements près
de la municipalité lyonnaise, on saurait jusqu'à quel
point sa conduite est suspecte, et l'on agirait en conséquence. Mariette fut donc déclarée prisonnière. Et
comme la localité n'avait pas de prison proprement
dite, le citoyen Lussy, en qualité d'ami de Noël
Blangy, s'engagea à la garder chez lui et en répondit
sur sa tête. Le fervent démocrate entendait bien donner immédiatement connaissance à son ami de la cap-
ture qu'il venait de faire. Ce serait pour ce pauvre
Blangy un moyen de rattraper la femme qu'il aimait, de racheter son affection ou de s'en venger. En
cela Lussy faisait ce qu'il aurait voulu que l'on fît
pour lui. La jeune fille entra ainsi dans la bourgade
entre les nationaux, au grand ébahissement des habitants qui étaient tous accourus pour la voir. Aussitôt mille bruits courent sur son compte. C'est la nièce
de l'assassin Imbert, celui qui a fait mitrailler les
lyonnais ; c'est la fille du seigneur de Poleymieux,
laquelle a sauté par une fenêtre pour échapper à l'incendie ; c'est Mme Véto qui s'est déguisée pour rejoindre ses beaux-frères en Savoie ; c'est une grande
dame accusée d'avoir empoisonné son fils pour avoir
sa succession ; c'est une émissaire de la cour qui va

faire entrer les soldats sardes dans le Dauphiné, etc.
Nous perdrions notre temps à énumérer toutes les suppositions absurdes, contradictoires, qui prirent cours
immédiatement.

Pendant ce temps-là, la prisonnière était confinée
dans le grenier du citoyen Lussy, et avait tout le
temps de réfléchir à l'incertitude des événements en
temps de révolution.

XXI

LE TERRORISME A LYON

Jusque-là hésitante et incertaine dans sa marche,
la Révolution avait enfin franchement arboré son drapeau. Ce roi qu'elle encensait naguère jusqu'à l'ado-
ration, était déclaré déchu ; cette religion, qu'elle faisait mine de vouloir soutenir et protéger, était honnie,
sous le titre de superstition ; cette loi, sous le joug de
laquelle tout devait se courber, était indignement
foulée aux pieds ; cette Constitution, acclamée hier
comme un chef-d'œuvre de sagesse, n'était plus
qu'une œuvre de ténèbres, un chiffon de papier ; le
principe monarchique lui-même, autour duquel tous
avaient juré de se serrer, comme autour du palladium
de l'ordre et de la liberté, faisait place à un principe
nouveau dont le nom était république, dont le bourreau était le gardien et l'échafaud la sanction. Quels
déchirements devait produire et a produits un boule-

versement aussi radical, nous n'avons pas à l'apprendre aux lecteurs. Tout le monde a encore sous les yeux le tableau des crimes et des horreurs qui ont marqué cette sanglante époque, et lui ont imprimé un cachet que les siècles n'effaceront pas, quel que puisse être leur nombre.

La ville de Lyon éprouva plus qu'une autre le contre-coup des événements dont Paris était le théâtre principal. Comme Rébecca, elle portait deux peuples dans son sein. Que ce soit sa gloire d'avoir seule entre toutes résisté à l'esprit du mal et triomphé de lui, au moins un instant, Lyon eut l'honneur de se voir assiégée par les troupes républicaines, d'avoir expulsé de son sein le ferment impur, d'avoir été la terreur du Terrorisme lui-même. Sans aucun doute, si cet exemple avait été suivi, si les principales villes, au lieu de s'incliner sous le joug, eussent fièrement relevé la tête et jeté, comme elle, le défi au monstre : incontestablement, dis-je, le mal eût été, sinon tari, au moins affaibli dans sa source, et la France n'eût pas vu couler à torrent son sang le plus pur. C'est quelque chose de consolant que le spectacle de cette grande cité, luttant contre les premières étreintes de la Terreur; protestant, par les mille voix de l'opinion, contre les sauvages rigueurs de la Convention aussi bien que contre les mesures vexatoires de ses propres administrateurs ; condamnant énergiquement les attentats contre les personnes et les propriétés, et montrant enfin aux Dubois-Crancé et aux Couthon ce que peut une population fidèle à son Dieu et à son roi. Que si, à la fin, elle dut succomber, il faut en accuser les circonstances souvent plus fortes que les meilleures volontés, et surtout la lâche apathie avec laquelle les honnêtes gens de toute la France la regardèrent lutter seule contre l'affreux despotisme qui pliait tout sous ses lois.

L'anarchie régnait depuis longtemps parmi les autorités de la ville et celles du département. Notre intention n'est pas de suivre dans toutes ses phases cette ébullition de la catholique cité, marquée par tant d'incidents étranges. Notons seulement l'énergie avec laquelle les femmes surtout résistèrent à l'oppression religieuse. Le nombre des prêtres qui avaient refusé le serment dit de la Constitution civile du clergé, était considérable : trois mille d'entre eux, disait-on, travaillaient activement à amortir les efforts de l'impiété. La publication d'écrits combattant la prétendue Constitution provoqua, de la part de l'autorité, les mesures les plus vexatoires. Comme les prêtres assermentés étaient à peu près délaissés et que la foule se pressait dans les églises tenues par les prêtres fidèles, les clubistes irrités prirent le parti d'exciter des émeutes aux portes mêmes de ces églises. Leur but était d'en interdire l'entrée par la crainte. L'autorité le savait et laissait faire. Mais comme le public religieux ne cédait point à ces moyens d'intimidation, il fut résolu que toutes les femmes qui se rendraient aux temples des réfractaires seraient fouettées publiquement au son des cloches et du tambour. Les dames lyonnaises résolurent d'imposer aux terroristes par leur attitude ferme et décidée. L'histoire cite une dame Gagnière, qui, se trouvant un jour assaillie à la porte de l'église S.-Charles

par trois ou quatre furieux pris de vin et chargés du
travail de la *fustigation civique* : — Laissez-moi,
scélérats, leur dit-elle, en relevant fièrement la tête ;
je suis femme, mais je saurai trouver en mon cœur
la force et le courage de me défendre. — Un de ces
misérables, plus audacieux ou plus pervers que les
autres, eut alors la témérité de porter la main sur
elle. Mais madame Gagnière le frappant fortement
au visage, se rejeta aussitôt en arrière, et sortant de
dessous ses vêtements un poignard, elle s'écria avec
force : — Le premier qui s'avance, je le tue. — Et,
le poignard à la main, se frayant un passage à travers une foule de curieux qui l'applaudirent, elle put
tranquillement regagner son domicile (1).

Un moment suspendu pour la violence de ses opinions, Chalier avait été réintégré et en était devenu
plus puissant. La sanglante journée du 10 août, depuis longtemps prévue et préparée, vint enfin donner
à la royauté le coup décisif. La commune de Lyon,
triomphante, s'empressa de mettre à exécution l'arrêté
qu'elle avait pris contre les étrangers réfugiés dans la
ville. Dès-lors l'émigration devint générale. Les prêtres
fidèles surtout, menacés de la déportation, demandaient
en foule des passe-ports; mais les municipaux chargés
de les leur délivrer, avaient soin d'indiquer les routes
qu'ils devaient suivre; puis, par une apostille conve-
nue d'avance, ils les désignaient aux révolutionnaires
apostés sur le parcours et aux frontières, pour les
voler, les rançonner ou les massacrer. Laussel écri-

(1) Hist. de Lyon, ch. VI.

vait de Paris : « Je vous dirai que l'aristocratie relève sa tête dans les sections ; mais un long et sourd roucoulement se fait entendre, et tout se dispose à couper la tête au Gargantua et à faire une affaire générale de tous les malveillants. Écrivez-moi combien on a coupé de têtes à Lyon. Ce serait une infamie de lais‹ ser échapper sains et saufs nos ennemis. » Le *roucoulement*, c'était le projet déjà arrêté du massacre des prisons. En attendant, la canaille patriote abattait et pulvérisait à Lyon la statue de Louis XIV, un chef-d'œuvre de statuaire. L'agitation était immense. Fidèles à leurs pratiques, les démagogues avaient fait courir le bruit que des accapareurs, soudoyés par la noblesse, prenaient leurs mesures pour affamer le peuple. Aussi jour et nuit des bandes parcouraient les rues de la ville, se répandant en vociférations et en injures contre les nobles, contre tous les citoyens paisibles. Cette fureur ne demandait qu'une occasion pour éclater, et cette occasion se présenta.

Vers la fin du mois d'août, le Royal-Pologne, régiment de cavalerie formé par le marquis de La Rochejacquelin, était arrivé à Lyon avec un ordre de séjour. Le plus grand nombre de ses officiers n'avaient point su déguiser leur antipathie pour les réformes nouvelles ; quelques-uns même avaient osé manifester publiquement leurs regrets pour l'ancien ordre de choses, et leur intention de rejoindre à la première occasion ceux d'entre les émigrés qui marchaient contre la France. Neuf d'entre eux furent bientôt arrêtés et renfermés sous l'accusation de trahison contre la France, dans la tour principale du château de Pierre-

Scize. C'étaient MM. Menoux, colonel; Desperières, lieutenant-colonel; Formanoire, Vinay, Forget, capitaines; Achard, lieutenant; Barette, Millot et Gavot, sous-lieutenants...

« C'était le dimanche. La journée commença au Champ-de-Mars, par un auto-da-fé de livres de noblesse, et des portraits des anciens échevins, enlevés aux salles de l'Hôtel-de-ville. La municipalité y parut et fit prêter à la force armée, autour du bûcher civique, le serment de défendre l'égalité et la liberté. Les flammes venaient de s'éteindre et les Lyonnais, dispersés dans les prairies des Brotteaux, commençaient à peine à se livrer aux plaisirs du dimanche, lorsqu'un assez grand nombre de Jacobins déterminés, maîtres pour ainsi dire de la ville, se précipitèrent sur le chemin qui conduit au château de Pierre-Scize; quelques hommes, des femmes, des enfants les suivent; un silence de mort règne sur leur passage. Une voix seule, la voix d'un chef à l'œil terne et sanglant, se fait entendre par intervalle comme un son lugubre. — Le moment est arrivé, dit-il, point de faiblesse; amis, soyons dignes de nos frères de Paris : refoulons dans nos cœurs tout sentiment de crainte et de pitié. Au nom de la patrie en danger, point de quartier pour ses ennemis : mort aux nobles et aux prêtres ! — Une jeune fille, devinant à leurs regards leurs sinistres intentions, les devance; elle court avertir le poste du château-fort qu'ils vont assiéger; une faible garde suffisait pour en défendre l'entrée; elle se mit aussitôt sous les armes. Pendant ce temps-là, les jeunes officiers, reconnus innocents dès la

veille, attendaient joyeusement, assis à table, l'heure
de la délivrance. Au bourdonnement confus qui se
fait aux portes, ils croient qu'elle vient de sonner
pour eux. Hélas! c'était l'heure de la mort. Revenus
bientôt de leur erreur, et devinant aux cris des Jacobins le sort qui les attend, ils cherchent vainement à
leurs côtés leurs sabres de combat, pour mourir dignement en soldats du Royal-Pologne; mais ils sont
désarmés. Assaillis tout à coup par une troupe de
forcenés, les citoyens de garde chargent leurs armes,
et jurent de repousser au besoin la force par la force.
Ils supplient les factieux de se retirer, et de laisser
aux lois le cours naturel de la justice. Les Jacobins
furieux répondent par de grands cris, et demandent
qu'on leur livre à l'instant même les prisonniers :
ils somment M. de Belle-Scize, ancien commandant,
ex-prévôt des marchands et alors gouverneur du château, d'obtempérer à leurs ordres, le rendant respon-
sable de tous les malheurs que son refus peut occa-
sionner. M. de Belle-Scize hésite; mais sa fille, jeune
et belle personne de vingt ans, l'encourage et lui rappelle ses devoirs de soldat. — Mon père, lui dit-elle
en se jetant devant lui, vous ne livrerez pas ces malheureux jeunes gens. Entendez-vous ces cris? Ils
viennent jusqu'à nous; ce sont des cris de mort : les
bourreaux sont là-bas, impatients; ils attendent leurs
victimes. Mon père, vous défendrez au péril de votre
vie les officiers commis à votre garde : car vous en
répondez devant la nation. — Les cris de mort re-
doublent; les conjurés se disposent à commander
l'attaque. M. de Belle-Scize hésite encore. — Eh bien !

mon père, s'écrie sa fille avec exaltation en lui arra-
chant son épée; eh bien! ce sera moi qui les défendrai.

« Sur ces entrefaites, le maire arrive, suivi de trois
ou quatre municipaux; il était quatre heures. Les
grenadiers de la garde nationale, inaccessibles aux
menaces et fermes à leur poste, contenaient au bout de
leurs baïonnettes une foule frémissante, vociférant
toujours : *Mort aux traîtres! mort aux officiers du
Royal-Pologne!* Vitet les renforce de plusieurs com-
pagnies de chasseurs à pied, et confie la garde des
portes de la ville, qui se trouvaient alors au bas du
fort, au bataillon des femmes armées de piques
Bottin.

« Ces dispositions militaires imposèrent un instant
aux Jacobins ; mais, changeant aussitôt leur plan
d'attaque, ils représentent au maire que le séjour
de ces officiers au château de Pierre-Scize est contraire
à l'esprit de la loi, qui doit être égale pour tous. En
conséquence, ils demandent au nom de cette loi, que
les prisonniers soient transférés immédiatement dans
la prison commune. Vitet, se conformant à leur désir, somme à son tour le gouverneur commandant
de lui livrer les officiers confiés à sa garde. Les portes
s'ouvrent et Vitet, s'avançant vers les prisonniers :
— Ne craignez rien, Messieurs, leur dit-il ; vous êtes
sous ma protection, je réponds de votre vie. Si l'on
ose menacer vos jours, je vous couvrirai de mon
écharpe. — Aussitôt après ces solennelles promesses,
quatre de ces malheureux officiers blessés mortellement tombent à ses pieds. L'un des royalistes déte-

nus, M. de Gavot, s'élance du haut des murs dans un clos voisin et prend la fuite. M. Menoux, colonel du Royal-Pologne, se glisse entre deux matelas, où, trois heures après, il est découvert et égorgé. L'abbé Guillon assure qu'on lui scia le cou sur sa cravate, sans avoir voulu lui permettre de l'ôter. Les trois autres, garantis par l'écharpe des magistrats, sont traînés vers la prison commune. Calmes et résignés, couverts du sang de leurs malheureux compagnons, ils déplorent d'être obligés de mourir ailleurs que sur un champ de bataille. —Qu'avez-vous fait de nos frères? demandent-ils aux assassins qui les entourent; qu'avez-vous fait de nos frères? — Quelques citoyens réunis sur la place des Terreaux, implorent en vain l'ordre de réprimer ces scènes de carnage, et les bourreaux s'avancent toujours, portant quatre têtes au bout de leurs piques; ils s'animent par des chants sauvages à de nouveaux massacres : deux officiers tombent encore sous leurs coups, malgré l'écharpe municipale qui les couvre. Le seul qui reste est sur le point d'être sauvé, car il est en vue de l'Hôtel-de-ville; mais tout à coup un homme du peuple s'écrie : — La prison n'est point faite pour recevoir un aristocrate, un émigré. C'est la mort qu'il mérite. — On arrache ce malheureux des mains des magistrats, et on l'immole à l'instant même sur le perron de l'Hôtel-de-ville.

« Le sang enivre le peuple. Encouragés par ces premiers et faciles succès, assurés du silence passif de l'autorité et de l'inaction involontaire de la garde nationale, les assassins se portent alors sur la prison de

Roanne, où l'on avait enfermé, depuis plusieurs jours,
quelques prêtres; ils frémissent de rage en apprenant
que leurs victimes viennent de leur échapper. En effet,
le geôlier, brave et excellent homme, les avait fait
évader à l'exception d'un seul, l'abbé Claude Regny,
qui voulut attendre les gloires du martyre. Professeur
de dogme au séminaire Saint-Charles de Lyon, sous
l'archevêque de Marbeuf, ce savant ecclésiastique d'un
grand courage, mais d'une faible santé, s'était toujours
fait remarquer par ses talents, sa piété, son zèle et,
plus encore, sa grande charité, son attachement inalté-
rable à la discipline religieuse. Il s'était déclaré fortement, dès le principe, contre la Constitution civile du
clergé. Averti de l'approche des septembriseurs, il
refuse une seconde fois les voies de salut qu'on lui
propose, et se met dévotement à genoux pour achever
l'office des morts qu'il a commencé. C'est dans cette
humble position que les assassins le trouvèrent. Aussitôt ils l'entourent et se mettent en mesure de l'immoler. Nullement effrayé à la vue de ces terribles
apprêts, le vénérable prêtre demande quelques minutes pour recommander son âme à Dieu; elles lui
sont impitoyablement refusées. — Au moins laissez-
moi prier pour vous, mes amis, leur dit-il avec tendresse. — Nous ne sommes pas tes amis, répliquent-
ils, et nous n'avons pas besoin de tes prières. — Alors
ils le saisissent et l'entraînent sur la place, à deux pas
de la prison. Comme le Christ au mont du Calvaire,
l'abbé Regny leur demande à boire; mais les juifs de
la révolution n'ont point de fiel à donner; ils le terrassent
et trempent ses lèvres dans la boue noire du ruis-

seau. Puis le faisant mettre à genoux, ils lui coupent
les doigts, les bras, lui arrachent le cœur et les entrailles et font tomber sa tête d'un coup de sabre,
pour la porter en triomphe. Après ce meurtre, ils ren-
trent dans la prison pour interroger la femme du con-
cierge. — Il se trouve encore des prêtres ici, lui
disent-ils d'un air menaçant. Malheur à toi si tu les
as cachés ! Regarde bien cette tête : la tienne va lui
tenir compagnie, si dans cinq minutes tu ne nous les
a pas livrés. — Je ne crains pas la mort, répond la
courageuse femme : cherchez, citoyens.— Sa fermeté
détourna les bourreaux qui volèrent à de nouveaux
massacres. (1).

Or, cette troupe cruelle comptait Blangy parmi ses
membres. Jeté en prison, comme nous l'avons dit,
au retour de l'expédition de Poleymieux, il n'y de-
meura que deux jours, et en sortit plus furieux que
jamais. Le regret d'avoir manqué sa victime lui devient un aiguillon qui ne lui laisse de repos ni jour
ni nuit. Ayant appris par hasard que Mariette s'était
rendue chez le seigneur de Poleymieux, par le conseil
de l'abbé Regny, il conçut contre ce vénérable prêtre
une haine ardente dont le lecteur vient de voir les
effets. Ce fut lui qui échauffa cette bande d'assassins,
qui commanda ou exécuta les atrocités que l'historien
vient de nous raconter. Il éprouva un soulagement à
décharger sur cet homme innocent une partie de la
haine qu'il a vouée à son ancienne amante.

« De plus en plus enivrés par la vue du sang, les

(1) Ib. ch. VIII.

bourreaux se transportent à la prison Saint-Joseph,
pour y chercher un prêtre nommé Guillermet, que le
municipal Pressavin avait fait arrêter quelque temps
auparavant. Le zèle de ce digne homme ne s'était pas
démenti un seul instant pendant sa captivité. Comme
saint Paul, il pouvait dire : *la parole de Dieu n'est
pas enchaînée*, car il la prodiguait avec ardeur et
charité, tant aux prisonniers qu'aux fidèles qui venaient chaque jour en grand nombre chercher auprès
de lui les consolations spirituelles, sous le prétexte
apparent de lui porter des secours temporels. Il était
admirable de courage, de résignation et de vertu.
C'était une belle proie pour les révolutionnaires ho-
micides, ce fut un glorieux martyr du ciel. Les bourreaux commencèrent par lui briser les dents et lui
arracher la langue pour l'empêcher, dirent-ils, de
prier à haute voix ; puis ils lui crevèrent les yeux, pour
lui dérober la vue de *son ciel*, ensuite ils lui coupè-
rent les mains, et joignirent à cet acte de barbarie l'i-
ronie la plus amère sur l'état piteux dans lequel ils
l'avaient réduit, insultant à son caractère de prêtre.
Après ces horreurs que notre plume ne retracerait
point, si notre mission d'historien ne nous ordonnait
de signaler par des exemples les extrémités où peuvent se porter les fureurs des hommes quand ils ne
sont retenus par aucun frein, ils lui abattirent la tête
à coups de sabre ; ensuite ils promenèrent triompha-
lement ses dépouilles sanglantes.

« De leur côté, les assassins de Pierre-Scize continuaient à porter également en triomphe au bout
de leurs piques les têtes des officiers de Royal-

Pologne, les brandissant avec fureur au front des hommes qui passaient en détournant les yeux. Ils entraient dans les cafés de la place des Terreaux, que ces malheureux officiers fréquentaient, déposaient leurs têtes défigurées sur le marbre glacé des tables où ils avaient l'habitude de s'asseoir, et leur offraient, par dérision, à boire de la bière. L'approche de la nuit ne put interrompre le cours de ces scènes de désolation, les assassins allumèrent des torches et parcoururent de nouveau la ville dans tous les sens, en poussant des cris affreux. Arrivés sur la place des Célestins, en face du théâtre, ils se rappellent la représention de *Richard Cœur-de-Lion* (1).

— Les muscadins ont eu leur jour, dirent-ils, les sans-culottes doivent avoir le leur ; allons au théâtre. — Un instant après, ils défilaient processionnellement sur la scène aux lugubres lueurs des torches, présentant aux spectateurs des têtes livides entourées d'une auréole de feu. Le peuple, consterné, prit la fuite, la salle devint déserte, et les victorieux se dirigèrent vers la place Bellecour, pour joindre les horribles lambeaux des officiers massacrés, aux membres sanglants des malheureux prêtres, et les suspendre en guirlandes avec des rubans tricolores aux arbres de la promenade (2). »

Nous demandons, nous aussi, pardon au lecteur

---

(1) Les royalistes s'étaient donné un jour rendez-vous au théâtre pour applaudir à outrance cette pièce, et notamment les vers si connus :

  O Richard, ô mon Roi,
  L'univers t'abandonne.....

(2) Ib.

de lui mettre sous les yeux ces tristes tableaux de
la perversité humaine. Qu'il apprenne, du moins,
à maudire les principes qui peuvent produire de tels
résultats. C'est par milliers qu'on compterait les faits
de ce genre. N'est-il pas étrange qu'il se trouve encore aujourd'hui des hommes pour regretter ces sanglantes époques, et des écrivains pour en justifier les
hórreurs et peut-être en provoquer le retour?

XXII

A QUOI ILS ABOUTIRENT

Blangy avait donc goûté une heure de satisfaction
intime, à martyriser le vénérable prêtre, le directeur
de Mariette, celui dont le conseil désintéressé lui avait
soustrait sa victime. Il n'en éprouva pas une moindre
à faire arrêter le lieutenant de garde nationale, qui
l'avait capturé lui-même. Sur sa dénonciation, ce
jeune homme fut saisi et incarcéré comme coupable
de correspondance avec un de ses parents, émigré. Mais
ces palliatifs ne guérissaient pas la véritable plaie
de son cœur. C'était *elle* qu'il voulait, elle qu'il con-
voitait de son féroce appétit; c'était sa tête qu'il aurait
désiré voir au bout d'une pique, c'était son cœur, ses
entrailles qu'il aurait voulu arracher. A travers les
sanglants épisodes qui signalèrent ces jours néfastes,
il ne perdait point de vue ce but principal. Par toutes
les voies possibles, il cherchait à obtenir des renseignements sur ce qu'était devenue Mariette. Il osa

même aller trouver en prison le lieutenant qu'il y avait
fait jeter, et lui promit la liberté s'il voulait lui dire
quelle route avait prise la jeune fille. Le généreux
officier lui répondit qu'il n'en savait rien; mais que,
le sût-il, pour rien au monde on ne le déciderait à le
dire.

La pensée vint d'abord au persécuteur que Mariette
avait dû se retirer dans ses terres. Cela paraissait
tout naturel, puisqu'il fallait vivre et qu'elle n'avait
d'autres ressources que celles que pouvait lui procurer l'héritage de son oncle. Or, ce moyen, il pouvait
le lui ôter. La loi ordonnait la saisie et la confiscation
des biens des émigrés. Il s'agissait donc simplement
de faire passer Mariette Deslauriers pour une émigrée.
En ces jours, où le terrorisme inaugurait son règne,
cela n'était pas difficile. D'abord, le domicile du quai
Saint-Clair est mis provisoirement sous séquestre.
Ensuite Blangy fait écrire par un ami de Champagneux à nous ne savons quels démocrates de Grenoble,
de vouloir bien prévenir les autorités locales de l'éva-
sion d'une certaine Mariette Deslauriers, gravement
compromise dans plusieurs complots, laquelle aura
dû se retirer dans ses domaines, si elle n'est passée
à l'étranger. Blangy avait entendu tant de fois la confiante jeune fille parler de la succession de son oncle,
qu'il en connaissait tous les détails. Plusieurs membres de la municipalité terroriste signèrent la requête.
On ne désignait point les motifs d'accusation, on se
contentait de les dire nombreux et graves, et, en conséquence, on requérait la saisie des biens et de la personne, si c'était possible.

Pas plus dans les domaines de Mariette que dans
tout le Dauphiné, ni dans le Dauphiné que dans le
reste de la France, il ne manquait de fermiers avides,
jaloux de posséder comme propriétaires, les biens
qu'ils cultivaient comme fermiers. Ce fut donc une
grande joie parmi les quatre ou cinq ménages qui tenaient à bail les propriétés de la jeune fille, quand ils
apprirent que tout était saisi au nom de la loi, qu'ils
n'avaient plus à rendre compte qu'à l'administration
du département, et que probablement les champs qu'ils
labouraient deviendraient avant peu leur propriété.
Par là, Mariette se trouvait non-seulement privée de
l'époux qu'elle avait droit d'attendre, flétrie dans son
honneur, perdue de réputation, persécutée à outrance
et menacée dans sa vie, mais encore elle se voyait
privée de sa fortune et littéralement réduite à la men-
dicité. Pouvait-il lui survenir plus de maux à la fois?

En attendant, elle était prisonnière. Après avoir
excité pendant un jour ou deux la curiosité de la bourgade, subi cinq ou six interrogatoires de la part des
autorités du lieu, elle finit par devenir une espèce
d'embarras pour celle-ci. On ne trouvait aucun motif
sérieux d'accusation contre elle; qu'elle eût préféré
un muscadin à un patriote, c'était son droit; qu'elle
se fût rendue chez un seigneur pour y trouver un
abri contre d'injustes persécutions, on ne pouvait l'en
blâmer; qu'elle eût failli être victime des dévastateurs
de Poleymieux, c'était un malheur et non un crime;
qu'elle songeât à se retirer dans ses terres, c'était
chose toute naturelle. Pourquoi alors la détenir prisonnière? Voilà les raisonnements que faisaient ces

paysans, honnêtes au fond, quoique déjà bel et bien
imbus des doctrines révolutionnaires. Lussy seul in-
sistait pour qu'on prolongeât sa détention, jusqu'à ce
qu'il en fût référé aux administrateurs du département. En cela, il cédait moins à un patriotisme exalté
qu'à des vues d'intérêt. Il avait entendu Blangy s'exprimer avec tant d'énergie sur le compte de la fugitive, il le savait d'ailleurs si influent dans son club et
près de Chalier, de Sautemouche, de Pressavin et
de tous les républicains forcenés, qu'il espérait, en
gagnant ses bonnes grâces, se procurer par son en-
tremise ou un emploi lucratif, ou une part abondante
dans la curée dont tous ces vertueux et incorruptibles
citoyens pressentaient l'approche. Aussi, enchanté
d'avoir reconnu dans la prisonnière la victime que son
ami poursuivait, s'était-il empressé de lui écrire le
soir même :

     « Mon cher Noël,

  « Quand je t'entendais, il y a peu de jours, exha-
ler ta juste colère contre ton amante infidèle, je ne
m'attendais guère au plaisir de t'obliger sur ce chapitre. Sache donc qu'elle est ici, chez moi, en ma
possession, détenue comme prisonnière. Nous l'avons
arrêtée hier en patrouille. Les détails que nous lui
avons arrachés ne me laissent aucun doute sur son
identité : c'est bien Mariette Deslauriers, la fille de
Philibert, l'échappée de Poleymieux, celle que tu
poursuis à si juste titre. Donc, au reçu de ma lettre,
hâte-toi de te mettre en route et de venir t'en emparer. Ne perds pas une heure, car je ne sais combien

de temps on la gardera. J'ai peur, que notre maire,
qui n'est encore qu'un bien faible patriote, ne se croie
obligé de la relâcher, et alors je ne sais plus où tu
pourrais la rattraper. Il dit qu'il n'y a pas de motifs
d'arrestation. Mais toi, tu en trouveras bien ; il suffira
d'un mandat quelconque, signé d'un nom influent.
Encore une fois, de la diligence. Voici enfin les bons
jours qui arrivent. C'est au tour des patriotes d'espérer et des aristocrates de trembler. A l'œuvre donc,
chers amis ! J'attends, pour rentrer à Lyon, d'avoir
les moyens d'y vivre. J'espère qu'au jour des distri-
butions tu te souviendras de celui qui fut toujours et
se dit plus que jamais,

Ton ami,

« ANTOINE LUSSY. »

Il fallait alors deux jours à une lettre pour arriver
des confins du Dauphiné à Lyon. Lussy aurait voulu
pouvoir envoyer la sienne sur les ailes du vent. Il
avait de trop justes raisons de craindre que sa prisonnière ne fût élargie avant que Blangy arrivât. Aussi
cherchait-il tous les moyens pour la retenir : objec-
tant que cette modestie et cette simplicité apparentes
pouvaient parfaitement cacher des desseins pervers
et des complots contre la république ; qu'il était dangereux de laisser échapper des ennemis ; que les aristocrates avaient recours à tous les moyens pour cor-
respondre avec l'étranger ; qu'à défaut de correspondances écrites, cette fille pouvait en avoir de verbales ;
que c'était s'exposer à être dénoncé près des autorités
que de se dessaisir de la voyageuse... Toutes ces

raisons, qui cachaient la véritable, étaient plus ou moins goûtées de la population. Les plus ardents les approuvaient, la masse y était indifférente ou même les répudiait. Enfin, le quatrième jour seulement, le maire se décida à ordonner l'élargissement de la jeune fille.

Elle sortit donc, aussi paisible, aussi sereine que si rien ne lui fût arrivé. Elle se hâta de se rendre chez le plus rapproché de ses fermiers. C'était un vieillard religieux et probe, mais qui venait de se décharger de sa ferme sur son gendre, patriote ardent et fort avancé dans les théories révolutionnaires. L'ordre de saisie n'étant point encore arrivé, Mariette fut reçue avec des égards très-sincères d'un côté, fort suspects de l'autre. Dès le premier jour, elle comprit qu'elle avait affaire à un chaud ennemi de l'aristocratie, et qu'elle trouverait difficilement chez lui un abri assuré. Mais l'espace semblait se resserrer devant elle. Son argent s'épuisait, et comme cette ferme était en arrière avec elle d'une partie de la rente de l'année précédente, elle crut pouvoir en demander le paiement, sauf à porter plus loin ses pas et à chercher ailleurs un asile. Au ton dont sa réclamation fut accueillie, elle comprit qu'elle ne s'adressait plus à l'honnête cultivateur, *encroûté* dans les vieilles idées de probité et de religion; mais à un partisan de l'ordre nouveau, républicain altier et fort disposé à mettre en pratique les doctrines d'égalité et de liberté, maintenant à la mode. On lui déclara que le nouveau fermier n'avait pas entendu se charger des dettes de l'ancien ; qu'au reste c'était une question à débattre ; que, quant à

lui, il était décidé à demander une diminution; que
si cette diminution ne lui était pas accordée de bonne
grâce, il l'obtiendrait des tribunaux; que le temps
où l'aristocrate écrasait le pauvre sans pitié, n'était
plus ; il répondit cela et mille autres choses de ce genre,
toutes les phrases sonores et insolentes dont une bouche républicaine était toujours abondamment fournie.
En résumé, Mariette, entièrement découragée, ne répliqua pas un mot et se remit en marche.

Cependant la lettre de Lussy était parvenue à son
adresse. En la lisant, Blangy bondit de joie ; un éclair
de bonheur a illuminé sa face et dissipé les sombres
nuages qu'y avait amassés la fureur du terroriste. Sa
victime est retrouvée ! Il pourra la saisir, la déchirer,
la dévorer ! Oh ! cette fois elle ne lui échappera pas.
Selon le conseil de son ami, il s'empresse de se faire
délivrer un mandat d'arrêt. Sautemouche le sollicite,
Chirat le donne sans hésiter. Là, tout homme exerçant
'autorité civile ou militaire, tout citoyen digne de ce
nom, est invité, au nom de la loi, à dénoncer, à arrêter,
à livrer au porteur dudit mandat la nommée Mariette
Deslauriers, âgée de vingt ans, accusée de complots
contre la république et de correspondance avec les
émigrés; quiconque sera convaincu de ne l'avoir pas
fait sera puni selon la loi. Muni de cette pièce, Noël
se met immédiatement en marche. Il voudrait, lui
aussi, avoir des ailes pour arriver plus tôt et ne pas
manquer sa proie.

Mariette errait donc à travers les campagnes du
Dauphiné, de plus en plus craintive et défiante, soup-
çonnant des piéges à chaque pas, des démocrates ter-

roristes dans tous les paysans qu'elle rencontrait. Oh !
que son isolement commençait à lui être pénible ! De
quelque côté qu'elle se tourne, elle ne voit rien sur
quoi s'appuyer. En avant comme en arrière, elle n'a
que des sujets de regret et de tristesse. Où ira-t-elle ?
Où se fixera-t-elle ? L'homme qui la poursuit se relâ-
chera-t-il enfin de sa fureur ? Elle croit encore sentir
son souffle, son râle de tigre. Je ne sais quel pressen-
timent lui révèle ce qui se passe à l'instant même :
savoir, que Blangy a retrouvé sa trace, qu'il vient,
qu'il approche, encouragé par le triomphe de son
parti, et décidé plus que jamais à exercer sa vengeance. Elle se souvient de l'ardeur frénétique avec
laquelle il frappait la porte, de la joie infernale qu'il
éprouva quand il se vit maître de sa victime... Elle
se souvient de cela, et elle frissonne. Un immense découragement a brisé tous les ressorts de son être ; il
lui semble qu'elle fait de vains efforts pour échapper
à sa destinée, qu'autant vaudrait l'attendre au lieu
de la fuir, que... Hélas ! nous n'avons pas besoin de
parcourir tout ce clavier de la douleur ; le lecteur le
fera aussi bien que nous.

Après quelques journées de marche pénible, après
plusieurs arrestations encore, elle arriva enfin chez le
second de ses fermiers. Elle le trouva en deuil de sa
femme, qu'il avait perdue la semaine précédente.
Mais une nouvelle plus importante pour elle, c'était
que ses biens étaient saisis au nom de la république,
que les autorités du département avaient ordre de les
administrer, jusqu'à ce qu'une décision finale eût été
prise. On lui montra la feuille qui annonçait ces bel-

les choses. Elle y apprit aussi qu'elle était accusée de complot contre l'État, de correspondance avec l'étranger, de tentative d'émigration, etc... Il ne lui fut pas difficile de reconnaître la main qui agissait en tout ceci ; son implacable ennemi avait juré sa perte. Par cette cruelle mesure, elle se trouvait dépouillée de sa fortune, réduite à l'indigence ; si Blangy n'avait pas eu la satisfaction de lui plonger le poignard dans le cœur, il aurait du moins celle de la faire mourir de faim. Ce fut en vain qu'elle chercha à faire comprendre au fermier que toutes ces préventions étaient imaginaires, qu'elle n'avait jamais eu la pensée de comploter contre quoi que ce soit, ni d'émigrer ; que ces accusations étaient évidemment l'effet d'une calomnie ou d'un malentendu : elle ne put convaincre cet homme, honnête mais timide, qu'elle avait droit à toucher au moins une somme de deux cents livres, en ce moment échue. A grand'peine lui offrit-il un repas et la gîtée d'une nuit, impatient qu'il était de la voir sortir et éloigner de lui le danger de sa présence. Telle était la terreur imprimée aux meilleures âmes par la marche des événements !

Ah ! quelle tristesse, quelle angoisse amère saisit la pauvre jeune fille, quand elle se remit encore une fois en chemin ! De quel côté se dirigera-t-elle, cette fois ? Tous ses biens sont saisis, l'avis en fait foi ; tous ses fermiers la traiteront donc comme celui-ci : elle ne trouvera nulle part un abri, une heure de sécurité. Encore est-elle bien heureuse que celui-ci n'ait pas ressemblé au premier, car elle eût été à coup sûr arrêtée et livrée aux autorités. Assise au pied d'un arbre, accablée de lassitude, fatiguée par la chaleur, tourmentée par la faim, elle s'abandonne aux plus douloureuses pensées. La première idée qui lui vient c'est de retourner à Lyon, en mendiant son pain, puisque sa bourse est à peu près épuisée. Oui, pour-quoi ne retournerait-elle pas à Lyon ? Pourquoi n'i-rait-elle pas se présenter au maire Vitet, à la muni-cipalité, au tribunal, pour se disculper des stupides accusations lancées contre elle ? Il lui semble que tout cet échafaudage tombera comme un château de cartes, faute de preuves. Emportée par cette convic-tion, elle se relève et se met en route. Mais à peine a-t-elle fait cent pas qu'elle reconnait sa folie ; elle va se jeter dans la fournaise. Au milieu d'une pareille ébullition, après les faits horribles qui se sont passés dans cette ville et dont le bruit court maintenant dans les campagnes, qu'aurait-elle à attendre, sinon d'être d'abord arrêtée, incarcérée, puis condamnée sans être entendue, ou peut-être massacrée, égorgée comme ces malheureux officiers ? Et ce Blangy, ce lion rugissant qui la poursuit de sa haine féroce ! ce démon incarné qu'elle a vu tressaillir d'une joie satanique, quand il croyait la tenir dans ses mains ! Oh ! non, ce parti n'est pas raisonnable. C'est s'exposer à tout ce qu'il y a de pire au monde que de rentrer à Lyon.

Elle retourne donc sur ses pas et, après mainte et mainte délibération, se décide à se rendre à Grenoble. Elle se souvient d'une famille d'honnêtes ouvriers, avec laquelle son oncle était très-lié. Elle espère qu'en vertu de cette ancienne amitié, elle en sera bien ac-

cueillie et que, là, elle pourra aviser à sa situation.
Dans cette confiance, elle se met en marche, se recommandant de plus en plus à sa protectrice, Notre-
Dame-de-Fourvières, et lui répétant sans cesse que
son doigt tout-puissant peut seul briser les mailles
du filet qui semble l'envelopper.

En effet, le réseau se resserrait autour d'elle. Blangy
était arrivé haletant, couvert de sueur et de poussière
chez son ancien compagnon, Lussy. Par malheur, la
victime n'y était plus ; mais quelques mots qu'elle
avait laissé échapper, suffirent à mettre le persécuteur sur sa trace. Il se rend chez le premier fermier,
y apprend ce que le lecteur sait ; vole chez le second,
et s'y trouve à·bout de voie. Les renseignements
manquent. Plus prudente cette fois, la voyageuse n'a
rien dit du lieu où elle tend. Des informations, recueil-
lies çà et là, apprennent cependant au terroriste
qu'elle a paru prendre la route de Lyon ; il en frémit
de joie et se lance dans cette direction. Puis à quelque distance, il rencontre une patrouille (toutes les
campagnes étaient alors sillonnées de patrouilles),
de qui il reçoit des avis tout contraires : la personne
dont il donne un signalement si exact, a été vue re-
broussant chemin ; arrêtée et interrogée, elle a déclaré se rendre à Grenoble. A Grenoble donc ! cela
ne pouvait mieux réussir. Voilà Blangy semblable au chien courant qui, s'apercevant qu'il a perdu
la piste, s'arrête, flaire, cherche, retrouve la voie, et
s'y lance avec une nouvelle vigueur. A Grenoble !
mais il y a là des patriotes modèles, des républicains
faits au moule, de bons terroristes : peu de villes peut-

être ont mieux reçu et fait fermenter le levain démocratique. C'est bien ici le panneau où la proie va se
prendre; impossible qu'elle lui échappe. Telle est
l'ardeur qui transporte le terroriste qu'il oublie jusqu'au besoin de manger et de boire, jusqu'à la nécessité du sommeil; il court, il a des ailes; on dirait
qu'il est doué de l'odorat du chien, qui a d'autant
plus d'élan qu'il se sent plus près du gibier.

Quant à elle, la fatigue, l'abattement, la pluie qui
était survenue, les embarras de trouver un gîte,
avaient bien ralenti sa marche. Ajoutons-y l'insuffi-
sance de la nourriture : il ne lui restait plus que pour
acheter du pain et la permission de coucher dans
quelque grenier. Elle allait même être réduite à men-
dier si peu que la route se prolongerait, et nous
avouons que son cœur se serrait à cette pensée : elle
qui naguère pouvait passer pour riche, être obligée
de demander un morceau de pain, comme les indigents!
Pourtant elle y était résignée, et déjà elle arrangeait
dans sa tête les paroles qu'elle dirait, quand enfin
Grenoble parut. Elle leva alors les yeux au ciel pour
remercier sa patronne et lui dire que ce n'était pas
tout, qu'il restait encore bien des choses à faires. Une
voix secrète l'assura que ces choses seraient faites. A
la porte de la ville, on l'arrêta, on l'interrogea, on la
fouilla même pour s'assurer qu'elle ne portait point
de correspondances; on lui demanda son nom, la
maison où elle se rendait et elle fut obligée d'écrire
tout cela sur un registre. La puissante république qui
devait faire trembler l'Europe avait peur alors du
cotillon d'une femme !

Mariette avait à peine passé la première rue, quand
une voix lui fit retourner la tête. On l'appelait par
son nom. En se retournant, elle voit un homme qu'elle
croit reconnaître, sans trop se rappeler où elle l'avait
rencontré.

— Gardez-vous, lui dit il à demi-voix, de vous
rendre où vous venez de dire : vous y seriez prise
comme une souris dans son trou. Je suis l'avocat
Deslois, ami de René Deluze. J'ai une commission
importante à vous faire. Laissez-moi passer devant,
suivez-moi, et entrez où j'entrerai.

Dire les sensations que cet étrange incident fit naître subitement dans l'âme de Mariette, serait évidemment au-dessus de notre pouvoir. Elle ne sut d'abord
si elle voulait croire. Cependant elle se souvenait
maintenant d'avoir vu l'avocat Deslois, elle se rappelait qu'il était une fois venu prendre René chez elle,
qu'il plaidait alors un procès important pour la famille
Deluze, et qu'il jouissait d'ailleurs d'une réputation
honorable dans Lyon. Elle le suivit, incertaine, intri-
guée, préoccupée de mille idées qui se succédaient,
ou plutôt se pressaient à la fois dans sa tête. Après
avoir parcouru encore deux ou trois rues, l'avocat
s'étant assuré par un regard qu'il était suivi, entra
dans une maison et Mariette après lui. Là, il se trouvait chez un ami, paraissait-il, car il y prit immédiatement ses aises, détacha une clef et conduisit la jeune
fille dans une petite chambre presque séparée du reste
de la maison.

— Mademoiselle, dit-il alors, après lui avoir offert
une chaise, je remercie Dieu pour mon ami de vous

avoir rencontrée; vous êtes poursuivie, traquée, pour ainsi dire, d'une manière si persistante, que vous ne pouvez y échapper que par miracle. Gardez-vous bien, encore une fois, de poser le pied dans la maison que vous avez indiquée; c'en serait fait de votre liberté et peut-être de votre vie. Tout ceci vous a l'air d'un rêve, je pense?

— D'un rêve... oh! oui, d'un rêve.

— Eh bien! le rêve s'évanouira pour faire place à la réalité.

En disant cela, l'avocat coupa avec son couteau le fil qui assujétissait la doublure d'un sac de voyage et en tira une lettre.

— Dans des temps comme ceux-ci, reprit-il, on ne saurait prendre trop de précautions. Lisez. Je pense que ceci lèvera tous vos doutes.

C'était une lettre de René Deluze.

« Ma chère Mariette, y était-il dit, la Providence a si visiblement pris votre cause en main, que je ne saurais, sans une noire ingratitude, comprimer plus longtemps les sentiments de mon cœur. Je vous demande pardon d'avoir pu un instant me laisser ébranler par d'odieuses calomnies. Aujourd'hui, la vérité s'est fait jour avec tant d'éclat, qu'il serait impossible, avec la meilleure volonté du monde, d'y fermer les yeux. Et il s'en faut que je sois tenté de les fermer. *Je les ouvre au grand large...* Vous êtes bien, vous avez toujours été la pure et noble vierge que j'aimais, que j'aime encore, que j'aimerai toujours. Le jour s'est fait, dis-je, j'ai tout appris: et la trame abominable dont *nous* avons failli être les victimes, et votre sublime résignation, et les horreurs de Poleymieux, et la persécution qui s'attache à vos pas, et l'état de détresse où l'on tâche de vous réduire. Oh! que vous avez grandi dans mon amour et dans mon estime! Oh! que je rougis d'avoir pu donner dans le piége grossier tendu à ma bonne foi! De combien de larmes j'ai déjà mouillé cet amer souvenir. Mariette, pardonnez-moi; rendez-moi votre affection, rendez-moi votre estime. Si vous saviez ce que j'ai souffert depuis le jour où je me suis cru forcé, au nom de l'honneur, de retirer une parole si joyeusement, si loyalement donnée! Oui, si vous le saviez, vous ne pourriez plus m'en vouloir; vous me plaindriez, au lieu de me blâmer. Mais je sens que je n'ai plus rien à attendre que de votre générosité. Je m'y abandonne entièrement: heureux, si j'apprends que vous avez tout oublié; malheureux, si le contraire arrive. Dans le premier cas, je me sens impuissant à exprimer ma joie; dans le second, je me sens condamné à souffrir, sans avoir le droit de me plaindre.

« Je me borne à ce peu de mots... Deslois vous dira tout. J'attends sa lettre avec impatience. Mais, accepté ou rebuté, heureux ou malheureux, je vous baise les mains avec tendresse, et vous offre le plus profond et le plus pur hommage de mon respect, de mon estime et de mon affection.

« René D. »

Deux larmes avaient jailli des yeux de Mariette dès

la lecture de la première ligne, et bien d'autres leur
succédèrent avant la lecture de la dernière. Le ciel
avait donc eu pitié d'elle ! Notre-Dame-de-Fourvières
s'était donc souvenue de sa servante ! Muette de bonheur et de reconnaissance, elle ne put qu'adorer dans
le secret de son cœur les desseins souvent si mysté-
rieux de la Providence. Quand elle fut un peu remise
de son émotion, elle demanda des explications à l'a-
vocat sur tout ce qui avait pu amener un changement
si subit.

Deslois raconta ce que le lecteur connaît. Il ajouta que madame Deluze, un instant avant de mourir, avait de nouveau prié son fils de renouer son mariage, s'il était possible. Déjà depuis quelque temps,
René était sur les traces de sa fiancée ; il avait su sa
retraite à Poleymieux; le lieutenant Valesque lui avait
raconté sa miraculeuse délivrance, et l'intention où
elle était de se rendre en Dauphiné. Mais, comme Mariette parlait quelquefois de ses amis de Grenoble, Deluze avait supposé que ce serait là qu'elle dirigerait ses
pas, ou au moins qu'on pourrait avoir de ses nouvelles.
Et le ciel avait permis que la conjecture fût vraie.

Maintenant, si Mariette était décidée à pardonner
les torts de son amant et à lui rendre son cœur et sa
main, il avait, lui Deslois, commission de la conduire
à Turin, où la famille Deluze se trouvait déjà en partie, et où René lui-même se rendrait sous peu, pour
célébrer son mariage. Après quoi on aviserait à pourvoir à la situation présente, c'est-à-dire à sauver les
biens menacés : car René n'ignorait pas les mesures
prises contre les propriétés de sa fiancée. Nous n'a-
vons pas besoin de dire que le consentement de Ma-

riette ne se fit pas attendre. Elle voulut ajouter elle-
même quelques mots à la lettre que Deslois s'empressa
d'écrire. Ces mots, les voici :

« Monsieur et bien cher ami,

« Je ne vous pardonne pas, parce que je n'ai rien à
vous pardonner. Pas un seul instant vous n'avez
perdu mon affection ni mon estime. J'ai pleuré, j'ai
souffert, pourquoi ne le dirais-je pas ? mais je n'ai jamais accusé, blâmé, condamné qui que ce soit, vous
moins que tout autre. Le motif même qui vous faisait
agir, me semblait respectable parce qu'il était dicté
par l'honneur ; je ne pouvais que m'incliner et me
taire. Je ne vous rends pas mon affection, car vous
ne l'avez jamais perdue ; je ne vous rends pas mon
estime, car elle grandissait au moment même où
je perdais la vôtre. A vous désormais partout et toujours.

« MARIETTE. »

Se rendre à Turin n'était pas alors chose facile.
Cette ville était le rendez-vous des princes français,
de beaucoup d'émigrés, et le premier centre de la résistance, ou plutôt de l'attaque, qui se préparait contre
la naissante république. Mais l'avocat avait obtenu
des autorités de Rhône-et-Loire (1), un passeport
pour Chambéry (2), où il avait, disait-il, une affaire
importante à traiter. Le passeport était signé pour
lui et sa *sœur*. Or, Blangy venait d'entrer à Greno-

_____

(1) Nom que porta d'abord le département du Rhône.
(2) Qui appartenait alors au roi de Piémont et de Sardaigne.

ble. Il n'y avait pas deux heures que Mariette était arrivée, quand il arriva lui-même, haletant de fatigue et de fureur. Il apprit au bureau de l'octroi ce qui s'était passé ; il vit le nom de Mariette Deslauriers sur le registre : la pauvre fille n'avait osé le dissimuler. Il vit la rue, le numéro où elle devait se rendre ; il y courut et ne l'y trouva pas ; on ne l'avait pas vue, ni entendu parler d'elle. Toutefois il ne se découragea pas ; elle était dans la ville, cela suffisait. Il alla voir les patriotes ses amis, les chefs de clubs, les terroristes, leur expliqua son histoire et les pria de lui prêter main-forte. Tous jurèrent de redoubler de vigilance, de donner le mot d'ordre à tous les postes. La condition de ville frontière exigeait une plus grande sévérité, autorisait des mesures plus arbitraires.

Plus d'une fois Mariette vit le forcené passer dans la rue, et elle frémit. Il lui sembla qu'elle avait compté trop tôt sur un changement de fortune. Deslois lui-même n'était pas sans crainte ; à cette époque précise, après les massacres de septembre, les têtes étaient montées à un point que l'on ne saurait dire. La prise de Longwy et de Verdun, par les Prussiens, avait fait pousser un cri d'alarme aux démagogues qui gouvernaient la France. Tout était suspect, prussien, émigré, contre-révolutionnaire, agent sarde ou anglais etc... Cependant Deslois put, à l'aide d'un ami, patriote simulé, faire viser son passeport par les autorités de la ville. Et juste au moment où Blangy venait de passer dans la rue, se rendant à l'une des portes, l'avocat et *sa sœur* se présentaient à l'autre. Le passeport fut examiné, la voiture fouillée, le conducteur interrogé ; mais, tout étant en règle, on put enfin sortir.

Le surlendemain on était à Chambéry, où les membres présents de la famille Deluze, Reine surtout, s'empressèrent d'accueillir l'aimable fugitive. Rien ne peut dire ce qu'il y eut d'affectueux, de cordial dans cette première entrevue, et combien de larmes de tendresse effacèrent de douloureux souvenirs. Oh! comme le cœur de Mariette se trouva à l'aise, comme il se dilata délicieusement dans cette atmosphère de paix et d'amitié! Tous ses maux passés lui semblaient payés au centuple par les douces perspectives qui s'ouvraient devant elle.

Peu de jours après, René arriva. Le mariage fut célébré sans retard. A de longues, à de cruelles tribulations succédait une ère de calme et de bonheur. Les temps étaient difficiles, il est vrai; il fallut subir un assez long exil, bien des privations, bien des incommodités; mais qu'importent les orages du dehors à ceux qui ont la paix du dedans, et que sont les épreuves de la vie pour deux cœurs unis par les liens d'une constante affection? René et Mariette supportèrent sans peine les inconvénients du séjour sur la terre étrangère. Contents dans leurs privations, riches dans leur pauvreté, ils attendirent qu'un jour plus serein se levât sur la France; et, rentrés dans leur cité natale, ils y coulèrent une vie paisible et féconde en bonnes œuvres.

Quant à leur persécuteur, il eut la douleur d'apprendre qu'ils étaient heureux, et cette connaissance devint son plus cruel tourment. Il quitta Lyon peu après; les souvenirs du passé lui en rendaient le séjour insupportable. Il alla rejoindre Laussel à Paris,

s'abandonna à toutes les fureurs du Terrorisme; puis, après la chute de Robespierre, il finit son obscure existence, les uns disent sur l'échafaud, les autres dans une prison. Triste exemple de ce que peut devenir la nature la plus honnête par l'abus de la liberté.

FIN

TABLE

Coulommiers — Typographie de A. MOUSSIN.

Imprimé en France
FROC022239230919
22214FR00014B/189/P

9 782329 314617